R. A. Stemmle

Der Mann,
der Sherlock Holmes war

Ein heiterer Kriminalroman

Eulenspiegel Verlag

I

Es regnete nicht, es goß. Kaum sichtbar, eine einsame
Spur, zog sich der Schienenstrang durch die von
Regenschleiern verhängte Nacht. Die Luft troff von
Feuchtigkeit, die, zu dichten Nebelschwaden geballt,
dampfend vom Boden wieder aufstieg. In der Stille, in
der nur das monotone Rieseln des niedergehenden
Regens hörbar war, begleitet vom leisen Summen der
Telegrafendrähte, wirkte diese Stockfinsternis unheim-
lich und von unbestimmten Drohungen erfüllt.
»Wann kommt der Brüsseler Nachtexpreß?« fragte
plötzlich eine Stimme.
Die Worte, die irgendwo aus der Dunkelheit herkamen,
fielen, so schien es, ins Leere und wurden von der
Nacht verschluckt. Es dauerte eine ganze Weile, bis eine
andere Stimme Antwort gab.
»Elf Uhr achtundvierzig. In vier Minuten.«
»Und du willst es wirklich tun?« fragte die erste Stimme
wieder. Aber diesmal gab die andere Stimme keine
Antwort.
Ein Streichholz flammte auf und beleuchtete zwei
Männer, die auf dem Bahndamm hockten. Der eine von
ihnen, der größere, trug einen karierten Mantel und
eine Reisemütze, beides vom Regen klitschnaß. Der
andere neben ihm war viel kleiner. Er hatte einen runden Hut auf, trug einen schwarzen Havelock und saß
auf einem schwarzen, länglich geformten Kasten, der im
ersten Augenblick wie ein Kindersarg aussah.
Da verlosch das Streichholz.
»Verdammt! Bei diesem Regen kann das Zeug ja nicht
brennen!« sagte der Mann mit der Reisemütze und warf
das Streichholz ärgerlich fort. Die Flamme sorglich mit

der Hand vor dem Windzug schützend, versuchte er es nochmals. Wieder vergeblich. Er nahm die Shagpfeife aus dem Mund und klopfte sie gegen die Schuhsohlen, um den durchweichten Tabak aus ihr herauszubekommen. Dann schob er sie wieder in den linken Mundwinkel zurück, zündete eine Laterne an und stand auf. Auch sein Begleiter erhob sich. Er zitterte in seinem durchweichten Radmantel an allen Gliedern. Ob vor Kälte oder vor Angst blieb ungewiß.

»Überleg dir's noch mal, Morris!« sagte er beschwörend. »Vielleicht hast du es noch nicht genug überlegt.«

Aber der andere würdigte ihn keiner Antwort. Er schien sich alles genug überlegt zu haben. Er ging und blieb mitten zwischen den Schienen stehen.

Der kleine Mann mit dem runden Hut klemmte sich erschrocken den »Kindersarg«, auf dem er gesessen hatte und der sich jetzt als Geigenkasten entpuppte, unter den Arm und folgte dem Mann mit der Reisemütze nach.

Der ließ sich auf beide Knie nieder, beugte sich zu einer der Schienen hinab und legte sein Ohr darauf. Der andere hielt den Atem an. Er wollte etwas sagen; aber an den beschwörenden, abwehrenden Handbewegungen, mit denen der andere ihn am Sprechen zu hindern suchte, erkannte er, daß der Lauschende den Expreßzug nahen hörte.

Der große Mann mit der Reisemütze richtete sich wieder auf. An seiner Backe hatte er von der nassen Schiene einen Dreckstreifen. Der kleine Mann zog sein Taschentuch heraus und versuchte, ihm das Gesicht zu säubern. Dabei sagte er zaghaft: »Vielleicht ist es gar nicht die richtige Stelle dazu … Vielleicht ist es gar nicht der richtige Zug … Und wenn Polizei drin ist? Ich hätte bestimmt heute nacht geträumt, daß es schiefgeht, wenn du mich hättest schlafen lassen.«

Ein Kopfschütteln war alles, was sein Kumpan für ihn übrig hatte. Mit schnellen Schritten ging er über die Schottersteine des Bahndammes. Der Kleine folgte ihm, stolperte über die Schwellen und drückte den Geigenkasten ängstlich ans Herz.

Der Brüsseler Nachtexpreß jagte heran. Die Regenböen drückten seine Rauchfahne an den Fenstern der Waggons vorüber, an denen die Vorhänge niedergelassen waren.

Im Dienstabteil saßen der Zugführer und ein Schaffner, jeder in seiner Ecke kauernd, und dösten.

»Elf Uhr achtundvierzig«, sagte der Schaffner, schaute auf ein vorweltliches Ungetüm von Diensttaschenuhr und gähnte.

»Noch acht Stunden bis Brüssel«, ergänzte der Zugführer.

Ein scharfer Ruck – gleichzeitig kreischten ohrenzerreißend die Bremsen auf – warf beide plötzlich fast von den Sitzen. Sie sprangen aus dem Halbschlaf auf und sahen sich fassungslos an. Kein Zweifel, der Zug stand.

Sie liefen den Gang des Schlafwagens entlang und nestelten dabei die geöffneten Kragen ihrer Uniformröcke zu. Sie schauten durch die Fenster. Der Zug hielt auf offener Strecke. Mit einem kräftigen Fußtritt öffneten sie die vordere Wagentür und stürzten hinaus in die Dunkelheit. Eine Signalpfeife schrillte. Der Lokomotivführer lehnte mit dem Oberkörper weit aus dem Führerstand heraus.

Vorn, zwischen den Schienen, von den Lichtkegeln der Lokomotive scharf beleuchtet, standen regungslos zwei Gestalten: ein großer, kräftiger Herr in kariertem Ulster und mit einer Reisemütze, eine Shagpfeife im Mund, und neben ihm ein kleinerer, schwarzer Mann, weniger selbstbewußt. Der Geigenkasten, den er in den Händen trug, schien der einzige feste Punkt im Weltall zu sein, an den er sich in seiner Verlegenheit klammerte. Wie sie dort so stillstanden, erschienen sie seltsam unwirklich, so daß man hätte meinen können, die Scheinwerfer einer Laterna magica hätten ein Bild auf den finsteren Hintergrund der Nacht projiziert.

Die Täuschung verlor sich sofort, als sich der größere

von ihnen bewegte, um nach der Laterne zu greifen, die er zu seinen Füßen abgesetzt hatte. Es war eine Dienstlaterne, mit der er durch Hinundherschwenken den Expreß aufgehalten hatte. An der Lokomotive vorbei, von der aus Lokomotivführer und Heizer mit offenem Munde im verrußten Gesicht ihnen nachstarrten, gingen die beiden zu den Wagen.

»Kein Aufsehen, bitte!« sagte der Mann im Reisemantel zu dem aufgeregt herankeuchenden Zugführer. »Lassen Sie die Leute schlafen.«

Er bestieg, gefolgt von seinem Schatten mit dem Geigenkasten, den Zug. »Weiterfahren!«

Der Zugführer folgte ihm. Er konnte ja nicht allein auf dem Bahndamm zurückbleiben. Er wollte Einspruch erheben; aber er war viel zu sehr außer sich, als daß ihm die Zunge hätte gehorchen wollen. Für den Unbekannten schien er überhaupt nicht vorhanden zu sein. Der durchschritt gelassen den Gang im Schlafwagen, als sei diese Art, einen Nachtexpreß zu besteigen, die selbstverständlichste Sache von der Welt, und es schien tatsächlich so, als habe er über alle Eisenbahnverwaltungen Europas zu bestimmen.

Der Mann mit dem Geigenkasten drückte sich flink an dem Zugführer vorbei, führte im gleichen Augenblick eine Trillerpfeife, die er an einer Schnur um den Hals trug, an die Lippen und pfiff. Direkt in die Ohren des Zugführers.

Der schrille Ton wirkte außerordentlich. Der Beamte drehte sich einmal um sich selbst mit entsetzt aufgerissenen Augen. Der fremde Herr im Reisemantel hatte sich aus dem Fenster gebeugt und rief ungeduldig zum Führerstand der Lokomotive: »Lassen Sie den Zug endlich weiterfahren!«

Der Zug setzte sich wieder in Bewegung.

Der Schlafwagenschaffner stellte die beiden Abenteurer im Gang. Nachdem sich der Zugführer so schmählich geschlagen gab, hielt er es für seine Pflicht.

»Mein Herr, was soll das bedeuten?« fragte er.

»Nicht Sie haben hier zu fragen, sondern ich!« fuhr ihm der Herr im Reisemantel über den Mund. »Wer ist hier der Zugführer?«

Der Zugführer stand unwillkürlich stramm.

»Ist Ihnen etwas Verdächtiges aufgefallen?« fragte der Unbekannte. »Natürlich nichts«, fügte er mit geringschätziger Handbewegung hinzu und wandte sich zu seinem Begleiter, dem er den Geigenkasten kurzweg abnahm.

»Doktor, Sie durchsuchen sofort den ganzen Zug! Ich werde die Türen beobachten, ob jemand abspringt.«

Der kleine Mann machte kehrt und lief den Gang entlang. Der Mann im Reisemantel wandte sich wieder dem Zugführer zu.

»Sie wecken auch den anderen Schlafwagenschaffner! Ich muß sofort die Pässe aller Reisenden sehen.«

»Aber wieso?«

»Gehen Sie, wenn Ihnen Ihre Stellung lieb und wert geworden ist!« fiel ihm der Unbekannte ins Wort. »Zu solchen Fragen ist jetzt keine Zeit.«

Der Zug gewann von Sekunde zu Sekunde wieder an Geschwindigkeit. Donnernd fegte er über die Schienen. Es galt, die Verspätung aufzuholen.

Der Zugführer hatte sich entschlossen, das Unvorhergesehene in die gewohnte Ordnung der Dinge aufzunehmen.

»Sehr wohl, Monsieur«, sagte er, »ich werde sofort alles nach Ihren Wünschen veranlassen.«

Er wandte sich auf den Hacken um und eilte den Wagengang entlang. Er sah nicht, wie sich das Gesicht des Unbekannten erhellte. Der Mann mit der Shagpfeife triumphierte. Er grinste und triumphierte.

In diesem Augenblick kam, sich beim Schwanken des Zuges an den Türgriffen haltend, dem Unbekannten ein Reisender entgegen. Seine Haare waren verstrubbelt, und er machte einen verschlafenen Eindruck. Er stutzte, als er den Mann im karierten Mantel erblickte, und fixierte ihn schnell. Er betrachtete den Ulster, die Reisemütze, die Shagpfeife, er sah das markante Profil mit dem kühn vorspringenden Kinn. Dann fiel sein Blick auf den Geigenkasten, und der Reisende verfärbte sich leicht.

Höflich trat er zur Seite und gab dem anderen den Weg frei. Doch blieb er auch dann noch stehen, als der Unbekannte längst, nachdem er dankend an seine Mütze getippt hatte, an ihm vorbeigegangen war. Nachdenklich sah er dem seltsamen Mann nach, der um die Gangecke bog. Dann stürzte er auf die Tür des nächsten Schlafwagenabteils zu und riß sie schnell auf.

In dem Schlafwagenabteil saß auf dem bereits für die Nacht hergerichteten unteren Bett ein junger, elegant gekleideter Mann, der lilafarbene seidene Strümpfe, eine gleichfarbige Krawatte und ein wohlgepflegtes schwarzes Bärtchen trug. Er legte eine Konfektschachtel aus der Hand und sah überrascht zu dem erregt eintretenden Reisegenossen auf. Der keuchte nur das eine Wort: »'raus!«

Mit phlegmatischer Verwunderung hob der andere die Augenbrauen. »Was ist los, Billy?«

Billy blickte ihn an, mit einem Ausdruck in den Augen, in dem eine Armee von Plänen vernichtet lag.

»Weißt du, warum der Zug anhielt?«

»Na?« fragte der Herr mit dem Bärtchen. »Damit er einsteigen konnte.«

»Wer?«

»Wer, wer, wer?« schrie der andere unbeherrscht. »Ein Mann! Durchbohrender Blick! Schottische Reisemütze! Shagpfeife! Karierter Mantel! Und – Geigenkasten!«

»Geigenkasten?« wiederholte der Mann mit dem Bärtchen ungläubig.

Einen Augenblick lang sahen sich die beiden in fassungslosem, sprachlosem Entsetzen an.

»Sherlock Holmes?« Der Mann mit dem Bärtchen flüsterte es tonlos. »Sherlock Holmes?« fragte er dann noch einmal. Aber er wartete schon gar nicht mehr auf die Antwort. Beide griffen, ohne noch ein Wort zu verlieren, nach ihren Handkoffern. Der Mann mit dem

Bärtchen riß seine Jacke vom Haken, zog sie über. Billy öffnete leise, ängstlich um die Ecke spähend, die Tür des Abteils. Der Gang war leer.

II

Im Dienstabteil war der Zugführer unterdessen bemüht, den aufgeregt auf ihn eindringenden Fragen der beiden Schlafwagenschaffner standzuhalten. Das war sehr schwer, weil er eigentlich selbst nichts wußte.

»Wozu denn noch einmal die Pässe? Die Kontrolle ist doch schon lange gewesen!« sagte einer der Schaffner ärgerlich.

»Das ist es ja!« pflichtete der Zugführer ihm bei. »Hält den Zug an, droht mit Rausschmiß, verlangt die Pässe und fuchtelt mir mit dem Geigenkasten unter der Nase herum!«

»Geigenkasten?« wiederholte einer der Schlafwagenschaffner. Der Zugführer nickte.

»Und einen karierten Reisemantel.«

»Shagpfeife?« fragte derselbe Schlafwagenschaffner weiter. Ein Verdacht schien in ihm aufzuglimmen.

Der Zugführer nickte.

»Und da weißt du nicht, wer das ist?«

Verständnislos blickte der Zugführer den Schaffner an. In Gedanken ließ er die Bilder seiner sämtlichen hohen und allerhöchsten Vorgesetzten vor seinen Augen vorbeiziehen, ohne daß es ihm gelungen wäre, zwischen ihnen und dem Unbekannten eine Ähnlichkeit festzustellen. Er kannte keinen Vorgesetzten, der Geige spielte.

Aber der zweite Schlafwagenschaffner hatte begriffen.

»Mensch!« sagte er verächtlich und langte nach einem Stapel illustrierter Blätter und broschierter Romane, die er im Gepäcknetz des Dienstabteils verstaut hatte. Es war die Lektüre, die von Reisenden liegengelassen worden war. Er suchte einen Augenblick darin herum. Dann hielt er dem Zugführer ein Magazin »The Strand«

unter die Augen. »Sherlock Holmes«, las der mit stockendem Atem. »Der Hund von Baskerville!«

»Hast du von dem schon mal was gelesen?« fragte der Schaffner und zeigte mit dem Finger auf einen Kopf, der in einer Vignette neben dem Titel zu sehen war. Das war das Gesicht des Unbekannten, mit Shagpfeife, Reisemütze und aufgeschlagenem Mantelkragen. Mißtrauisch blickte er auf der Zeichnung um die Ecke. Der Rauch aus seiner Shagpfeife kräuselte sich zu einem Fragezeichen.

»Nee, hab ich noch nicht!« entgegnete der Zugführer und war sichtlich von der Belesenheit des anderen beeindruckt.

»Der ist es!« versicherte der Schlafwagenschaffner.

»Sherlock Holmes?«

Der Schaffner nickte, und der Zugführer studierte das Titelblatt genauer, als plötzlich hinter ihrem Rücken jemand laut und deutlich sagte: »Der bin ich nicht!«

Die beiden Schlafwagenschaffner und der Zugführer drehten die Köpfe nach der Abteiltür, in der der Unbekannte im Reisemantel aufgetaucht war. Tatsächlich hatte der Mann eine verblüffende Ähnlichkeit mit dem Titelbild auf dem Magazin.

Der Unbekannte lächelte liebenswürdig und trat auf den Schaffner zu, nahm ihm das Magazin aus der Hand, rollte es zusammen, tippte ihm damit vor die Brust.

»Flynn heiße ich. Morris Flynn! – Verstanden?«

Jedem der drei Männer eindringlich in die Augen sehend, fügte er hinzu: »Und ich wünsche auch nicht, daß man diskutiert, ob ich es bin oder nicht bin.«

»Selbstverständlich, Mister Holmes!« erklärte der eine Schlafwagenschaffner beflissen. Er hatte als erster sofort begriffen.

»Flynn!« wies ihn der Angeredete zurecht. »Darf ich jetzt um die Pässe bitten?«

Er nahm die Pässe, die man ihm reichte – es war eine stattliche Anzahl –, und begann sofort, jeden einzelnen durchzublättern.

Die Beamten standen daneben und sahen ihm zu. Jetzt war es allen dreien klar, daß sie dem weltberühmten englischen Detektiv Sherlock Holmes gegenüberstanden.

Obwohl sie vor Neugier fast zerplatzten, dauerte es eine Weile, bis der Zugführer sich zu der Frage ent-schloß: »Sind denn Verbrecher im Zug?«

»Verbrecher können überall sein«, war die Antwort. »Aber wo ich auftauche, ist bestimmt einer. – Darf ich Sie bitten, mich allein zu lassen?«

Gehorsam verließen die Beamten das Dienstabteil. Sie waren tief beeindruckt. Sie verbeugten sich und traten auf den Gang. Der Zugführer sagte kopfschüttelnd: »Wissen möchte ich nur, wo er die Laterne herhat? Das ist eine Dienstlaterne.« Aber einer der Schlafwagenschaffner beruhigte ihn.

»Da mach dir keine Gedanken, bei dem ist alles möglich. Nichts kann ihm verborgen bleiben. Seine Kombinationsfähigkeit grenzt ans Überirdische. Er ist der Schrecken aller Verbrecher!«

Im Dienstabteil war der Mann, der sich Morris Flynn genannt hatte, nur wenige Minuten allein, dann öffnete sich wieder die Abteiltür, und der kleine Mann in dem schwarzen Umhang und mit dem runden Hut trat ein.

»Verdächtiges?« fragte Morris Flynn, ohne von den Pässen aufzusehen.

Der kleine Mann hatte vorsichtig die Tür hinter sich zugezogen und ließ sich dann niedergeschlagen auf eine der Bänke sinken.

»Nichts«, sagte er verzweifelt, »aber auch gar nichts! – Weder ein Sitzplatz noch ein Bett ist frei. Der Zug ist überfüllt.«

»Dann werden wir hier im Dienstabteil bleiben, und die Paßrevision wird sich sehr in die Länge ziehen«, entgegnete gleichmütig Mr. Flynn.

Mr. Flynn hatte schon fast alle Pässe durchgesehen. Jetzt hielt er einen Paß seinem Gefährten hin und sagte dabei schmunzelnd: »Guck mal, Mackie. Hübsch, was?«

13

Und im gleichen Atem fuhr er fort: »Hände weg von den Fahrkarten!«

Als hätte man ihm auf die Finger geklopft, zog Mackie erschrocken die Hand von den Fahrkarten zurück, die, zu einem Stapel geschichtet, auf dem kleinen Klapptisch am Fenster lagen und von denen er zwei Karten herausziehen wollte. Er steckte die Hände in die Rocktaschen und beugte sich dann neugierig über die Schulter seines Freundes.

Flynn hielt zwei Pässe nebeneinander und zeigte auf die beiden Paßbilder: zwei Mädchenköpfe, blond der eine, der andere dunkel. Trotz der schlichten, braven Haarfrisur und der kleinstädtisch anmutenden Kleidung waren die Gesichter nicht ohne Liebreiz.

»Gestatte mal!« sagte Mackie interessiert und nahm seinem Freund die beiden Pässe aus der Hand. Er las die eigenhändigen Unterschriften unter den Fotos: Mary Berry und Jane Berry. Und dann kombinierte er: »Schwestern. Aus Middletown.«

»Richtig«, nickte Flynn.

»Landsmänninnen, Kleinstädterinnen. – Vierzigtausend Einwohner.« Und dann kombinierte er weiter: »Erste große Reise.«

Sein Freund zeigte ihm die funkelnagelneuen Pässe, deren unbeschriebene Blätter er durch seine Finger gleiten ließ. Mackie bestätigte die Kombination von Morris, aber der zog bereits weitere Schlußfolgerungen.

»Beide sind Vollwaisen«, sagte er. »Hier … Vater und Mutter in der schwarzen Emaillebrosche. – Weiter! – Sie sind von großer Wahrheitsliebe, von ebenso großer Zurückhaltung, frühzeitig gereift und von einer geradezu rührenden Bescheidenheit und Sparsamkeit.«

Mackie betrachtete die Unterschriften der beiden Mädchen. »Stimmt«, sagte er, »zarte Aufstriche, alles ohne eitle Schnörkel.«

»Jawohl, die großen Anfangsbuchstaben sind fast klein geschrieben – sehr sympathisch.«

»Richtig«, sagte Mackie.

Plötzlich kreischten wieder die Bremsen. Der Expreßzug verlangsamte sein Tempo, und Morris fragte, ohne von den Paßbildern der beiden Mädchen aufzuschauen: »Welche Station?«

Mackie stürzte ans Fenster. »Gar keine.«

»Gar keine?«

»Nein.«

»Warum nicht?«

»Offene Strecke.«

»Also Notbremse«, kombinierte Flynn sachlich, »aber warum?«

»Unseretwegen«, erwiderte Mackie ebenso sachlich.

»Wieso?«

»Der Traum ist aus«, flüsterte Mackie.

»Richtig«, bestätigte Flynn, warf die Pässe fort und sprang auf.

Einen Augenblick sahen sie sich erschrocken an, dann sprang Flynn zum Fenster, riß es herunter, und indem er nach Mütze und Mantel griff, zischte er Mackie zu: »'raus! Vergiß nicht den Geigenkasten!«

Und schon hatte er ein Bein aus dem Fenster herausgeschwungen. Aber dann hielt er mitten im Schwung inne und spähte in die Nacht hinaus.

Den Bahndamm sprangen zwei Gestalten hinab. Sie trugen Handtaschen. Die offene Tür des vorderen Schlafwagen verriet, daß sie aus dem Zuge gesprungen waren. Der eine war Billy, der andere war der Mann mit dem kleinen Bärtchen und dem lila Schlips. Beide liefen, was sie konnten, bis sie in der Dunkelheit verschwunden waren.

Flynn und Mackie sahen ihnen nach.

Jetzt tauchte unter dem Fenster des Dienstabteils der Zugführer auf.

»Mister Holmes! Mister Holmes!« schrie er. »Dort laufen sie!« Seine Stimme überschlug sich vor Aufregung. »Schnell schnell, sie entwischen!«

Ärgerlich winkte Flynn ab.

»Flynn heiße ich«, sagte er streng und zog das Bein wieder zurück. »Lassen Sie sie laufen. Kommen Sie 'rein, Mann, und lassen Sie den Zug weiterfahren!«

Er wandte sich zurück ins Abteil und steckte, von Mackie unbemerkt, zwei Fahrkarten zu sich, die oben auf dem Stapel lagen. Er ging auf den Gang und winkte seinem Freund, ihm zu folgen.

Draußen schrillte die Pfeife des Zugführers. Die Lokomotive antwortete. Wieder setzte sich der Zug in Bewegung.

Neben der Tür, durch die der Zugführer im letzten Augenblick wieder aufgesprungen war, standen die Schaffner.

»Da habt ihr's!« sagte triumphierend der Schlafwagenschaffner, der nicht umsonst seine Kriminalromane gelesen hatte. »Die beiden haben ihn schon gewittert. Wenn Sherlock Holmes es auf sie abgesehen hätte, wären sie ihm natürlich nicht entwischt. Sicher sucht er andere Schwerverbrecher, die mehr Dreck am Stecken haben, Dreck bis an die Krücke. Er übernimmt nämlich nur sensationelle Kriminalfälle.«

»Keine Aufregung, meine Herren! Ruhe, Ruhe, Ruhe«, sagte Mr. Flynn, als er, von den Beamten gefolgt, den Schlafwagengang entlangkam. »Zeigen Sie mir das Abteil der beiden.«

Vor dem Abteil der beiden geflüchteten eleganten Herren mit den schlechten Gewissen blieben sie stehen. Morris Flynn trat ein. Mackie wollte ihm folgen, doch dann sah er den Zugführer herankommen. Er musterte ihn von oben bis unten geringschätzig und sagte vorwurfsvoll: »An Ihrer Stelle würde ich den Namen Sherlock Holmes noch lauter in alle Welt hinausschreien. Sie wissen doch, daß es der Meister nicht will.«

»Gewiß«, entgegnete der Zugführer kleinlaut, »aber die beiden Verbrecher – jetzt sind sie weg.«

»Merken Sie sich eines«, belehrte ihn Mackie: »Die Großen hängt man, die Kleinen läßt man laufen.«

Damit ließ er ihn stehen.

Mr. Flynn blickte sich einmal flüchtig um und erkundigte sich dann bei den Schaffnern nach dem Namen der nächsten Station.

Er erfuhr, daß der Zug erst wieder in Saint-Dimier halten würde.

»Und wie heißt der Ort, der der Stelle, wo die beiden Gauner abgesprungen sind, zunächst liegt?« fragte er weiter.

Das müsse Valsy gewesen sein, erhielt er von dem Zugführer zur Antwort.

»Valsy also«, sagte Flynn, und dann befahl er seinem Freund: »Doktor, eine Depesche an die Gendarmerie in Valsy mit dem Tatbestand und einer Beschreibung der Entflohenen!«

»Jawohl, Meister«, nickte Mackie, beklopfte aufgeregt seine Brusttasche, zog schließlich einen Stenogrammblock und einen Bleistift heraus und fing an zu schreiben.

Flynn sah sich jetzt genauer um, bückte sich und schaute unter das Bett. Er hob die Kopfkissen auf, und von den anderen unbemerkt nahm er darunter etwas hervor und steckte es in seine Manteltasche.

Auf dem Klapptischchen am Fenster lagen englische Zeitungen, Zigarettenschachteln, die angebrochene Bonbonniere, und daneben stand eine Flasche Kognak. Der Schlafwagenschaffner wollte Flynn alles reichen.

»Nichts anfassen!« herrschte Flynn ihn an. Er betrachtete ihn mit einem mitleidigen Lächeln. »In jedem Kriminalroman können Sie lesen, daß an einem Tatort nichts berührt und verändert werden darf.«

Verlegen versteckte der Schaffner die Hand hinter seinem Rücken. Seine Bewunderung war, soweit das überhaupt möglich war, noch im Wachsen.

Flynn betrachtete die Dinge auf dem Klapptischchen und sagte gewichtig: »Das werde ich nachher alles eingehend untersuchen.«

Mackie riß in diesem Augenblick die Seite aus seinem Stenogrammblock. Er hatte das Telegramm fertig formuliert.

»Unterschrift?« fragte er.

»Natürlich«, sagte Flynn. Mackie versuchte sich durch ein Augenblinzeln mit ihm zu verständigen.

»Welche?« fragte er vorsichtig.

»Die richtige«, entgegnete Flynn unbekümmert.

Hilflos stand der kleine Mann mit dem runden Hut und dem Havelock da.

Flynn grinste ein bißchen schadenfroh, aber dann nahm er seinem Freund das Blatt aus der Hand und übergab es dem Zugführer.

»Setzen Sie Ihren Namen darunter, meine Herren«, sagte er liebenswürdig, »und geben Sie das Telegramm in Saint-Dimier auf. Auch Ihnen gebührt ein Anteil an der Ehre, mit mir unter den Verbrechern aufgeräumt zu haben.« Und dann blickte er auf die unbenutzten Betten und fügte hinzu: »Wir bleiben hier. Jetzt sind zwei Betten frei. Wenn irgend etwas vorfällt, wecken Sie uns bitte sofort. Sonst erst zum Frühstück.«

»Jawohl, Mister Holmes«, sagte der Zugführer und salutierte. Und die Schlafwagenbeamten salutierten ebenfalls.

»Flynn!« verbesserte der andere ärgerlich und hob warnend den Zeigefinger. »Nicht Holmes. – Im übrigen, meine Herren, war ich mit Ihnen sehr zufrieden. Wir möchten nicht schlafen gehen, ohne Ihnen vorher unseren Dank ausgesprochen zu haben.«

»Schönen Dank!« sagte Mackie und bemühte sich um eine weltmännische Verbeugung.

»Und gute Nacht!« fügte Flynn abschließend hinzu.

III

Morris Flynn wartete, bis die Beamten die Abteiltür hinter sich ins Schloß klinkten. Als er sich umwandte, stand Mackie am Klapptisch und futterte Pralinen aus der Bonbonniere.

»Aber Doktor Watson!« sagte Flynn vorwurfsvoll.

Sofort klappte Mackie die Bonbonniere zu.

Flynn wies auf den Geigenkasten, der auf dem unteren Bett abgestellt worden war. »Auspacken!« sagte er.

»Auspacken, auspacken, auspacken!« sang Mackie fidel und übermütig.

Der kleine Mann war auf einmal nicht wiederzuerkennen. Er war furchtbar vergnügt. Er öffnete den Deckel des Geigenkastens und schüttete den Inhalt auf das untere Bett: Zahnbürsten, Kamm, Seife und Schwämme, zwei Nachthemden und zwei Paar Hausschuhe. Dann setzte er sich auf die Bettkante und sah zu Morris hin. Der hatte inzwischen aus der Kognakflasche zwei Gläser vollgeschenkt, reichte eines Mackie.

»Also, Mackie!«

Mackie stieß mit ihm an. »Also, Morris!«

Beide tranken.

»Sind wir im Zug?« fragte Morris.

»Wir sind es!«

»Haben wir zwei Bettplätze?«

»Wir haben sie!«

»In sechs Stunden sind wir in Brüssel!«

Abwehrend hob Mackie die Hand.

»Nein, das sind wir nicht«, meinte er kleinlaut.

»Warum nicht?« entgegnete Flynn verblüfft.

»Weil wir nicht durch die Sperre kommen. Ich wollte uns ja zwei Fahrkarten besorgen, aber du …«

Auf der geöffneten Handfläche hielt Flynn Mackie die beiden Fahrkarten hin.

»Aber ich hab' sie genommen. Und zwar im richtigen Augenblick. ›Timing‹, mein Lieber, auf das ›timing‹ kommt es an, sagt der Boxer. Der Schlag muß sitzen.«

»Muß sitzen«, nickte Mackie bedrückt. »Ich sehe schon, zum Schluß sitzen wir.«

Flynn stellte sein Glas ab.

»Zwei Jahre gibt es mindestens.«

»Zwei Jahre?« fragte Mackie auffahrend.

»Nun«, meinte Flynn, »nach allem, was wir in den letzten paar Minuten angestellt haben.« Und er begann an den Fingern abzuzählen: »Diebstahl am Eigentum der Eisenbahnverwaltung …«

»Wieso Diebstahl?« unterbrach Mackie.

»Die Signallampe, die wir uns aus dem Bahnwärter-häuschen geholt haben! Und die Signalpfeife!«

Dabei griff er nach der Trillerpfeife, die Mackie immer noch wie einen Orden um den Hals trug.

Flynn zählte weiter auf: »Vorsätzliche Eisenbahngefähr-dung, Amtsanmaßung durch Vornahme nichtberechtig-ter Paßkontrolle.«

»Bitte, hör auf!« klagte Mackie und hielt sich die Ohren zu. Aber Flynn klopfte ihm ermutigend auf die Schulter.

»Ohne Risiko kein Erfolg, mein Junge. Und was haben wir schon zu riskieren, Mackie? – Nichts! – So wäre es doch mit uns nicht weitergegangen. Es mußte endlich was geschehen.«

Morris schenkte sich ein zweites Glas Kognak ein.

»Prost! – In Brüssel ist ein Betätigungsfeld, wie wir es nie wieder kriegen. Alle sind da: die reichen Leute und die größten Gauner. Mackie, da dürfen wir doch nicht fehlen! Die Zimmer im Palace Hotel sind bestellt. Wenn wir geschickt sind und uns nicht vordrängen, sondern unser Inkognito wahren, weiß morgen die ganze Weltausstellung, daß wir da sind. Die Bude werden sie uns mit Aufträgen einrennen. Wir werden keine Ruhe haben. Endlich werden wir wieder wie anständige Menschen leben: Zimmer mit Bad, Frack und Claque, Einladungen in die höchsten Kreise, warmes Essen und schöne Frauen. – Mackie!«

Mackie blickte interessiert auf. »Warmes Essen?«

»Täglich zweimal«, nickte Flynn.

Doch Mackies Zuversicht war bereits wieder im Sinken.

»Bis es uns sauer aufstößt und sie uns auf den Schwindel kommen.«

»Ja«, sagte Flynn, aber die Aussicht schien ihn nicht zu erschüttern.

»Was?« fuhr Mackie hoch.

»Na ja«, sagte Flynn gleichgültig. »Hast du denn ge-glaubt, daß wir bis an unser seliges Ende hochstapeln werden?«

»Nein.«

»Na also«, meinte Flynn befriedigt.

20

»Dann werden wir in einem Zimmer ohne Bad und ohne allen Komfort und ohne schöne Frauen sitzen«, sagte Mackie, »bei Wasser und Brot.«

»Täglich zweimal«, nickte Morris.

»Bis an unser seliges Ende!« Und Mackie legte das Stückchen Konfekt, das er eben in den Mund schieben wollte, wieder in die Schachtel zurück, als hätte diese Aussicht ihm schon jetzt den Appetit verdorben.

Flynn sah ihn von der Seite an.

»Kopf hoch, Mackie!« sagte er und reichte seinem Freund ebenfalls ein gefülltes Glas.

»Hat man mich für Sherlock Holmes gehalten oder nicht?«

»Man hat«, sagte Mackie.

»Na also. – Hat einer daran gezweifelt, daß du Doktor Watson bist?«

Trotz seiner Niedergeschlagenheit erweckte diese Unterstellung Mackies Selbstgefühl.

»Natürlich nicht«, sagte er mit Überzeugung.

»Na, siehst du«, sagte Flynn, »du kannst dich doch auf mich verlassen. Ich habe alles bis ins kleinste durchdacht. Es wird uns nichts passieren. Die Sache rollt und ist jetzt nicht mehr aufzuhalten.«

In diesem Augenblick klopfte es.

Fragend sah Morris Flynn erst seinen Freund an, der vom Bett aufgesprungen war und das Kognakglas, ohne zu trinken, wieder auf das Tischchen zurückstellte.

Es klopfte wieder.

Es klopfte nicht an die Tür, die zu dem Wagengang führte, sondern an die Verbindungstür zu dem nebenan liegenden Schlafwagenabteil. Und jetzt ertönte hinter dieser Tür die Stimme einer Frau.

»Halloo!« rief es, und dieses »Halloo« klang englisch.

»Halloo?« erwiderte Flynn.

Mackie bewunderte die Schnelligkeit, mit der sich Morris gefaßt hatte.

»Schlafen Sie schon?« kam es wieder von drüben.

Morris Flynn fand es an der Zeit, daß auch Mackie sich bemerkbar machte.

Mit einem Rippenstoß gab er ihm das zu verstehen, und Mackie begriff sofort.

»Nein, wir sind ganz munter«, rief er zurück. Er verstellte seine Stimme dabei so unnatürlich, als sei der Geist einer alten Jungfer in ihn gefahren. Es klang, als wollte ein Sargnagel Munterkeit bekunden.

»Sie haben wohl vergessen, was Sie uns versprochen haben?« fuhr die Frauenstimme fort.

Flynn war dicht an die Verbindungstür getreten. Es sah aus, als wollte er sie öffnen. Doch Mackie hielt ihn am Ärmel fest.

»Eine Komplizin!« zischte er.

Von nebenan vernahm man aufgeregtes Getuschel.

»Es sind zwei«, stellte Flynn leise fest. Und laut sagte er: »O nein. Ich habe es nicht vergessen.«

»Geben Sie es mir durch die Tür!« bat die Frauenstimme wieder. »Aber nicht herschauen!«

Flynn blickte ratsuchend auf Mackie. Der reichte ihm die Bonbonniere. Jetzt öffnete Flynn vorsichtig den Sperriegel. Die Tür zum Nebenabteil öffnete sich ein wenig. Mit Spannung spähten die beiden Männer auf den Türspalt. Eine kleine, zarte Hand kam hervor. Flynn legte die Bonbonniere auf den Handteller. Die Tür mußte ein wenig weiter geöffnet werden, damit die große Konfektschachtel hindurch konnte.

»Zupacken! Verhaften!« flüsterte Mackie. Doch Flynn winkte ab.

Mit einem Ruck öffnete er die Tür. Mackie hielt einen Revolver in der Hand.

Vor ihnen stand, im Nachthemd, zu Tode erschrocken, ein junges Mädchen. Ein zweites zog, als die beiden fremden Männer plötzlich in der Tür erschienen, mit einem Schrei des Entsetzens die Decke über den Kopf. Sie lag in dem oberen Bett.

Morris Flynn sah den angstvollen Blick des Mädchens, das bleich und zitternd vor ihm stand, und entdeckte dann erst den Revolver in Mackies Hand.

»Steck das Ding weg!« sagte er. »Die Damen sind wohl so freundlich und ziehen sich etwas an. Aber ein bißchen hopp! Wir haben dringend mit Ihnen zu reden.«

Im oberen Bett erschien vorsichtig unter der Decke hervor ein Kopf. Mit verwunderten Augen starrte das zweite Mädchen auf die Eindringlinge. Dann sagte eine entrüstete Stimme: »Aber Sie sind ja gar nicht die Richtigen!«

»Doch. Wir sind schon richtig«, sagte Flynn trocken. »Tun Sie, was ich Ihnen gesagt habe.«

»Was sollen wir tun?« fragten die beiden Mädchen verstört.

»Anziehen sollen Sie sich!« wiederholte Flynn scharf.

Dann schlug er die Verbindungstür wieder zu und blieb, mit dem Rücken gegen sie gelehnt, stehen. Er war ziemlich verdutzt.

»Guck an – Middletown!« sagte er.

Mackie rieb sich vergnügt die Hände.

»Middletown!« kicherte er. »Die Vollwaisen! Voller Bescheidenheit und Zurückhaltung! Dabei stecken sie mit den Burschen, die vor uns ausgerückt sind, unter einer Decke. Wahrscheinlich, weil eine Decke billiger ist. Sie sind doch so sparsam, wie?« Er grinste hämisch. »Frühzeitig gereift, das kann man wohl sagen. Ist ja unglaublich. Na, die sollen ihr blaues Wunder erleben!«

In dem Abteil nebenan schlüpften die beiden Mädchen aus Middletown gehorsam aus ihren Betten und in ihre Mäntel. »Siehst du, da haben wir's«, sagte die Dunkelhaarige vorwurfsvoll zu ihrer blonden Schwester. »Durch dein Benehmen.«

»Das versteh ich nicht«, erklärte die Blonde empört, »was wollen die von uns? Und wo sind unsere Lords hin? Wie kommen die zwei fremden Kerle in ihr Abteil?«

»Jane!«

Der Dunklen war etwas Schreckliches eingefallen. Sie war dabei, sich die Strümpfe anzuziehen. Sie hielt ihr schlankes Bein geradeaus in die Luft gestreckt und sah entsetzt ihre Schwester an.

»Ja, Mary?« fragte Jane ängstlich zurück. Mary hatte rasch überlegt.

Sie stand auf.

»Das sind Verbrecher«, sagte sie bestimmt, »Eisenbahnräuber! – Wo hast du das Geld? Wir geben's ihnen gleich so. Freiwillig! Dann tun sie uns nichts.«

»Verrückt!« entgegnete Jane aufgebracht. »Steck's weg! Rasch! Ich hole den Schaffner.«

Auf Zehenspitzen schlich sie zur Tür, die nach dem Gang führte. Auf halbem Weg jedoch blieb sie festgenagelt stehen. Hinter der Verbindungstür ertönte eine Stimme: »Nun, meine Damen?«

Mary gab der Schwester einen Wink, sich davonzumachen. Laut aber sagte sie: »Ach, bitte, noch einen Augenblick!«

Jane war schon an der Tür angelangt. Behutsam und geräuschlos drückte sie die Klinke nieder. Ihre Schwester wagte nicht zu atmen. Jane öffnete die Tür und wollte hinausschlüpfen. Aber vor der Tür stand Mackie.

»Verzeihung«, sagte er, »bitte nicht hier, sondern dort!« Kavaliermäßig wies er zur Verbindungstür. Schon öffnete sich auch diese Tür. Mr. Flynn erschien wieder auf dem Plan. Ohne weitere Umstände zeigte er auf das untere Bett und sagte: »Setzen Sie sich!«

Gehorsam setzten sich Mary und Jane auf die Bettkante und hielten brav die gefalteten Hände im Schoß. Mackie hatte indessen auch das Abteil betreten und die Tür zum Gang hinter sich ins Schloß gezogen. Es gab keinen Ausweg. »Wir wollen keine langen Geschichten machen«, begann Flynn. »Also packen Sie mal aus!«

Mary und Jane sahen sich an, dann griffen beide zitternd in die Ausschnitte ihrer Nachthemden. Jede brachte einen kleinen goldenen Anhänger an goldenem Kettchen zum Vorschein.

Mackie hielt fordernd seine Hand ausgestreckt, und die Mädchen legten zögernd ihre Anhänger hinein.

Morris Flynn hatte eigentlich das Auspacken nicht so gemeint, aber er ließ sich seine Verwunderung nicht anmerken. Nicht das kleinste Lächeln glitt über sein Gesicht.

»Wir geben Ihnen alles, was wir besitzen«, sagte Mary und blickte dabei von unten flehentlich zu Morris auf. »Freiwillig. Tun sie uns nichts! Bitte!«

Morris blickte Mackie an, und dann blickten die beiden Männer wieder auf die Mädchen, die in ihren bescheidenen kleinen Handtäschchen, die sich völlig glichen, zu kramen begannen. Jede holte ein paar Geldscheine und wenige Silbermünzen hervor. Als die beiden Mädchen ihm alles aushändigten, vermochte Flynn doch nicht mehr den Ernst zu wahren.

»Ist das alles?« fragte er, während es um seine Augenwinkel verdächtig zuckte.

»Ja«, sagte Mary kläglich. »Achtundzwanzig Franc sechzig. Sie können's nachzählen. Es stimmt.«

Flynn wußte im Augenblick nicht, was er mit dem Geld in seiner Hand anfangen sollte. Er sah betreten die beiden Mädchen an, die jetzt wieder die Hände falteten.

»Und was ist das?« ertönte jetzt Mackies Stimme. Er hatte, nachdem er die beiden Medaillons achtlos in seine Hosentasche gesteckt hatte, auf eigene Faust das Abteil untersucht.

Die beiden Mädchen wandten sich nach ihm um. Er deutete auf eine kleine Reisetasche, die unter dem Kopfkissen des unteren Bettes versteckt lag.

»Das ist unsere Reisetasche«, sagte Jane.

»Aufmachen!« befahl Mackie.

Jane trat zum Kopfende des Bettes, um die Tasche hervorzuholen. Da sah sie an der Wand über dem Kopfkissen den Klingelknopf mit der Aufschrift »Controlleur«. Es gelang ihr, unbemerkt und schnell auf den Knopf zu drücken. Als sie sich wieder umwandte, war sie verändert. Auf einmal sah sie entschlossen aus. Beinahe ein bißchen keß. Flynn fixierte sie mißtrauisch. Dann ahnte er, was geschehen war. Er schmunzelte vergnügt.

IV

»Finger weg!« sagte Jane. Sie schlug Mackie, der ihr die Tasche abnehmen wollte, energisch auf die Finger.

»Wie sprechen Sie mit mir?« fragte Mackie empört und blickte hilfesuchend zu Morris hinüber.

»Wie man mit Ihresgleichen spricht«, entgegnete Jane kühn und herausfordernd.

Die Schwester war entsetzt.

»Jane, sei still!« flüsterte sie beschwichtigend. Soviel Mut war ihr unerklärlich und machte sie noch ängstlicher. Jane dachte nicht daran, jetzt still zu sein. Sie war nicht mehr aufzuhalten.

»Ach was, still!« sagte sie herausfordernd. »Glaubst du, ich fürchte mich vor diesen Galgengesichtern, vor diesen Eisenbahnräubern, Verbrechern, Mädchenhändlern, Lustmördern?«

Mackie war dicht neben Morris getreten. Der weidete sich ruchlos an dessen Verlegenheit. Er lächelte nur, während Jane jetzt unverschämt laut wurde. Sie hielt die Tasche so, als wolle sie im nächsten Augenblick damit losschlagen.

»Wenn Sie glauben, daß Sie alles mit uns machen können, dann täuschen Sie sich! Sie werden gleich sehen, was Ihnen passiert!« Und schon passierte etwas. Es klopfte an die Abteiltür.

»Herein!« rief Jane laut und siegesgewiß.

Die Tür wurde geöffnet. Die beiden Schlafwagenschaffner standen davor.

»Diese beiden Männer sind bei uns eingedrungen!« rief Jane und lief zu den beiden Schaffnern hinaus.

Jetzt sprang auch Mary auf. Sie stellte sich neben Jane und rief: »Nehmen Sie fest! Nehmen Sie sie fest!«

Auf einmal hatte sie auch Mut.

Unentschlossen blickten die beiden Schlafwagenschaffner zuerst auf die Mädchen neben sich, dann auf Morris Flynn, der ihnen verstohlen zuzwinkerte. Bei einem der Schaffner fiel der Groschen.

»Was sollen wir?« fragte er vergnügt.

»Diese beiden Männer festnehmen und der Polizei übergeben«, rief Jane.

»Aber Vorsicht, der hat eine Pistole!« Mary zeigte auf Mackie. Schallendes Gelächter war die Antwort.

»Das könnte Ihnen so passen«, sagte der zweite Schaffner und lachte. Der andere Schaffner lachte mit.

Jane und Mary blickten entgeistert zu den beiden Beamten hin.

»Was gibt es denn da zu lachen? Da gibt's doch nichts zu lachen!« sagte Jane.

»Nein, da gibt's wirklich nichts zu lachen für Sie«, sagte der erste Schaffner. »Und ich würde Ihnen raten, diesem Herrn hier kein Theater vorzumachen. Sagen Sie lieber gleich die Wahrheit!«

Doch jetzt fragte Morris Flynn mit einer Kopfbewegung auf die Mädchen die Schaffner: »Ist Ihnen bei den beiden Damen irgend etwas Verdächtiges aufgefallen?«

»Jawohl«, entgegneten beide wie aus einem Munde.

»Nun?«

»Sie waren während der ganzen Fahrt mit den beiden Geflüchteten von nebenan zusammen«, berichtete der eine und zeigte mit dem Daumen auf das Nebenabteil.

Flynn nickte. Er schien nichts anderes erwartet zu haben. Er winkte den beiden Schaffnern zu, sich zu entfernen. Nummer eins und Nummer zwei salutierten, machten kehrt und traten wieder auf den Gang hinaus.

»Aber so hören Sie doch«, rief Jane ihnen entsetzt nach, »Sie können uns doch nicht hier ...«

»Sie müssen uns doch beschützen!« schrie Mary.

Die Schwestern stürzten zur Tür. Doch vor ihrer Nase wurde sie zugeschlagen und ließ sich nicht wieder öffnen. Vergeblich trommelten die Mädchen mit ihren Fäusten dagegen.

»Sie sehen, meine Damen, Ihre Proteste und Tricks verfangen bei uns nicht.« Morris Flynn wies wieder auf das untere Bett.

Mit Tränen in den Augen setzte sich Jane nieder. Und Mary beteuerte kleinlaut: »Aber wir sind doch ganz unschuldig. Wir haben doch gar nichts getan.«

»Natürlich nicht«, beruhigte sie Flynn.

»Ja, was wollen Sie dann von uns?« fragte Mary und setzte sich neben Jane auf das Bett.

Jetzt war es Mackie, der an Flynns Stelle antwortete: »Wissen, was in der Tasche ist.« Dabei riß er Jane die Reisetasche aus der Hand, öffnete und untersuchte sie. Er zog ein Päckchen heraus und begann es triumphierend auszuwickeln.

Morris blickte sich inzwischen um und nahm vom Fenstertisch zwei ausgeschriebene Fahrscheinhefte der Cook-Reisegesellschaft, las sie und legte sie wieder zurück. Dann wandte er sich an Mackie. »Was ist drin?«

»Belegte Brötchen!«

Jane schämte sich.

»Wir haben sie von zu Hause mitgenommen«, sagte sie entschuldigend. »Aber wir wurden dann von den beiden Lords zum Abendessen eingeladen.«

»Sie sind also nicht mehr hungrig?« erkundigte sich Mackie sehr interessiert. Aber ein warnender Blick Flynns ließ ihn die Tasche zurückstellen.

»Als Lords also haben sich die beiden Herren bei Ihnen eingeführt. – Und das haben Sie geglaubt?«

Jane und Mary nickten.

»Und wie lange kennen Sie die beiden Lords schon?« fragte Flynn weiter.

»Noch nicht lange«, bekannte Mary. »Eigentlich haben wir sie erst hier im Zuge kennengelernt.«

Die Antwort schien Flynn zu beruhigen.

»Und was haben Sie den beiden Herren vorgeschwindelt, wer Sie sind?«

Die beiden Mädchen antworteten nicht. Sie erröteten bis zum Hals. Mary sogar noch ein Stückchen weiter.

»Also heraus mit der Sprache!« ermunterte Flynn sie nicht unfreundlich. »Erleichtern Sie Ihr Gewissen, und dann Schwamm drüber!«

Mit niedergeschlagenen Augen saßen jetzt die Mädchen vor ihm. Endlich hob Jane den Arm. Ohne aufzublicken wies sie auf ihre Schwester Mary.

»Sie hat gesagt, sie sei eine Komteß«, flüsterte sie. Mary errötete noch mehr.
»Und Sie? Was haben Sie gesagt?« forschte Flynn.
»Ich? – Dasselbe! – Ich bin doch ihre Schwester.«
»Richtig«, sagte Flynn. »Und das haben die beiden Ihnen geglaubt?«
»Ja.«
»Und dann haben also die Komtessen mit den Lords zu Abend gespeist?«
Mary sagte nichts. Aber Jane hauchte: »Ja.«
»Feine Gesellschaft«, nickte Flynn.
»Hähä«, meckerte Mackie.
Zaghaft blickte Mary zu Morris Flynn auf.
»Ich wollte ja erst nicht«, sagte sie stockend. »Aber meine Schwester sagte ...«
»Ich sagte?« fuhr Jane dazwischen. »Ich hab gar nichts gesagt.«
»Doch, von heute an sind wir große Damen, hast du ...«
»Das hast du gesagt, und du hast dich auch anquatschen lassen. Hast im Korridor mit ihnen kokettiert. Eine Zigarette hast du angenommen. Und sogar geraucht!«
»Und du? – Du hast sie eingeladen, auf unser Schloß, obwohl du das gar nicht durftest. Du hast deinen Schnabel nicht halten können.«
»Aber meine Damen!« fiel Flynn begütigend ein. Der Streit der beiden Edelfräulein belustigte ihn. Er setzte sich neben sie auf das Bett. Die jungen Dinger dauerten ihn, weil sie offensichtlich gar keine Ahnung hatten, in welcher Gefahr sie noch vor ein paar Minuten waren.
»Die Lords sind ebensowenig Lords, wie Sie Komtessen sind. Das wird den beiden jetzt bald hinter Schloß und Riegel klargemacht werden. Und was mit Ihnen hätte passieren können, das ist überhaupt gar nicht auszudenken. Mit achtundzwanzig Franc sechzig ...«, er händigte Mary das Geld aus, das er immer noch in der Hand hielt, »wären die Gauner bestimmt nicht zufrieden gewesen.«
Er sah von einer zur anderen. Zerknirscht saßen die Mädchen da.

»Da haben wir ja Glück gehabt«, sagte Jane zaghaft.

»Glück ist kein Verdienst, mein Kind«, entgegnete Flynn. »Und wenn Sie ein zweites Mal wieder reisen sollten, dann merken Sie sich eins: Man läßt sich nicht von fremden Herren ansprechen, und man guckt sich seine Reisebegleitung genau an. – Und vor allen Dingen: Man gibt sich nie für etwas anderes aus, als man in Wirklichkeit ist! Das geht nie gut aus!«

»Nie!« sagte Mackie. »Nie! Merken Sie sich das.« Strafend sah er auf die beiden Mädchen. Er hatte in Ton und Haltung etwas von einem Oberlehrer.

»Jawohl, Miss Mary Berry und Miss Jane Berry aus Middletown«, schloß Morris Flynn freundlich und stand auf.

Das saß! Die beiden Mädchen starrten ihn an.

»Im übrigen gute Reise und gute Ankunft!«

»Und gute Nacht!« ergänzte Mackie.

Er nickte nur kurz mit dem Kopf und folgte Morris in das andere Abteil.

Die Mädchen standen auf. Sie knicksten. »Gute Nacht.« Und dann sahen sich beide an.

Morris Flynn war mit dem Erreichten zufrieden. Als er die Verbindungstür wieder verriegelt hatte, zog er seinen Überrock aus und hängte ihn an den Haken. Er wandte sich Mackie zu und sah, wie der ein paar eingewickelte Brötchen aus der Tasche zog. Es wurde ihm nicht sofort klar, daß Mackie ein Zauberkunststück vollbracht und die Brötchen aus der Reisetasche der Mädchen in seine eigene hineinpraktiziert hatte. Im übrigen war er auch viel zu hungrig, um nach der Herkunft zu fragen. Wortlos nahm er das Brötchen, das Mackie ihm reichte, und biß hinein. Sie kauten schweigend und mit Genuß. Mackie begann sich ebenfalls auszuziehen.

»Wir werden uns morgen früh bei der Ankunft in Brüssel ein bißchen um die beiden Mädchen kümmern müssen.«

»Nein«, entgegnete Flynn.

»Warum nicht?« fragte Mackie überrascht. »Wir können die beiden Küken doch nicht allein lassen. Wer weiß, was ihnen sonst noch zustößt!«
Er trat gegen die Schäfte seiner Stiefel und zog sie so aus. Es waren Zugstiefel.
»Außerdem stimmt mit den beiden was nicht. Es ist unsere Pflicht, Morris!«
»Unsere erste Pflicht ist, der Gerechtigkeit zu dienen«, erklärte Flynn, und er sagte es so, daß man es glauben mußte. Mackie überlegte, aber er kam nicht dahinter, was Morris mit Pflicht und Gerechtigkeit meinte. Aber er stimmte erst mal zu.
»Natürlich. Aber vielleicht als zweite Pflicht. – Oder gefallen sie dir nicht?«
»Doch«, entgegnete Flynn knapp. Er band sich den Schlips ab. »Die Mary?«
»Nein.«
»Jane?«
»Nein.«
»???«
»Beide.«
»Na also«, sagte Mackie und knöpfte sich die Weste auf. Er glaubte nun sicher zu wissen, daß man sich am nächsten Morgen doch um die Mädchen kümmern würde. Er kannte seinen Morris Flynn. Daher war er etwas verblüfft, als nun Flynn zu fragen begann: »Hast du je gelesen, daß Sherlock Holmes sich mit Frauen eingelassen hat?«
Mackie überlegte. Er besann sich eine ganze Weile, denn seine Kenntnis der Kriminalliteratur schien sehr groß zu sein.
»Nein«, mußte er schließlich zugeben. »Na also.«
Mackie bemühte sich krampfhaft um einen Ausweg.
»Aber Doktor Watson«, meinte er zögernd, »hat der nicht … So gelegentlich … Wenn ich nicht irre …«
»Hier irrt Doktor Watson«, sagte Flynn trocken. »Er ist in allem dem Beispiel seines großen Meisters gefolgt. Sherlock Holmes aber, das ist ein offenes Geheimnis, mein Junge, liebt seine Geige und sonst niemand. Musik

inspiriert. Aber die Frauen? Er ist Junggeselle aus Überzeugung.«

Mackie wurde richtig traurig.

»Schade«, sagte er leise. »Wenn ich das vorher gewußt hätte ...« Er fühlte Flynns strafenden Blick und zog den Kopf ein.

»Beruhige dich«, fügte Flynn versonnen hinzu. »Es gibt außerdem noch einen anderen triftigen Grund.«

Mackie stand ohne Hose da.

Er horchte auf.

»Die beiden Mädchen steigen schon vorher aus. Sie fahren nur bis Yvelles. Ich habe ihre Fahrkarten gesehen.«

Diese Nachricht enttäuschte Mackie sehr. »Dann werden wir sie also nie wiedersehen?«

Morris kroch in das untere Bett. »Nein«, sagte er.

Mit offenen Augen lagen die beiden Mädchen in ihren Betten. Die beiden Schwestern fühlten nicht das Bedürfnis, sich einander anzuvertrauen. Vielleicht zum erstenmal. Ohnehin ahnte jede, daß die Gedanken der anderen in der gleichen Richtung gingen. Schließlich war es Jane, die das Schweigen doch nicht länger ertrug.

»Wissen möchte ich, wer er eigentlich ist«, flüsterte sie. Sie wußte selbst nicht, ob sie gehört zu werden wünschte oder nicht. Doch Mary hatte sie gehört.

»Frag ihn doch! Du kannst ja noch mal bei ihm anklopfen!« Trotz der Dunkelheit errötete Jane bei der Anspielung auf ihre erste Blamage. Doch dann entgegnete sie schnippisch: »Damit du ihm sagen kannst, wie du in ihn verknallt bist, was?«

»Ach sooo«, kam es gedehnt von oben zurück.

Ein Schalter knackte. Das Abteil wurde hell. Über der Kante des oberen Bettes erschien Marys Kopf. Ihr vorwurfsvoller Blick suchte die Augen ihrer Schwester. Jane drehte den Kopf zur Wand und tastete mit ihren Fingern nach dem Schalter. Es gab abermals einen Knacks, und das Abteil lag wieder im Dunkeln.

Mary legte sich zurück, boxte das Kopfkissen zurecht und warf sich ärgerlich darauf.

»Wozu eigentlich die Aufregung?« fragte Jane nach einer Weile. »Wir sehen ihn ja doch nicht wieder.«

»Leider!« kam es leise von oben.

Die beiden Herren im Nebenabteil schienen schon nicht mehr an die beiden Mädchen zu denken.

Morris las in einer Kriminalzeitung, der »Police Gazette«, die auf schwachrotem Papier gedruckt war und von der Ausübung und Vergeltung großer und kleiner Verbrechen aus allen Ländern berichtete. Die Zeitung war so eine Art journalistischer Fortsetzung des Pitaval und wurde in England und Amerika viel gelesen, sowohl von Kriminalisten wie von denen, die es werden wollten, von »Kriminalstudenten« und »Fachleuten«, die aus Vorbildern zu lernen hofften. Aber auch ein großer Kreis sensationshungriger Leser war auf diese Zeitschrift abonniert.

Unter ihm las Mackie aus dem Kriminalroman »Das Zeichen der vier« halblaut vor. Morris hörte nur mit einem Ohr zu, während er ruhig in seiner Zeitung weiterlas. Er konnte so etwas. Aber er merkte dabei nicht, daß sein Freund ihn betrog; denn Mackie flocht aus eigenem Einfall oft neue Personen, Verdächtigungen und verdrehte Bestandsaufnahmen in die Geschichte, die er vorlas, ein. Er machte seine Extempores so geschickt in Tempo und Tonfall, als stünden sie gedruckt. Er tat das, weil es zwischen den Freunden zur Gewohnheit geworden war, etwa auf Seite 50 schon festzustellen, wer der Täter sei, ohne die letzten Seiten des Romans durchgeblättert zu haben. Morris hatte Geschicklichkeit und Routine darin, immer den richtigen Verbrecher schon auf den ersten Seiten der Detektivgeschichte zu entlarven. Er blieb stets Sieger im Wettspiel zwischen Autor und Leser, trotz aller geriebenen Irreführungen der Kriminalschriftsteller. Mackie konnte nicht so fix und schnell denken, und so stellte er als Vorleser neben dem Autor seinem Freunde hinterlistig noch neue Fallen.

Er erfand Geheimgänge, obwohl die in einem guten

Kriminalroman kaum vorkommen dürfen. Ja, er verdrehte manche Verdachtsmomente aus freien Stücken so, daß auch der Detektiv selbst der Täter hätte sein können. Er ließ den alten Diener, der in fast allen Kriminalromanen vorkommt und der immer unschuldig ist, mit blutbespritzten Hosenaufschlägen herumlaufen, ohne sie ihm wieder rein zu waschen. Er erfand für Leute, die nach seinem Geschmack unbedingt als Täter in Frage kamen, goldsichere Alibis. Und so verdrehte er die Technik des Romanautors vollkommen, weil er doppelte Irreführungen konstruierte, die sich, wie minus mal minus plus ergibt, aufhoben. Oft verstrickte er sich so, daß er zum Schluß einfach Doppelgänger auftauchen ließ oder kurzerhand einen Bruder einflocht, der bis zur drittvorletzten Seite überhaupt nicht erwähnt wurde und der dann dem Täter glich wie ein Ei dem anderen.

All das tat Mackie nur, um seinem routinierten Freunde nicht den Triumph zu gönnen, schon nach den ersten Seiten des Romans richtig kombiniert zu haben. Daß Morris dann auf die blöden und dummen Autoren schimpfte, sie des unerlaubten Sichbedienens unlauterer Mittel der Kriminalromantechnik zieh, war verständlich. Manchmal drohte er ihnen Ohrfeigen an, wenn er einem von ihnen je begegnen sollte. Aber das rührte Mackie nicht.

Darum hielt sich Morris lieber an seine Tatsachenberichte. Nirgends tat sich ein solcher Einfallsreichtum auf wie in diesen Originalberichten aus Prozeßakten; denn um den Mitmenschen zu schaden und um sie zu betrügen, sind Verbrecher unerschöpflich in ihren Einfällen. Es scheint wirklich so, daß dem Menschen in bösen Dingen mehr Inspirationen, Ideen, Möglichkeiten und Variationen einfallen als für seine guten Taten. Morris schien zu schlafen. Das war Mackie sehr lieb. Er war in seinem Roman an einer Stelle angelangt, wie sie in fast jeder Kriminalgeschichte vorkommt und die er von Herzen haßte.

Es war da von dem Freund des Detektivs die Rede, der

immer die unüberlegtesten Dinge herausplauderte, die
natürlich stets Fehlkombinationen waren. Dieser Mann
nun – manchmal war es auch der Diener des Kriminalisten – stand auf einem schrecklich tiefen Bildungsni-
veau. Jedenfalls war er immer dümmer als der dümmste
Durchschnittsleser. Er wurde von den Autoren nur
erfunden, um das Licht des Meisters heller leuchten zu
lassen. Und überdies war es eine Art Trostpreis für den
Leser, der ebenfalls nicht so schnell in dem Irrgarten der
Logik den Geschehnissen folgen konnte. Aber so blöd
wie dieser Trottel, das konnte der Leser nach der
Lektüre eines solchen Kriminalromans feststellen, hatte
er sich jedenfalls nicht angestellt. So etwas beruhigt.
Aber Mackie ärgerte es jedesmal. Mit Recht. Darum las
er nicht weiter vor, klappte das Buch zu, löschte das
Licht, und die ratternden Räder behielten allein das
Wort.

V

Erst als der Expreßzug sich am frühen Morgen Brüssel
näherte, erwachten die Freunde Morris Flynn und
Mackie.
»Wir sind da, Messieurs«, sagte der Zugführer, der an
die Abteiltür klopfte.
Die beiden schauten aus dem Fenster. Zu beiden Seiten
der Gleise waren Schilder aufgestellt, auf denen ein
starker Mann ein ungeheuer wildes Pferd bändigte.
Darüber stand in allen Sprachen der Welt der gleiche
Text:

Bruxelles
Exposition Universelle
1910

Über diesen Plakaten mit dem Pferdebändiger hingen
Girlanden und Transparente. Auch sie hießen in allen

nur denkbaren Sprachen die fremden Besucher willkommen: »Welcome!«, »Willkommen!«, »Ben vistol!«, »En haraxaide!«

Mackie zog sich hastig an. Vor jedem Willkommensschild verbeugte er sich höflich zum Fenster hinaus.

»Sieh mal, wie die sich freuen!«

»Und daß sie so genau gewußt haben, wann wir ankommen. Sehr aufmerksam!« sagte Flynn und kämmte sich die Haare. Der Expreßzug verlangsamte bereits seine Fahrt und glitt in die Bahnhofshalle hinein. Die Lokomotive stand still, schnaufte den Dampf aus und verpustete sich.

An der Sperre hatten sich, wie Eisenfeilspäne um den Magneten, viele Menschen versammelt. Unter ihnen war eine Gruppe mit entschlossenen Gesichtern. Pressefotografen und Reporter. Sie drängten sich durch die Sperre. Ihnen folgte eine außerordentlich elegant gekleidete Dame. Man konnte nicht sagen, wie alt sie war. Um ihr wirkliches Alter feststellen zu können, hätte man erst ihr Gesicht mehrere Male mit Terpentin bearbeiten müssen – so bemalt war sie.

»Ist dies der Nachtexpreß?« fragte sie den Schaffner an der Sperre. Aber sie wartete keine Antwort ab, denn sie erblickte ein Schild über dem Bahnsteig, welches Strecke und Ankunftszeit des eingelaufenen Zuges angab. Der Beamte nahm einen Anlauf zu einer höflichen Auskunft, aber die elegante Dame hatte sich schon eilig durch die Menge der ankommenden Reisenden gedrängt. Sie sah sich forschend um und behielt auch die Fensterreihe des Zuges im Auge. Vorn neben der Lokomotive blieb sie stehen, damit hinter ihr niemand unbemerkt den Bahnsteig verlassen konnte.

Mackie war der erste, der zum Aussteigen bereit war. Er bog um die Ecke des Schlafwagenganges; den Geigenkasten unter dem Arm, ging er der Ausgangstür zu, als er plötzlich stutzte. Er sah sich im Zielfeuer vieler Kameras. Es war nicht schwer zu erraten, auf wen die Herren hier warteten. Blitzschnell drehte er sich um und eilte zu Morris zurück.

Morris fragte nichts. Er trat wieder in das Abteil und steckte vorsichtig den Kopf aus dem Fenster. Man konnte nicht sagen, daß ihm behaglich war. Er zog das Fenster wieder hoch und entdeckte im gleichen Augenblick den Zugführer, der in der Abteiltür stand, um sich nach dem Befinden seiner interessanten Fahrgäste zu erkundigen.

»Woher wissen diese Leute von meiner Ankunft?« fragte Morris Flynn scharf.

Der Zugführer schluckte verlegen, denn Flynn konnte einen so durchdringend anschauen, daß man gar nicht erst den Versuch machte, nach einer Ausrede zu suchen.

Er habe doch die Vorfälle von Amts wegen telegrafisch melden müssen, entschuldigte er sich. Das Schweigegebot habe doch wohl nur für den Zug gegolten, meinte er.

Morris blickte sich um.

»Wo kann ich unbemerkt aussteigen?«

Ohne eine Antwort abzuwarten, öffnete er die gegenüberliegende Tür, die auf die Gleise führte. Er winkte Mackie zu, ihm zu folgen. Beide sprangen ab.

Der Zugführer sah, wie sie auf den nebenan liegenden Bahnsteig gelangten und dort zur Sperre gingen.

Im gleichen Augenblick stürmten auch die Zeitungsleute den Schlafwagen. Sie stürzten sich auf den Zugführer.

»Wo ist Sherlock Holmes?« schrien sie aufgeregt.

Der Zugführer hatte sich im Augenblick gefaßt. Mit der Würde, die nur geheimes Wissen verleiht, hielt er den Fragen stand.

»Mister Holmes ist bereits ausgestiegen«, verkündete er.

»Er bittet Sie, meine Herren, ihn nicht zu begrüßen.«

Vor dem Schlafwagen stand immer noch die elegante Frau und blickte sich suchend um. Jetzt sah sie, wie die Presseleute wieder aus dem Wagen stiegen und eilig zur Sperre liefen.

»Verzeihen Sie«, sagte sie zu dem Zugführer, der in der offenen Tür erschien, »wer wünschte hier nicht begrüßt zu werden?«

»Sherlock Holmes«, erwiderte der Zugführer wichtig.

Die elegant gekleidete Frau glaubte nicht recht gehört zu haben. Doch der Zugführer erklärte ihr weiter mit stolzgeschwellter Brust: »Kennen Sie nicht den berühmten Detektiv? Diese Nacht mit Sherlock Holmes wird für mich unvergeßlich bleiben. Sein bloßes Erscheinen hat genügt, die Verbrecher in die Flucht zu schlagen. Ich habe teilgehabt an der Ehre, unter den Verbrechern mit aufgeräumt zu haben.«

»Ich gratuliere Ihnen mein Herr!« sagte die Dame. Aber der Glückwunsch kam ihr nicht von Herzen. Sie schaute noch einmal den Bahnsteig rauf und runter. Kein Reisender war mehr zu sehen. Enttäuscht ging sie ebenfalls zur Sperre zurück.

An der Barriere vor der Gepäckaufgabe standen Mackie und Morris und warteten. Vielmehr Flynn wartete.

»Was willst du hier eigentlich?« fragte Mackie. »Wir haben doch gar kein Gepäck.« Er trommelte dabei nervös auf seinen Geigenkasten, um anzudeuten, daß der ihr einziges Gepäck sei.

Aber Morris Flynn brauchte nicht zu antworten. Er steckte eine Brieftasche, aus der er den Gepäckaufgabeschein genommen hatte, wieder zu sich. Mackie bestaunte sie verwundert. Er hatte sie noch nie bei seinem Freund gesehen. Morris hatte die Brieftasche im Schlafwagen der beiden geflohenen Gauner gefunden. Sie war dem Mann mit dem Bärtchen bei der überstürzten Flucht aus der Jacke geglitten. Schon wollte Mackie wieder etwas fragen, da sah er zwei Gepäckträger, die keuchend einen überdimensionalen Schrankkoffer vor Morris niederstellten. Gleich darauf brachten zwei andere Gepäckträger noch einen zweiten, ebensogroßen Koffer.

Mackies Augen gewannen, wie Seifenblasen, mit jeder Sekunde an Durchmesser. Es konnte nicht mehr lange dauern, und sie mußten aufsteigen und zerplatzen. Darum schloß Mackie die Augen. Aber er öffnete sie ebenso schnell wieder, als Flynn ihn auch noch fragte: »Ist das alles, Doktor?«

»Jawohl«, stotterte Mackie, »das heißt, wenn – wenn weiter nichts da ist.«

Morris Flynn beugte sich zu ihm hinab.

»Siehst du wohl, mein Junge, so reisen Lords.«

Laut aber sagte er: »Die Koffer, bitte, zum Wagen!«

Mackie blieb vorerst noch wie angewurzelt stehen. Endlich hatte er den Zusammenhang begriffen. Er nickte mehrere Male wie ein Weihnachtsmann in einer Schaufensterauslage. »Lords. Jawohl«, sagte er, und dann ging er hinter Flynn her, der sich dem Ausgang zuwandte.

Im gleichen Augenblick erschien auf der Treppe, die zu den Bahnsteigen führte, die elegante Dame. Sie sah die beiden Herren, sie sah die beiden Koffer, die ihnen vorangetragen wurden. Sie hob ein bißchen die Röcke hoch, in ihrer Erregung etwas zu hoch, und eilte dann den beiden Männern nach. Sie sah, wie sie vor dem Bahnhof in eine Droschke stiegen. Leider war sie zu weit entfernt, um zu hören, welches Ziel dem Kutscher genannt wurde.

Sie nahm den nächsten Wagen und befahl, der Droschke vor ihnen zu folgen.

»Fahren Sie vorsichtig«, sagte sie, »aber verlieren Sie die Droschke vor uns nicht aus den Augen!«

Morris und Mackie hatten sich in den Wagenfond zurückgelehnt und genossen die Fahrt. Sie hatten ihre Beine auf den Rücksitz gelegt, weil der Zwischenraum von Sitz zu Sitz viel zu eng war. Morris begann seine Pfeife zu stopfen.

»Fahren Sie langsamer«, sagte er zu dem Kutscher und bohrte ihm das Mundstück seiner Pfeife in den Rücken, »wir wollen von Ihrer schönen Stadt auch etwas haben.«

Und so absolvierten sie pflichtschuldigst den jedem Reisenden vorgeschriebenen Kreislauf in der Stadt Brüssel: vom Boulevard Anspach zum Großen Platz mit Rathaus und dem Königshaus, von der Kirche Sainte-Gudule, dem imposanten, weltbekannten Justizpalast bis zum Bois de la Cambre.

Die Straßen waren ungewöhnlich belebt. Die Weltausstellung war vor einer Woche eröffnet worden.

Morris ließ die Droschke in eine Nebenstraße abbiegen. Es war eine alte, verwinkelte Gasse mit jenem zweifelhaften Aussatz an den Hauswänden, den man gemeinhin als Schmutz, in besonderen, von der Kunstgeschichte vorgeschriebenen Fällen jedoch als historische Patina zu bezeichnen pflegt.

Die schmale Straße war wie ein düsterer Schacht, in dem selbst der darin eingefangene Himmel farblos wirkte.

Der Kutscher wies mit dem Peitschenstiel auf eine Reihe von Antiquitätenläden, in deren verstaubter Auslage das Strandgut von mehreren Jahrhunderten sich zu langweilen schien. Es mußte eine sehr berühmte Gasse sein, denn es gab in ihr nur Antiquitätenläden. Hinter den kleinen Schaufenstern war Wertvolles neben Tand zu sehen. Kitsch und Kunst im Durcheinander: eine rührend einfältige Madonna aus Holz, hinter Glas gemalte Bilder, kupferne Becken an langen Stielen, die früher zum Anwärmen unter Bettdecken gesteckt wurden, auch alte, sehr große Marionetten aus einem der Puppentheaterkeller in Antwerpen, kostbare, vom Alter vergilbte Spitzen, einige wenige in den Farben nachgedunkelte Tafelbilder, die ebensogut auch echt sein konnten.

Vor einem dieser Läden, in dessen Auslage es am buntesten herging, ließ Flynn die Droschke anhalten. Er stieg aus und verschwand mit Mackie in dem Laden. So sah er nicht, daß am Eingang der Gasse eine zweite Droschke haltgemacht hatte, der jene vornehme Dame entstieg. Unauffällig ging sie an den Läden entlang, hin und wieder eine Auslage betrachtend. Dann tat sie so, als interessiere sie sich brennend für jene kupfernen Bettwärmer, bis sie schließlich den Laden erreichte, in dem die beiden Herren verschwunden waren. Auch hier blieb sie stehen. Die alten Kacheln, die dort zu ganzen Landschaftsbildern zusammengesetzt waren, schienen sie ungeheuer zu fesseln.

Hinter dem Schaufenster war eine halbhohe Rückwand, die von einem Gebetstuhlgitter gebildet wurde und so den Einblick in den dahinterliegenden Laden gestattete. Aber in dem Laden war es dunkel und deshalb kaum etwas zu sehen.

Der Besitzer all der aufgehäuften staubigen, morschen und wurmstichigen Herrlichkeiten hatte die beiden Eintretenden mit einer tiefen Verbeugung empfangen. Er war ein sehr alter Mann und wirkte ebenso ausgestopft wie die Tiere, die von der Decke herabhingen. Nur seine Augen waren ungeheuer lebendig.

»Womit kann ich dienen, Messieurs?« fragte er und rieb sich die Hände, als freue er sich schon des kommenden Geschäfts. Aber wahrscheinlich war dies Händereiben nur eine Folge gestörter Blutzirkulation; denn seine Hände waren wachsbleich, zerknittert und schienen ohne Blut zu sein.

»Eine Geige«, sagte Flynn.

Da hob der alte Mann beschwörend seine bleichen Hände zum Himmel.

»Monsieur«, sagte er tief verletzt, »man kommt nicht in einen Laden wie diesen und sagt einfach: ›Eine Geige!‹ – Sie bringen mich in eine unmögliche Situation. Vielmehr muß ich Sie fragen: Wollen Sie ein Kunstwerk, ein Künstlerinstrument, eine alte Violine, von Meisterhand geschaffen, eine schwingende Seele, die schöner klingt, als Menschenstimmen jemals zu klingen vermögen – oder wollen Sie nur eine Geige, wie sie fabrikmäßig zu Tausenden hergestellt werden, ein Stück Holz, mit Deckel, Boden, Zargen und vier Saiten? Dann sind Sie, muß ich Ihnen sagen, hier nicht am richtigen Ort. Dann bedaure ich, Ihnen ein solches Instrument nicht verkaufen zu können, weil ich es nicht besitze.«

»Wir wollen keine Seele, Herr«, sagte Flynn klar und deutlich, »wir wollen eine Geige. Verstehen Sie das? Eine Geige mit Deckel, Boden und vier Saiten.«

»Die da«, sagte Mackie, zeigte auf ein an der Wand hängendes Instrument und trat drauf zu.

Erschrocken und darum ganz untätig sah der Alte zu, wie Mackie das Fiedelholz von der Wand nahm. Dem

Alten schien das ganze Geschäft keinen Spaß zu machen, weil er um seine traditionelle Verkaufszeremonie gebracht war.

Mackie war stolz. Er hatte ein recht gutes Augenmaß bewiesen. Die Geige schien, von außen angelegt, genau in den mitgebrachten Kasten zu passen.

Kopfschüttelnd verfolgte der Alte das Ganze. Daß jemand erst den Kasten kaufte und dann die Geige, das war ihm noch nicht vorgekommen. Auf was Engländer alles verfielen!

»Die nehme ich«, sagte Flynn. »Und was brauchen wir sonst noch zum Geigenspielen?«

Mackie überlegte. »Kolophonium!«

Der Alte brachte ein faustgroßes Stück Kolophonium. Mackie fiel noch etwas anderes ein.

»Einen Dämpfer«, schlug er strahlend vor.

»Gegen wen?« fragte Morris und sah Mackie an. Dann besann er sich. »Ach so! – Also einen Dämpfer.«

Der Alte brachte einen Dämpfer und legte ihn auf den Ladentisch. Doch schließlich wollte auch er das Seine zu einem vollständigen Geigeneinkauf dazutun.

»Wie wär's denn mit einem Bogen?« wagte er schüchtern zu bemerken.

»Richtig«, sagte Flynn, »bitte einen Bogen.«

Er nahm den Bogen, den der Alte ihm reichte, in die Hand, hieb damit durch die Luft, daß es zischte, und versuchte dann ein paar imaginäre Striche. Nicht nur, daß er diese Bogenstriche mit der linken Hand ausführte und mit der rechten Hand so tat, als hielte er die Geige darin, sondern auch an der versteiften Haltung des Handgelenks war zu sehen, daß er, mochte er auch sonst gewohnt sein, die erste Geige zu spielen, bestimmt noch nie einen Bogen geführt hatte.

Des Alten Erfolg hatte diesen kühn gemacht.

»Die Herren brauchen doch sicher auch Noten«, meinte er und bekam wieder Geschmack am Geschäft.

»Danke«, sagte Mackie. »Zur Not können wir's auch ohne Noten.«

Unterdes hatte Morris Flynn großartig wieder die

Brieftasche aus dem Mantel gezogen und öffnete sie. Mackie hielt sich an der Kante des Ladentisches fest, als er sah, daß Morris aus der Tasche einen Geldschein zog.

»Oh, Lord!« sagte Mackie.

Es klang wie ein Stoßseufzer. Der Alte jedenfalls hielt es für einen solchen.

Flynn aber verzog nur den Mund ein wenig zu einem geringschätzigen Lächeln und überreichte dem Alten den Schein.

»Zehn Franc für alles zusammen.«

»Messieurs!« jammerte der Alte verzweifelt, der voreilig den Schein angenommen hatte und ihn jetzt mit weit ausgestrecktem Arm von sich weghielt.

Flynn hatte die Geige aufgenommen. »Paßt sie hinein?« fragte er.

Mackie klappte den Deckel des Geigenkastens auf und kippte den Inhalt auf den Ladentisch. Bürsten, Nachthemden, Kämme, Hausschuhe, Seife und Zahnbürsten fielen durcheinander.

»Das kriegen Sie noch dazu«, sagte Flynn und schob die Reiseutensilien dem Alten hin.

Mackie griff sich einen Hausschuh.

»Prima Seide«, versicherte er, das zerdrückte Futter zwischen den Fingern reibend, »mehr wert als Ihr sogenanntes Künstlerinstrument.«

Flynn angelte aus dem wirren Haufen die beiden Zahnbürsten heraus und steckte sich und Mackie eine in die obere Rocktasche. Dann nahm er die Geige und legte sie versuchsweise in den Kasten. »Sie paßt«, verkündete er befriedigt. Er warf Kolophonium, Dämpfer und Bogen dazu, klappte den Deckel mit einem lauten Plopp zu, und dann wandten sich die beiden Herren, nachdem sie beide gleichzeitig grüßend an Hut und Mütze getippt hatten, zum Ausgang.

Als die Ladentür knarrte, war die elegante Dame schnell beiseite getreten. Doch nicht weit genug, als daß sie nicht hätte hören können, was Flynn dem Kutscher zurief: Er nannte ihm die Adresse des Hotels.

»Palace Hotel. In der Chaussee d'Haecht.«

Morris und Mackie bemerkten die Dame nicht. Die wartete noch, bis der Wagen mit den beiden Herren abgefahren war. Dann trat sie selbst in den Laden.

Sie blickte verwundert auf die nächtlichen Toilettenrequisiten, die noch auf dem Ladentisch lagen.

»Was kostet das?«

Der Anblick dieser vornehmen Dame, ihre echten Reiherfedern auf dem Hut, der Rubinring an ihren Fingern und das Parfüm in seiner Nase gaben dem alten Antiquitätenhändler, der noch immer die Zehnfrancnote, über das geschwinde Geschäft verdutzt, in der Hand hielt, schnell seinen Geschäftsgeist zurück.

»Madame«, sagte er, »man kommt nicht in diesen Laden und fragt: ›Was kostet das Ganze?‹ – Man prüft und erkennt, man stellt fest, daß es sich um prima Seide handelt. Fühlen Sie bitte!« Und er hielt ihr Mackies niedergetretenen Hausschuh hin. »Kaum getragen, Madame. Von Herrschaften allerhöchster Kreise, von Lords, unvorhergesehener Umstände halber abgelegt. Prima Qualität, Madame.« Verzückt streichelte er die Nachthemden und küßte gleichzeitig seine Fingerspitzen. »Londoner Fabrikat!« Als handele es sich um den Schleier des Bildes von Sais, hielt er ihr ein Nachthemd hin, das er zuunterst aus dem Haufen herauszog. Die vornehme Dame tat, als wolle sie den Stoff prüfen. Sie befingerte das Hemd, bis sie an eine aufgesetzte Tasche geriet. Dann hörte sie etwas knistern. Mit spitzen Fingern griff sie hinein und angelte einen Zettel heraus, den sie auseinanderfaltete und mit großer Aufmerksamkeit studierte.

»Zehn Franc«, sagte sie dann, ohne aufzuschauen.

Der Alte scheute sich nicht vor einem Dakapo.

»Madame! Madame!« winselte er und verdrehte die Augen nach oben.

»Einpacken!« befahl die elegante Dame ungerührt.

Der Alte jammerte weiter. Aber er gehorchte. Er suchte Packpapier und einen Faden, wickelte Seife, Kamm, Hausschuhe und Nachthemden zusammen und verschnürte alles zu einem Bündel, während die Dame immer wieder den Zettel las. Es schien eine Quittung zu sein. In der Tat ein interessantes und aufschlußreiches Dokument.

VI

Im Palace Hotel stand das Barometer auf Sturm. Kleine Fähnchen aller Nationen leuchteten auf den Tischen in allen Farben, und an den Wänden hingen Wimpel mit den Wappen der großen Städte aller fünf Erdteile. Die Pendeltüren schwangen hin und her. Die Boys fegten durch das Vestibül. In ihrem Glaskäfig kam die Drehtür nicht zur Ruhe. Die Damen rauschten über die Teppiche, weiße, schwankende Straußenfedern auf den breitrandigen Hüten. In der Halle verstreut saßen einige Herren mit Zeitungen in der Hand und lasen. Es wäre nicht verwunderlich gewesen, wenn sie in ihren Klubsesseln wie in einer Strömung auf und nieder gewippt wären. Der Geschäftsführer lotste die neu angekommenen Reisenden zum Fahrstuhl.
In dem Office stand der Portier auf Posten. Sein Name war Dulac. Ein Schweizer. Mit vorgeschobener Breitseite, ein unerschütterlicher Fels in der anstürmenden Brandung, war er über irdische Geschicke erhaben. Er studierte in einem Journal die Liste der prominenten Gäste, die heute zur Weltausstellung eingetroffen waren: der Prinz of Wales, Isadora Duncan, der Präsident der Französischen Republik, Armand Fallières, der Emir von Ingermanland, Mister Vanderbilt, Ferdinand Graf von Zeppelin, der berühmte Apotheker Emile Coue aus Nancy und Gerhart Hauptmann. Leider waren sie, wie Monsieur Dulac bemerkte, nicht alle im Palace Hotel abgestiegen. Er schüttelte darüber den Kopf und merkte gar nicht, daß vor der Aufnahme zwei Herren aufgetaucht waren.
Morris Flynn klopfte mit seinem Pfeifenkopf an die

Glasscheibe. Mackie neben ihm sah sich in der pompö-
sen Halle um.

»Du, Morris, sollten wir nicht vielleicht doch lieber in
ein einfacheres Hotel ...«

Morris knuffte ihn ins Kreuz.

»Reiß dich zusammen, Mensch! Jetzt kommt's drauf an.
Hier gehören wir her! Hier liegen unsere Chancen!«

Und dann klopfte er energischer an die Glasscheibe.

Monsieur Dulac legte die Zeitung fort und verbeugte
sich.

»Mein Name ist Flynn, ich habe telegrafisch Zimmer
bestellt.«

Monsieur Dulac verbeugte sich wieder, und mit einem
prüfenden Blick, der jeden neu eintreffenden Gast auf
Herkunft, Zahlungskraft und Trinkgeldmöglichkeiten
hin abzuschätzen pflegte, sah er die beiden Herren an.
Die Erscheinung des großen Herrn mit der Reisemütze
schien in seinem Gehirn einige Erinnerungsbilder zu
wecken, besonders als der Herr jetzt wieder die
Shagpfeife in den Mund schob und die Hände in die
Taschen des karierten Mantels steckte. Aber die Erinnerungsbilder des Monsieur Dulac waren sehr unklar und
so, daß er nicht sofort diese Erinnerung hätte präzisie-
ren können. Er entschloß sich aber zu besonderer
Zuvorkommenheit. Auf alle Fälle.

»Jawohl, Mister Flynn«, sagte er. »Leider können wir
Ihnen das gewünschte Appartement mit fünf Zimmern
nicht geben. Wir sind überfüllt. Die Ausstellung ...«

Voller Unmut runzelte Flynn die Stirn.

»Wieviel Zimmer habe ich dann?« fragte er.

»Drei, Mister Flynn«, antwortete der Portier mit einer
entschuldigenden Verbeugung.

Drei Zimmer schienen Mr. Flynn entschieden eine
lächerliche Zumutung zu sein. Es kostete ihn sichtliche
Überwindung, dieses zweifelhafte Angebot überhaupt in
Erwägung zu ziehen.

»Nun ja«, sagte er und wandte sich an den kleinen hinter
ihm stehenden Herrn mit dem Geigenkasten. »Doktor,
wir haben nur drei Zimmer«, bemerkte er vorwurfsvoll.

Es klang, als trüge der Doktor die Schuld. Der machte eine Geste, die den Weltreisenden erkennen lassen sollte, der immer unter mißlichen Hotelverhältnissen zu leiden hat. Aber die Geste gelang nicht so ganz, denn Mackie wagte nicht, die Augen zu dem Portier zu erheben, sondern blickte nur unentwegt auf das Parkett.

Aber Morris Flynn sah Monsieur Dulac fest in die Augen.

»Also, wenn es sein muß. – Bezahlen Sie die Droschke draußen, und lassen Sie unser Gepäck hinaufbringen!«

Der Portier verbeugte sich wieder und gab dem Pagen die Zimmerschlüssel.

»Post?« fragte Flynn noch.

Bedauernd schüttelte der Portier den Kopf. »Leider noch nicht, Mister Flynn.«

Darauf folgten Morris und Mackie dem Pagen, der auf den Fahrstuhl zusteuerte. Morris blickte noch einmal verstohlen zu dem Portier zurück und raunte Mackie zu: »Es funktioniert schon.«

Monsieur Dulac sah den beiden nach. Dann wandte er sich an den Empfangschef, der an das Office trat, und sagte nachdenklich zu ihm: »Flynn? Flynn? – Den kenne ich doch! Den hab ich doch schon irgendwo mal gesehen?«

Morris und Mackie gingen mitten durch die Halle. Morris sagte zu Mackie, ohne die Pfeife aus dem Mund zu nehmen und ohne die Lippen zu bewegen: »Er überlegt, wer wir sind. Gleich wird er's wissen.« Und mit einem Ruck blieb Morris stehen, drehte sich auf dem Absatz herum und ging wieder auf die Portierloge zu. Ihm schien plötzlich noch etwas Wichtiges eingefallen zu sein.

»Daß ich es nicht vergesse«, sagte Flynn, »schicken Sie mir sofort Ihren Hoteldetektiv!«

Dann ging er wieder zu Mackie zurück, der völlig hilflos in der großen Halle stand und nicht wußte, wo er den Geigenkasten hintun sollte.

Der Portier und der Empfangschef verbeugten sich gleichzeitig, und der Empfangschef versicherte: »Wird bestellt, Mister – Mister …«

Aber da ging ein Leuchten über das Gesicht des Monsieur Dulac. Er blickte den Empfangschef an und sagte nur: »Er ist es!«

Als die beiden Herren in den Fahrstuhl traten, fanden sie ihn schon besetzt. Es war die elegant gekleidete Dame, die hier wartete, daß der Fahrstuhl aufsteigen sollte. Kurz nachdem Morris und Mackie das Hotel betreten hatten, war auch sie durch die Drehtür gekommen und war, ohne einen Blick auf die beiden Herren zu werfen, quer durch die Halle auf den Fahrstuhl zugegangen. Ein Page hatte ihr ein in braunes Packpapier eingeschlagenes Bündel nachgetragen, das mit dem gepflegten Aussehen der Dame wenig harmonierte. Sie tat auch so, als gehöre es gar nicht zu ihr, und während der Page damit die Treppe hinauflief, war sie sofort in den Fahrstuhl getreten, und hier stand sie nun.

Ihr Anblick, fand Mackie, war durchaus angenehm. Die Dame roch ausnehmend gut. Mackie wußte nicht, wonach. Es war ein weicher, warmer Duft, der den ganzen Fahrstuhl erfüllte. Er hätte sich ihr gern bemerkbar gemacht. Aber es gelang ihm nicht.

Die Dame beachtete Mackie gar nicht. Sie hatte unzweifelhaft nur für Flynn Interesse.

Morris Flynn fühlte sehr wohl den Blick, der auf ihm ruhte. Unauffällig stellte er sich so, daß er die Dame in einem schmalen Spiegel an den Seitenwänden der Fahrstuhlkabine beobachten konnte. Er sah sie dort ungefähr zwölfmal, in der Perspektive immer kleiner werdend, und er sah zwölfmal ihre Augen auf sich gerichtet. Die Dame merkte, daß ihr Benehmen auffiel. Sie blickte jetzt auf Mackie, der sofort über und über errötete. Ihm rutschte vor Verlegenheit beinahe der Geigenkasten zu Boden. Er wagte nicht, den Blick von seinen Stiefelspitzen zu heben, bis der Fahrstuhl im zweiten Stockwerk anlangte.

Da die Dame keine Anstalten machte, auszusteigen, trat Flynn vor Mackie aus der Tür. Bevor der ihm folgte, versuchte er eine Verbeugung nach der Dame hin. Das sollte sehr leicht und elegant wirken, aber mißglückte vollkommen. Er stieß dem Fahrstuhlführer mit dem Geigenkasten vor den Bauch, der Hut fiel ihm aus der Hand, und nachdem er ihn aufgehoben, hatte er die Orientierung verloren; denn er verbeugte sich diesmal vor seinem Freunde Morris.

»Pardon, Madame!« sagte Mackie zu Morris. Die Fahrstuhltür wurde hinter ihnen wieder zugezogen, und beide blieben stehen und sahen dem Fahrstuhl nach.

Morris Flynn rührte sich nicht von der Stelle. Mackie sah ihn verwundert an.

»Kombiniere«, sagte Flynn. Er meinte sicher die Dame.

»Unverdächtig«, sagte Mackie schnell und setzte seinen runden Hut wieder auf.

»Stümper!« urteilte Flynn abfällig und blickte immer noch nach oben.

»Hat sie mich angeschaut?« begann Flynn.

Mackie nickte. Worauf wollte Morris hinaus?

»Also?« sagte Flynn.

»Du hast ihr gefallen«, folgerte Mackie.

»Blödsinn«, antwortete Flynn, »du kennst die Frauen nicht und bist zuwenig Fahrstuhl gefahren. Eine Dame blickt einem fremden Herrn im Fahrstuhl niemals ins Gesicht. Immer nur daneben, als ob er überhaupt nicht existiere – es sei denn, es liegt ein besonderer Grund vor. Also ...«

Mackie hatte jetzt eine Erleuchtung. »Sie hat dich erkannt!«

»Richtig«, lobte Flynn. Mackie war sehr stolz. Er wechselte das Standbein. »Wer, glaubt sie, bin ich?« fragte Flynn weiter.

»Sherlock Holmes«, sagte Mackie, als könne es gar nicht anders möglich sein.

Aber Morris Flynn überlegte.

»Bist du ganz sicher?« fragte er dann.

»Todsicher«, sagte Mackie im Brustton seiner Überzeugung. Morris Flynn sah noch einmal nach der oberen Etage, blickte Mackie wieder an und sagte nur: »Na, dann ist es gut!«

Jeder andere hätte aus dem Tonfall herausgehört, daß nichts gut, sondern das Gegenteil der Fall sei. Mackie aber nickte strahlend, gab seinem Geigenkasten einen fröhlichen Klaps und folgte Morris den Gang entlang zu ihrem Appartement.

Der Fahrstuhl hielt in der dritten Etage, die elegante Dame verließ ihn und ging den mit dicken Teppichen belegten Korridor entlang. Ihre Schritte wirkten in ihrer Lautlosigkeit merkwürdig katzenhaft.
Vor der Tür 317 blieb sie stehen, blickte noch einmal den Gang hinunter und trat dann, ohne anzuklopfen, ein.
In dem Zimmer waren die Jalousien herabgelassen. Die Dame schaltete darum das Licht ein. Auf dem breiten Doppelbett lag ein Herr. Er schien etwas älter an Jahren, ein gut konservierter Fünfziger etwa. An den Schläfen war das Haar grau meliert, und wenn er nicht in Hemdsärmeln und mit seinen Straßenschuhen auf dem seidenen Deckbett gelegen hätte, so hätte man ihn für einen vornehmen Herrn halten müssen. Aber das war er bestimmt nicht, auch wenn er beinahe so aussah. Er hatte den Teppich zu seiner Rechten achtlos mit Asche und Zigarettenstummeln bestreut, und dann richtete er sich auch nicht einmal auf, als die vornehme Dame eintrat.
»Allein?« fragte er nur.
Sie nickte wortlos. Lässig zupfte sie sich die Handschuhe von den Händen, jeden Finger einzeln, und sah sich dabei im Zimmer um. Das braune Packpapierpaket lag bereits auf einem Stuhl. Der Page war schneller gewesen als der Fahrstuhl. Sie rollte die beiden Handschuhe zu einem Ball zusammen, den sie in die Luft warf und dann mit der Hand in einen Sessel schlug.
»Sie sind nicht angekommen«, sagte sie zu dem Herrn auf dem Bett.
Das schien den Herrn zu beunruhigen. Er stützte sich auf die Ellbogen und fragte nervös: »Was? – Warum nicht?«

»Sie sind unterwegs getürmt«, erklärte die Dame gelassen und warf jetzt auch ihre kleine silberne Handtasche in den Sessel. Die Nervosität des älteren Herrn nahm zu.

»Polizei?« fragte er besorgt.

»Schlimmer«, entgegnete die Dame, ohne ihn anzublicken.

Sie nahm den großen Hut von ihrer Frisur, steckte die Hutnadel wieder hinein und ließ ihn dann ebenfalls in den Sessel segeln.

Der ältere Herr rührte sich nicht. Da wandte sich die Dame ihm zu.

»Sherlock Holmes«, sagte sie so nebenbei, als handele es sich um Mr. Smith oder irgendeinen Monsieur Lèman, den sie zufällig auf dem Boulevard getroffen habe.

Mit einem Ruck richtete sich der ältere Herr im Bett auf. Er kniff die Augen zusammen.

»Sherlock Holmes?«

»Ja«, sagte die Dame leichthin.

Sie hatte sich den Gürtel abgeschnallt, den sie auch noch in den Sessel warf.

»Und die Koffer?« fragte der Herr lauernd.

»Die sind da.«

»Wo?«

»Hier im Hotel«, erklärte die Dame obenhin und lächelte.

»Gott sei Dank!« sagte der ältere Herr erleichtert. Doch dann blickte er durch die offene Tür ins Nebenzimmer, wie um sich zu vergewissern, ob dort die Koffer stünden. Da er nichts dergleichen entdecken konnte, sah er die Dame an und fragte zögernd: »Bei dir?«

Die elegante Dame lächelte wieder. Mit ihrem kleinen Fuß, der unter ihrem langen Rock in einem ungeheuer spitzen Lackschuh hervorzüngelte, klopfte sie dreimal leicht auf den Fußboden.

»Tiefer«, sagte sie, »bei Sherlock Holmes.« Sie nahm das braune Paket vom Stuhl.

Erregt wollte er aufspringen, doch mit dem gleichen

undefinierbaren Lächeln drückte sie ihn wieder aufs Bett zurück.

»Du kannst ruhig liegenbleiben.« Dann griff sie sich eine Schere aus dem Necessaire, das auf dem Nachttisch lag, und begann, den Bindfaden aufzuschneiden und das Paket auszuwickeln.

Morris Flynn und sein Freund Mackie hatten es sich inzwischen bequem gemacht. Das Appartement bestand aus einem großen dreifenstrigen Salon, nach der Chaussee d'Haecht zu gelegen, und rechts und links anschließend aus je einem Schlafzimmer mit Bad. Es war mit einem angenehmen Luxus ausgestattet. Die Sessel im Salon waren mit hellblauer Seide bespannt, das Schlafzimmer links war grün, das andere himbeerfarben. Mitten im Salon standen die beiden Ungetüme von Schrankkoffern, die der Hausdiener einstweilen hier aufgebaut hatte. Neben der Tür standen in einer Reihe ausgerichtet und nach der Größe der Empfangschef, der Etagenkellner, zwei Stubenmädchen, der Hausdiener, ein Page und hielten sich den beiden neu angekommenen Gästen zur Verfügung.

»Bitte den Friseur!«

Flynn ließ sich von dem Pagen aus dem Mantel helfen und wandte sich an den Empfangschef.

»Außerdem Zeitungen, hiesige und die Pariser und Londoner Blätter, Telegrammformulare, Telefonbuch, dazu einen Fahrplan, ein Adreßbuch und einen Plan der Stadt Brüssel. Das wäre alles. Danke.«

Der Empfangschef empfahl sich mit einer Verbeugung. Flynn wandte sich an eines der Stubenmädchen.

»Zwei Bäder. Kalt!«

»Für mich, bitte, heiß!« rief Mackie dazwischen, der behutsam die Geige aus dem Kasten nahm und auf den Schreibtisch legte.

Flynn verlangte die Speisekarte vom Kellner, und während er sie flüchtig durchsah, wandte sich das zweite Stubenmädchen mit einer Frage an ihn.

»Darf ich die Koffer auspacken, Monsieur?« knickste sie.

»Bitte, mein Kind«, sagte Flynn, ohne aufzusehen.

»Dann darf ich wohl um die Schlüssel bitten, Monsieur«, sagte das Mädchen und knickste wieder.

Einen Augenblick stutzte Flynn.

Schlüssel? Was für Schlüssel?

Ach so – die Kofferschlüssel! Aber es sah nur so aus, als hätte er sehr Interessantes auf dem Speisezettel entdeckt. Und jetzt hatte er sich auch wieder gefaßt und sagte scheinbar beiläufig zu Mackie: »Doktor, die Schlüssel!«

Mackie zog den Kopf zwischen die Schultern und faßte sich in den Nacken, als hätte ihm dort jemand mit der Handkante einen leichten Schlag versetzt. Er war sehr verlegen, der Arme. Krampfhaft begann er in allen Taschen zu wühlen. Zwei Hosentaschen, zwei Gesäßtaschen, vier Westentaschen, zwei Jackettaschen mit Billettasche, eine äußere Brusttasche, zwei innere Brusttaschen, eine Brieftasche und eine Geldtasche. Nichts. Jetzt konnte er es wagen, eine Feststellung zu machen.

»Verloren«, sagte er. Und er sah dabei so betrübt aus, daß man's ihm glaubte.

Flynn zog nur ein klein wenig die rechte Augenbraue hoch. Mackie stand schuldbewußt da, und er machte den Eindruck, als ob er in seinem Leben nie wieder recht froh werden könnte.

Flynn ging an Mackie vorbei, klopfte ihm leicht auf die Schulter, um ihn vor völliger Verzweiflung zu bewahren, wandte sich an den Hausdiener und bat ihn, einen Schlosser herbeizuschaffen.

Das sei nicht nötig, entgegnete der Hausdiener. Den Koffer könne er auch selber öffnen. So was käme hier oft vor. Er ging, um das nötige Handwerkszeug zu besorgen.

»Haben Monsieur gewählt?« fragte jetzt der Zimmerkellner. Flynn gab ihm die Speisekarte zurück.

»Gulasch. Drei Portionen für uns zwei. Und eine doppelte Portion Knödel.«

Mackie blickte erstaunt auf Morris.

Dem Kellner jedoch war keinerlei Verwunderung anzumerken.

»Zu trinken?« fragte er.

»Bitte, Pilsener. Zwei.«

Der Ober hieb sich mit dem rechten Arm, in dem er die Serviette hielt, vor den Magen, so daß er gleichsam zusammenknickte, klemmte mit dem linken Arm die Serviette fest und segelte mit schrägem Schwung aus dem Salon. Der Page folgte und schloß die Tür.

Mackie und Morris waren allein. Sie hörten, wie nebenan die beiden Stubenmädchen in beiden Badezimmern je ein Bad bereiteten. Mit lautem Plätschern schoß das Wasser in die Wannen.

Morris setzte sich bequem in einen der blauseidenen Sessel, streckte die Beine von sich, stopfte seine Pfeife, zündete sie an und lehnte sich zurück. Fürs erste war auch hier alles glatt gegangen. Mackie aber wurde von der eigenen Unruhe umhergetrieben. Er setzte sich auf die Kante des Schreibtischstuhls, stand wieder auf und lief herum. Ab und an blieb er stehen und betrachtete zwei Bilder an der Wand, auf denen Rokokodamen auf blumenumwundenen Schaukeln zu sehen waren. Auf dem einen Bild schaukelten sie von rechts nach links, auf dem anderen von links nach rechts. Er nahm das Tintenfaß in die Hand, betrachtete die kleinen Figürchen auf dem Schild neben den Klingelknöpfen, die Kellner, Zimmermädchen und Hausdiener darstellten, prüfte die Qualität der Tischdecke, rückte gehäkelte Deckchen auf dem Sofa zurecht und spähte dann vorsichtig durch die Gardinen auf die Straße. Schließlich machte er vor Flynns Sessel halt.

»Wunderbar gemacht, Morris«, sagte er anerkennend, »nur …« Er druckste ein wenig herum und fuhr dann fort: »Wenn ich kritisieren darf … einen kleinen Fehler.«

Flynn rauchte. Er dachte nach. Das scheint bei richtigen Denkern stets unter starker Rauchentwicklung vor sich zu gehen. »Das Essen meinst du«, sagte er schließlich und nahm die Pfeife aus dem Mund.

»Richtig«, nickte Mackie.

»Falsch«, antwortete Flynn und steckte die Pfeife wieder in den Mund. »Hummer, Lachs und Kaviar mit Sekt bestellen Hochstapler oder Parvenüs. Der wirkliche Mann von Welt bestellt mitunter, gerade weil er Geld hat, Gulasch mit Knödeln, doppelte Portionen. Und dies im feinsten Hotel. Das wirkt, sage ich dir. Und imponiert mehr als Crème desotte à la manieux mit Juston-Känguruhschwanzsuppe und Spargelspitzen in Mayonnaise à la maître.«

Ein Klopfen unterbrach ihn.

Mackie fuhr leicht zusammen. Es war der Hausdiener, der zurückgekehrt war, um die Koffer zu öffnen. Er trat mit einem großen Bund Schlüssel in der Hand ein und machte sich an die Arbeit. Flynn stand aus seinem Sessel auf und trat interessiert näher. Er sah dem Mann zu, der sich eine ganze Weile, jedoch vergeblich, an den Schlössern zu schaffen machte. Ein Schlüssel nach dem anderen war durchprobiert und an dem Schlüsselbund von links nach rechts hinübergewandert, ohne daß sich einer hätte finden lassen, der paßte. Der Vorgang interessierte auch Mackie. Schließlich erschien auch eines der Stubenmädchen, und als jetzt der Hausdiener alle Schlüssel, die versagt hatten, trotzdem noch einmal durchprobieren wollte, griff Flynn nach dem Haarknoten des Stubenmädchens.

»Gestatten Sie«, sagte er und zog ihr dabei eine Haarnadel aus dem Knoten.

Mit einem sachverständigen Griff bog er die Nadel zurecht und steckte sie in das Kofferschloß. Es dauerte nur einen Augenblick, dann sprang das Schloß mit einem leisen Klick auf. Nachdem er die Nadel noch einmal umgebogen hatte, versuchte er es nun mit dem zweiten Schrankkoffer. Auch hier leistete das Schloß keinen Widerstand.

Bewundernd war der Hausdiener zur Seite getreten und sah zu. Reisende, die mit solchen Patentschlössern wie Geldschrankknacker umzugehen wußten, waren ihm noch nicht vorgekommen. Er machte sich Gedanken, die vielleicht gar nicht so falsch waren. Morris bog die

Nadel wieder in ihre ursprüngliche Form zurück und überreichte sie dann mit einer kleinen dankenden Verbeugung dem Stubenmädchen. »Merci, Mademoiselle. Sie können jetzt auspacken. – Sind die Bäder fertig?« »Jawohl, Monsieur«, antwortete das Stubenmädchen. Morris und Mackie verbeugten sich feierlich voreinander und entfernten sich dann nach rechts und links in die beiden Badezimmer, die hinter dem himbeerfarbenen und dem grünen Schlafraum lagen.

VII

Mackie befand sich in dem Zustand, in dem der Herr dieser Erde ihn geschaffen hatte.

Das Wasser in der Badewanne duftete nach Lavendel. An den Rändern der Wanne, wo auf den Kacheln blaue Lilien standen, die so taten, als ob sie aus dem Wasser herauswüchsen, hatte es zarte, grünliche Töne. Mackie prüfte mit den Zehenspitzen. Erschrocken fuhr er zurück. Das Wasser war eisig.

»Doktor!« ertönte im selben Augenblick von der anderen Seite des Salons aus dem Badezimmer Flynns Stimme. »Ich weiß schon«, rief Mackie zurück, hängte sich den großen Bademantel um und ging zum anderen Bad hinüber. Nur seine Kleider blieben zurück. Melancholisch geringelt lagen Mackies Hosenbeine auf dem fliesenbelegten Fußboden.

Kurz darauf betrat Flynn die Badestube mit dem eingelassenen kalten Wasser, während er Mackie das warme Bad überließ. Kopfschüttelnd hob er Mackies Hose auf, um sie neben dem dazugehörigen Jackett aufzuhängen. Dabei fiel sein Blick auf ein feines Goldkettchen, das aus der Hosentasche herausbaumelte. Neugierig begann Morris daran zu ziehen, und aus der Tasche glitten die beiden Medaillons, die Jane Berry und Mary Berry den gestrengen Herren Detektiven im Schlafwagen hatten aushändigen müssen.

Flynn betrachtete die beiden Mädchenköpfe, deren Bildnisse die kleinen Gehäuse bargen. An der Innenseite eines jeden befand sich eine Gravierung: »Ewig deine Mary« – »Ewig deine Jane«. Jane trug also Marys Bild um den Hals und Mary das von Jane. Flynn wog eine Weile die beiden kleinen Schmuckstücke in der Hand und sah sich das Gesicht mit dem blonden Haar und das Gesicht mit dem dunklen Haar versonnen an, bevor er sie in seine Bademanteltasche steckte.

»Doktor!« brüllte er dann.

»Jawohl, Meister!« brüllte Mackie zurück.

»Vermissen Sie nichts?« schrie Flynn.

»Nee!« schrie Mackie zurück.

»Na, dann ist es gut«, sagte Flynn vor sich hin und stürzte sich in die Fluten.

Das kalte Wasser erfrischte ihn. Ihm war wunderbar wohl zumute.

> »Jawohl, meine Herrn,
> So haben wir es gern,
> Von heut an gehört uns die Welt!«

begann er plötzlich zu singen. Der Text fiel ihm so im Augenblick ein. Er sang ihn nach der Melodie des Liedes »As I was walking down the street – A charming girl I chanced to meet.« Mackie in der Wanne aalte sich in dem warmen Wasser und seifte sich den Oberkörper ein. Er kannte die Melodie auch, und fidel sang er mit und improvisierte weiter

> »Wir tun, was uns gefällt.
> Und wer uns stört,
> Ist, eh er's recht begreift,
> Längst schon von uns eingeseift.«

Und dann sangen beide gleichzeitig und zweistimmig:

> »Jawohl, meine Herrn,
> Drauf können Sie schwörn.
> Jawohl, jawohl, jawohl!«

Im Salon liefen die Stubenmädchen hin und her. Der erste der beiden Schrankkoffer war schon ausgepackt.

Sie hörten den übermütigen Gesang der beiden Männer in den Badewannen und kicherten.

Als das eine Mädchen jetzt eine Schublade aus dem zweiten Koffer zog, um die Wäsche herauszunehmen, ließ es plötzlich die herausgezogene Schublade fallen. Es schrie leise auf und hielt erschrocken beide Fäuste an den Mund gepreßt. Die Kollegin kam herbei.

»Hach!« schrie sie auch auf. Aber die erste hatte sich schon gefaßt und legte der anderen beschwörend ihre Hand auf den Arm. Dann nahmen beide die Schublade wieder auf, um sie in den Koffer zurückzuschieben. Sie taten das hastig und leise und hofften, daß keiner ihr Tun bemerkt habe.

»Was ist denn los?« sagte da plötzlich eine Männerstimme hinter ihnen.

Die beiden Mädchen fuhren herum.

In der Tür des Salons, die auf den Hotelkorridor führte, stand ein noch junger, mit unauffälliger, aber angenehmer Korrektheit gekleideter Herr. Unter den Arm geklemmt trug er einen Stapel Zeitungen, Telefon- und Adreßbücher, Stadt- und Fahrpläne, die ihm jeden Augenblick davonzurutschen drohten.

Der junge Mann schob mit dem Fuß hinter sich die Tür zu und befreite sich von seiner Last, indem er alles auf den nächstbesten Stuhl packte. Dann eilte er auf die beiden Stubenmädchen zu. Die waren instinktiv zur Seite getreten und wiesen stumm auf die Schublade. Obenauf lagen vier Revolver mit der dazugehörigen Munition, zwei funkelnagelneue amerikanische Brownings, eine Mauserpistole und ein elegantes Taschenterzerol mit einem Kolben aus Elfenbein, einige mit Patronen gefüllte Magazine, daneben eine wohlassortierte Auswahl von Schlagringen, Totschlägern und Stiletten. Der junge Mann öffnete einen Pappkasten. Darin lagen Perücken, Bärte und Schminken.

Das Gesicht des jungen Mannes verfinsterte sich. Für ihn war alles klar.

Er hielt die Zähne so fest aufeinandergepreßt, daß man sah, wie sich seine Kiefer vor Erregung bewegten.

Er sah nach rechts und dann nach links und lauschte auf den zweistimmigen Gesang von Morris und Mackie, die jetzt dazu im Takt mit Händen und Füßen im Wasser platschten:

> »Und wer uns stört,
> Ist, eh er's recht begreift,
> Längst schon von uns eingeseift.
> Jawohl, jawohl, jawohl.«

Der junge Mann pfiff vielsagend vor sich hin.

Auf einen kurzen energischen Wink von ihm verließen die beiden Mädchen gehorsam und geschwind den Salon. Der junge Mann folgte und schloß hinter ihnen die Tür zu. Aus der Tasche zog er seinen Revolver und entsicherte ihn. Es war klar, der junge Mann war der Hoteldetektiv, um den Morris Flynn gebeten hatte. Nun war er da. Er setzte sich auf einen Sessel unweit der Türen zu den beiden Badezimmern und harrte schußbereit der Dinge, die da kommen sollten.

»Meister!« hörte er von rechts Mackies Stimme rufen. »Wenn ich ein letztes Mal kritisieren darf ...«

»Nein!« kam Morris' Stimme von links. Der Kopf des Detektivs ging auf seinen Schultern hin und her wie der eines Zuschauers beim Tennisturnier. Er war ganz Ohr.

»Dann ein freies Wort«, hob die Stimme von rechts wieder an. »Ich bewundere immer aufs neue Ihre Kombinationsgabe. Auch beuge ich mich stets vor Ihrer Menschenkenntnis. Dennoch bitte ich Sie, mir einen Einwand zu gestatten: Ihren Wagemut und Ihr Draufgängertum in Ehren, aber den Detektiv des Hauses in die Höhle des Löwen zu locken, ist ein Spiel mit dem Feuer. Ein Fehler in der Taktik, den ich nicht verstehe.«

Aus dem anderen Badezimmer war eine Weile nichts zu hören als ein Schnaufen und Prusten. Endlich ließen sich wieder deutliche Worte erkennen.

»Beileid!« rief Flynn. »Kombinieren!« Und dann wieder: »Wer ist der einzige Mann im ganzen Hotel, der unseren Plan durchkreuzen kann?«

»Der Hoteldetektiv«, kam es von rechts.

»Richtig«, ertönte es von links.

Der junge Mann war aufgestanden und lauschte mit erhöhter Konzentration auf das Zwiegespräch, das sich da ahnungslos weiterspann.

»Was tut man in einem solchen Fall?« kam diesmal die Frage von links.

»Man geht diesem Mann aus dem Wege«, antwortete es rechts.

»Im Gegenteil«, protestierte Morris Flynn, »man bittet ihn zu sich, man macht ihn zum Freund und appelliert an seine Verschwiegenheit und Kollegialität. Man reizt seine Kombinationsgabe, baut auf seine Intelligenz – wenn er welche haben sollte –, und er wird sofort erkennen, mit wem er es in Wirklichkeit zu tun hat.«

Lebhafter Beifall von rechts: »Bravo! Bravo! Ausgezeichnet! – O wunderbar! – So was kann nur einem Sherlock Holmes einfallen.«

Bei der Nennung dieses Namens zuckte der junge Mann im Sessel zusammen. Als erwarte er, einen Geist auftauchen zu sehen, blickte er nach dem Schlafzimmer links. Aber es kam noch niemand heraus. Nur Morris' Stimme hörte man wieder.

»Danke, danke, Doktor Watson!« sagte er.

Und wieder durchzuckte es den jungen Mann im Salon. Sein Blick wanderte umher und machte Inventur. Ihm entging die auf dem Tisch liegende Shagpfeife sowenig wie der karierte Reisemantel und die entsprechende Mütze am Kleiderhaken. Er sah auch den geöffneten Geigenkasten, neben dem die Geige lag. In seinem Gehirn begann es lebhaft zu arbeiten. Der Inhalt der Schublade im Schrankkoffer bekam plötzlich für ihn einen ganz anderen Sinn. Als erstes Anzeichen, daß seine Überlegungen zu einem befriedigenden Ende geführt hatten, sicherte er den Revolver wieder und steckte ihn ein.

Mackie erschien zuerst wieder auf der Bildfläche. Er hatte sich in seinen Bademantel gehüllt und die Kapuze über den Kopf gezogen. Wie ein Beduine sah er aus. Als er den fremden jungen Mann im Salon erblickte, blieb

er erschrocken stehen. Der junge Mann verbeugte sich.
»Warten Sie schon lange hier?« fragte Mackie stotternd.
»Ich wollte nicht stören«, entgegnete der junge Mann
höflich. Durch das linke Schlafzimmer kam Morris
Flynn. Er war auch in ein Badetuch gehüllt und stutzte
ebenfalls einen Augenblick, als er den jungen Mann entdeckte. Er orientierte sich mit einem schnellen Blick,
überlegte kurz und schritt dann auf den jungen Mann
zu.
»Sie sind der Hoteldetektiv«, sagte er freundlich. Es war
keine Frage, sondern eine Feststellung.
Mackie schwankte ein wenig, ehe der junge Mann bestätigte: »Jawohl, Mister Holmes.«
Mackie fand bei der Nennung des Namens das Gleichgewicht wieder und riß die Augen auf.
Morris Flynn war einen Augenblick verdutzt.
Blitzschnell rekonstruierte er das vorausgegangene Gespräch von Badewanne zu Badewanne und überlegte,
ob er sich vielleicht eine Blöße gegeben hätte. Wenn ihn
sein Gedächtnis nicht täuschte, bestand jedoch keinerlei Gefahr.
»Sie sind sehr tüchtig, Herr Kollege«, sagte er liebenswürdig. Die Anerkennung schmeichelte dem jungen
»Kollegen«. Er wies auf die halb herausgezogene
Schublade im Schrankkoffer, auf den Geigenkasten und
auf die Shagpfeife des berühmten Mannes.
»Das war gar nicht so schwer«, meinte er leichthin, aber
man merkte ihm an, daß er doch sehr stolz war, dem
berühmtesten aller Kriminalisten gegenüberstehen zu
dürfen.
Mit einem knabenhaft offenen Blick fuhr er fort:
»Bauen Sie auf meine Kollegialität, Mister Holmes.
Verlassen Sie sich auf meine Intelligenz. Rechnen Sie
mit meiner Verschwiegenheit. – Wie kann ich mich
Ihnen nützlich machen?«
»Indem Sie mich Flynn nennen«, entgegnete der große
Mann. »Ich bin Flynn, nichts weiter als Flynn. Und
mein Freund hier ist natürlich nicht Doktor Watson,
sondern ...«

»Mackie MacMacpherson«, stellte Mackie sich vor. Er trat dabei neben seine Pantoffel und verbeugte sich. Dann trat er wieder in die Pantoffel. Er war sichtlich froh, endlich einmal seinen richtigen Namen nennen zu können.

»Es ist wichtig«, fuhr Morris Flynn fort, »daß niemand erfährt, wer wir in Wirklichkeit sind. Denn wir sind selbstverständlich nicht ohne Grund hier, wie Sie sich denken können. Sollte sich das Gerücht bereits verbreitet haben, daß Sherlock Holmes und Doktor Watson angekommen sind, dann bestreiten Sie es! Dementieren Sie! Leugnen Sie! Sie dürfen schwören, auf was Sie wollen. – Es gibt hier nur einen Mister Morris Flynn und einen Mister MacMacpherson – beileibe keinen Sherlock Holmes oder Doktor Watson.« Der Detektiv hatte sofort begriffen.

»Verstehe, Mister … Flynn.«

»Und wenn ich Sie brauche …«, sagte Flynn.

»… bin ich da«, ergänzte der andere.

»Wir danken Ihnen«, sagte Flynn einfach, aber nicht ohne Größe. Dann verbeugten sich die Herren voreinander, und beschwingt verließ der junge Detektiv den Schauplatz seines Erfolges.

Morris und Mackie gingen sofort auf die herausgezogene Schublade im Schrankkoffer zu.

Mackie nahm eine Perücke heraus, und Morris betrachtete die Revolver.

»Das war allerdings nicht schwer zu erraten, wer wir sind!« sagte Flynn.

Mackie überlegte und sagte dann: »Hoffentlich ist er nicht so intelligent, daß er wirklich niemand sagt, wer wir sind!«

Aber Morris, der jetzt kritisch die herausgepackten Anzüge betrachtete, unter denen auch ein funkelnagelneuer Frack war, antwortete: »Da kannst du beruhigt sein. In einer Stunde weiß es das ganze Hotel.«

Es war elf Uhr.

»Ist er's, oder ist er's nicht?« fragte der Portier.

Monsieur Dulac hatte den Hoteldetektiv die Treppe herunterkommen sehen und ihn vertraulich beiseite genommen. Mit einem vieldeutigen Lächeln blickte ihm der Hoteldetektiv ins Gesicht.

»Er ist es natürlich nicht!« sagte er und blinzelte dabei. Dann eilte er weiter.

»Ich hab es doch gleich gewußt«, wandte sich Monsieur Dulac triumphierend an den Empfangschef. »Auf den ersten Blick hab ich ihn erkannt.«

Der Hoteldetektiv trat in das Büro des Hoteldirektors. Der blätterte in seiner Zeitung und blickte nicht auf, als der Hoteldetektiv ihm in freudiger Erregung zurief: »Herr Direktor, Herr Direktor!«

Der Herr Direktor antwortete nicht.

Der Hoteldetektiv trat dicht zu ihm, schraubte seine Begeisterung zurück und begann: »Ich weiß, Herr Direktor, daß Sie mit mir unzufrieden sind. Sie zweifeln an meinen Fähigkeiten, und Sie benutzen jede Gelegenheit, mich spüren zu lassen, daß ich in Ihrem Unternehmen Ihrer Meinung nach überflüssig bin.«

Der Herr Direktor blätterte ein Zeitungsblatt um, nickte und sagte trocken: »Jawohl.«

»Vielleicht ändern Sie nun Ihre Meinung. – Ich habe herausgebracht, daß Sherlock Holmes angekommen ist.«

Aber der Hoteldirektor war nicht im geringsten beeindruckt. »Das steht bereits in der Zeitung.«

»Aber ich weiß mehr – Mister Flynn in Nummer vierundfünfzig bis sechsundfünfzig ist Sherlock Holmes.«

Jetzt blickte der Hoteldirektor auf.

»Woher wissen Sie das?«

»Ganz einfach: Ich hab es ihm auf den Kopf zugesagt, daß er Sherlock Holmes ist. – Was blieb ihm anderes übrig, als es zuzugeben?«

Der Hoteldetektiv hielt die Brust vorgereckt. Er schien dem Hoteldirektor tatsächlich zu imponieren.

»Donnerwetter!« sagte der und warf die Zeitung auf den Tisch. Aber der Hoteldetektiv näherte sich dem Ohr des Hoteldirektors und flüsterte ihm zu: »Es ist natürlich streng vertraulich.«

»Selbstverständlich«, nickte der Direktor und nahm sich vor, daß sofort die Öffentlichkeit erfahren müsse, welchen illustren Gast sein Hotel beherberge.

»Niemand im Hotel außer uns darf es wissen!« beschwor ihn der Hoteldetektiv mit erhobenem Zeigefinger.

Doch der Hoteldirektor antwortete schon nicht mehr, sondern stürzte aus dem Büro. Er lief quer durch die Halle zu dem Blumenkiosk neben dem Eingang.

»Machen Sie ein ausgesucht schönes Arrangement zurecht!« Aber die hübsche Blumenverkäuferin wußte schon längst durch den Empfangschef Bescheid.

»Für Sherlock Holmes?« fragte sie.

»Fragen Sie nicht so dumm«, sagte der Direktor, »ein besonders schönes Arrangement, und schicken Sie es ihm auf sein Zimmer!«

»Chrysanthemen«, sagte die Verkäuferin und zog schon ein paar der langstieligen Blumen aus einer hohen Vase.

»Warum Chrysanthemen?« fragte der Direktor verblüfft.

»Seine Lieblingsblumen«, entgegnete die junge Dame beinahe entrüstet; denn sie begriff nicht, daß man über eine so weltbekannte Tatsache, die in dem »Abenteuer im verlassenen Haus« ausführlich geschildert war, in Unkenntnis sein konnte.

Als das Gerücht bis zu den Liftboys durchgesickert war, war es halb zwölf Uhr. Alle Pikkolos und alle Boys – unter ihnen waren zwei Negergrooms – standen hinter der großen Palme im Wintergarten um ihren Kollegen gedrängt, der vor noch nicht langer Zeit die beiden Berühmtheiten im Fahrstuhl nach oben befördert hatte. Er war gerade dabei, einen detaillierten Bericht abzulegen.

»Sherlock Holmes ist berühmter als Nat Pinkerton oder Nick Carter. Ein Blick, sage ich euch! Der geht durch die Wände! Und solche Muskeln!«

Er zeigte an seinem Oberarm, wie groß die Muskeln wären.

»Ich weiß was!« sagte der kleinste von ihnen. Er war nur zweiundachtzig Zentimeter groß.

»Was weißt du?« fragte ein Pikkolo.

»Ich klau ihm was.«

»Was denn?«

»Seine Pfeife.«

»Du, das laß lieber sein«, warnte ein kleiner Negerboy.

»Bloß mal sehen, ob er überhaupt was merkt.«

Aber da war man sich einig.

»Der merkt dir schon die Absicht an, wenn er dir nur ins Auge blickt«, sagte der Liftboy. Die Augen mußten es ihm angetan haben.

Als der Zimmerkellner das Gulasch aus der Küche holte, war es elf Uhr fünfundvierzig. Und schon wußten alle Köche und Köchinnen, wer in den Zimmern 54 bis 56 im zweiten Stock wohnte.

Der Buchverkäufer am Zeitungskiosk hatte es auch schon gehört. Er war ein behender Mann, der zuerst ans Geschäft dachte. Darum zog er ohne innere Reue die neuesten literarischen Erscheinungen der Saisonproduktion aus der Auslage zurück und ersetzte sie durch die Abenteuer des berühmten Gastes.

Ein Herr trat an den Zeitungskiosk. Er wollte eine Zeitung kaufen, stutzte aber, als er die lange bunte Reihe der Sherlock-Holmes-Kriminalromane sah. Dort fehlte kein Band der Serie des Kriminalschriftstellers Arthur Conan Doyle.

»Die fünf Apfelsinenkerne« las er; auf deren Titelbild sah man, wie Sherlock Holmes seinem Freunde Watson freundschaftlich die Arme auf die Schulter legt, während im Hintergrund ein Mann in schwarzem Trikot und mit schwarzer Larve einen Spazierstock waagerecht an den Mund hält. Es war natürlich kein Spazierstock, sondern ein Blasrohr mit kleinen vergifteten Pfeilen. Weiter: »Der Hund von Baskerville«, »Der Mord in Abbey Grange«, »Die tanzenden Männchen«, »Die sechs Napoleonbüsten«, »Des Löwen Mähne«. Auch Conan Doyles historischer Roman »Onkel Bernac« lag aus Versehen in dieser Reihe, da der Buchhändler annahm, daß es auch ein Abenteuer Sherlock Holmes' sei. Auch die letzterschienene Novellensammlung »Sherlock Holmes' Notizbuch« lag in englischer Sprache aus. Sie war noch nicht ins Französische übersetzt worden.

Diese Lektüre in der vordersten Reihe einer Buchhandlung eines so guten Hotels zu finden bedeutete für den Herrn eine Überraschung. Er sah sich um.

Niemand beobachtete ihn. Er trug einen karierten Reisemantel und eine gleichartige Mütze. Aber Mütze und Mantel waren feiner und unauffälliger kariert als die von Morris Flynn. Er war von stämmiger Statur, breitschultrig, hatte ein rundes Gesicht mit gutmütigen, blauen Augen und trug einen grauen, buschigen Schnurrbart. Er hatte auch eine Shagpfeife im Mund.

Der Mann spürte sofort die Unruhe, die in dieser Hotelhalle vibrierte. Überall standen Gruppen von Gästen und von Hotelangestellten, die die Köpfe zusammengesteckt hielten und flüsterten.

Hier mußte irgend etwas los sein.

Der Herr fragte den Zeitungsverkäufer: »Was gibt es hier?«

»Das wissen Sie nicht?« fragte der Zeitungsmann erstaunt. Er beugte sich zum Ohr des Neuankömmlings hinab und flüsterte ihm leise etwas zu.

Überrascht blickte der Gast auf und nahm die Pfeife aus dem Mund. »Sherlock Holmes?« wiederholte er wie einer, der nicht recht verstanden hat.

Der Mann hinter den Büchern nickte. »Jawohl – und Doktor Watson auch.« Verblüfft sah ihn der Mann im Reisemantel an. Dann wandelte sich plötzlich der Ausdruck seines Gesichts, und er begann herzlich zu lachen. Er lachte so laut, daß alle in der Halle sich nach ihm umdrehten.

»Sherlock Holmes«, lachte er, und er trocknete sich die Lachtränen von den Wangen. »Das ist köstlich!«

In diesem Augenblick schlug die Standuhr in der Hotelhalle zwölfmal.

Vor seinem Spiegel im Schlafzimmer stand Morris Flynn und musterte sich kritisch. Er trug einen schwungvoll geschnittenen Cutaway, dazu gestreifte Hosen, eine taubengraue Weste und blütenweiße Pikeegamaschen. Er sah wahrhaftig aus wie ein Lord. Die Burschen, denen die Sachen aus den Schrankkoffern gehörten, hatten Geschmack: denn der Anzug war bei einem erstklassigen Schneider gearbeitet worden und hielt jene Balance zwischen dezent und auffallend, die die Kleidung eines wahren Gentlemans auszeichnet.

Morris war mit seinem Spiegelbild recht zufrieden. Nur die Krawatte fehlte noch. Er wählte sorgfältig und lange aus; denn ein wirklicher Gentleman braucht eine Stunde zu seiner Toilette, aber dann vergißt er sie.

Mackie kam aus dem anderen Schlafzimmer durch den Salon. Er sah recht unglücklich drein. Aus den Ärmeln seines Cut sahen nur seine Fingerspitzen heraus, und die Hosen waren das klassische Beispiel für das, was man mit Ziehharmonikahosen bezeichnet. Den schwarzen steifen Hut wagte er gar nicht aufzusetzen. Er wäre ihm über die Ohren gegangen.

»Nichts paßt mir«, meinte er enttäuscht, »der andere Gauner muß eine total verbaute Figur haben!«

Da klopfte es an die Salontür. Mackie verkroch sich hinter das Bett. Aber Flynn trat in den Salon. Dort stand ein Chrysanthemenstrauß mit Beinen in der Flurtür. Es war der kleinste Boy, der diesen Riesenstrauß anbrachte. Er stellte die Blumen in eine Kristallvase und entledigte sich seines Auftrages.

»Von der Hoteldirektion!« meldete er und stand dabei stramm.

Instinktiv griff Flynn in die Westentasche und fand darin zu seinem eigenen Erstaunen ein Fünffrancstück. Er schnippte es dem Jungen zu, der es geschickt auffing.

»Merci, Mister Holmes!« sagte er strahlend, kniff ein Auge zu und zog sich dann zurück.

»Sherlock Holmes« grinste und sah sich nach seinem »Doktor Watson« um. Der stand neugierig in der Schlafzimmertür und starrte auf die Chrysanthemen.

»Siehst du wohl, Mac«, sagte Morris, »sie haben's gefressen. Jetzt ist es überall herum. Nun ist Sherlock Holmes erst richtig angekommen.«

Er nahm die beiden Biergläser, die auf dem Tisch neben dem leer gegessenen Mittagsgedeck standen, füllte sie, gab Mackie ein Glas und stieß mit ihm an.

»Er soll leben!«

»Prosit!« sagte Mackie.

Beide leerten ihre Gläser auf einen Zug.

VII

Morris Flynn hatte schon die Türklinke zum Korridor in der Hand, um nach unten zu gehen und sich endlich der staunenden Mitwelt zu zeigen, als ihm im letzten Augenblick einfiel, daß er ja noch ohne Krawatte war. So kehrte er um und trat an den großen Schrankkoffer heran, mit dessen Inhalt die beiden Stubenmädchen noch nicht ganz fertig geworden waren. Er war sicher, daß die Herren, die über eine so reiche Auswahl gutgeschnittener Anzüge verfügten, auch hinsichtlich ihres Krawattengeschmacks nichts zu wünschen übriglassen würden. Er hatte es gar nicht nötig, den Koffer zu öffnen; denn in der Eile, in der die Mädchen ihn geschlossen hatten, hatte sich ein Plastron zwischen die Koffertüren geklemmt, das nun heraushing und Flynns Billigung fand. Er zog daran, doch der Schlips saß merkwürdig fest. Es blieb Flynn also nichts anderes übrig, als die beiden Flügel des Schrankkoffers auseinanderzuschieben und festzustellen, wo das Hindernis lag. Der Schlips hing an einem eingeschraubten Haken, der sich an der Decke des Koffers befand. Und als Flynn nun abermals hartnäckig zog, statt wie ein ordentlicher Mensch den Schlips abzuheben, sah er zu seinem Erstaunen, daß der Haken sich drehte. Er schien sich gelockert zu haben. Morris griff nach dem Haken, um ihn wieder festzuschrauben.

Doch kaum hatte er eine Drehung vollführt, als die gewölbte Innendecke des Koffers, an der der Haken befestigt war, herunterklappte und ein Geheimfach freilegte, aus dem im Augenblick des Öffnens, lautlos und anmutig wie ein Schmetterling, eine Hundertfrancnote herabgaukelte, nieder auf den Teppich, wo sie leise fächelnd liegenblieb.

Mackie, der seinen alten Anzug wieder angezogen hatte, trat in das Zimmer und sah den Schein. Er war aber nun schon soweit, sich über gar nichts mehr zu wundern. Als sei es die gewöhnlichste Sache der Welt, Hundertfrancnoten in der Luft herumschaukeln zu sehen, bückte er sich und hob den Schein auf. Flynn aber kümmerte sich gar nicht erst um das Einzelexemplar. Er langte in das Geheimfach hinein und brachte sie gleich bündelweise zum Vorschein. Er gab sie Mackie, der bald beide Arme voll bepackt hielt.

Von draußen, durch die geschlossenen Fenster, drangen leise die Geräusche der Straße; Autohupen, das Surren der Straßenbahnen, die mit Geklingel in die Chaussee d'Haecht einbogen.

Im Innern des Appartements Nummer 54 bis 56 war Stille. In schweigendem Einverständnis arbeiteten die beiden Freunde, obwohl die Märchenhaftigkeit ihrer Situation ihnen oft mit solcher Eindringlichkeit zum Bewußtsein kam, daß sie versucht waren, in ein hysterisches Gelächter auszubrechen.

Schließlich hatte das Geheimfach auch sein letztes Banknotenbündel hergegeben. Flynn drückte die Klappe wieder hoch und drehte den Haken, der den Riegel bildete, zurück. Das Kofferungetüm wirkte wieder harmlos wie zuvor.

Flynn ging hinüber in Mackies Schlafzimmer, wo sich der andere Schrankkoffer befand, und legte das Plastron um. Hier versuchte er den Trick mit dem Haken ein zweites Mal, und auch hier klappte die Sache. Ein zweites Geheimfach öffnete sich, nur daß dieses keine Banknoten barg. Was sie fanden, war immerhin interessant genug. Es waren Bauzeichnungen,

Blaupausen und Skizzen, die in genauen Einzelheiten die Kasseneinlagen und Tresorräume eines Bankhauses mit ihren Zugängen und gesicherten Türen darstellten. Aus der Inschrift an der rechten oberen Ecke des Planes ersah Flynn, daß es sich um eine Filiale der Bank Lyonnaise in Toulon handeln müsse. Mit Rotstift waren auf dem Situationsplan Zeichen eingetragen, Pfeile, Ausrufezeichen und Kreuze. Am Rand stand ein Datum: 21.6.1910.

Flynn betrachtete die Papiere genau und rieb sich das Kinn. »Schau, schau!« sagte er. »Bankräuber! Interessant!«

Er griff mit der Hand nochmals in das Geheimfach und tastete den Hohlraum bis zur runden Decke des Schrankkoffers ab. Schließlich griffen seine Finger ein Päckchen, das er herauszog. Es war ein dicker Briefumschlag, der mehrere zusammengefaltete Blätter enthielt. Er öffnete den Umschlag, entfaltete die Blätter und las.

»Geheimschrift. Chiffriert«, erklärte Flynn sachverständig. Er reichte die Blätter an Mackie weiter. »Dein Spezialgebiet!« Aber Mackie war so mit Banknotenbündeln bepackt, daß er Flynn die Blätter mit dem Geheimcode nicht abnehmen konnte. Der hielt ihm ein Blatt vor die Nase. Es war ein seltsames Kauderwelsch, das Mackie von dem Blatt ablas: »Wisch habit micelle hinderlich derogation anglikanisch sandale derogation triade.«

In diesem Augenblick meldete sich das Telefon. Laut und anhaltend schrillte es durch das Zimmer, bevor Flynn sich entschloß, den Hörer abzunehmen. »Ja?« meldete er sich vorsichtig.

»Hier ist die Rezeption. Drei Herren wünschen Sie zu sprechen.«

»Wir kommen«, sagte Flynn und hängte den Hörer wieder auf. Er rieb sich die Hände.

»Paß auf, Mackie! Unser erster Fall wartet auf uns.«

Mackie murmelte noch immer vor sich hin: »Wisch habit micelle hinderlich ...«

Morris nahm dem grübelnden Mackie die Banknoten-pakete aus den Armen und sah sich um.

»Wohin damit?«

Er überlegte, wo er das Geld am besten verstecken könnte. Schließlich trat er zum Schreibtisch, schob die mittlere Schublade heraus und packte den Inhalt der beiden Geheimfächer hinein.

Es geschah keine Sekunde zu früh; denn kaum war die Schublade wieder zugeschoben worden, als nach kur-zem Anklopfen der Hoteldetektiv eintrat.

»Was gibt's?« fragte Flynn.

»Unten in der Halle warten drei Herren, die Sie drin-gend sprechen möchten. Sie brauchen, glaube ich, Ihre Hilfe.«

Morris ließ über seine Stirn eine Wolke des Unmuts streichen. Er konnte so etwas gut und echt.

»Wie ist das möglich?« sagte er ablehnend. »Woher wissen diese drei Herren überhaupt, daß ich hier bin? Haben Sie etwa nicht dichtgehalten?«

»Ich bitte Sie!« beteuerte der junge Mann verletzt, und er hielt dabei die Schwurfinger auf sein Herz. »Die Herren haben es gewußt.«

Morris Flynn biß sich auf die Unterlippe. »Das ist wirk-lich ärgerlich!«

Mit unwillig zusammengekniffenen Augenbrauen schritt er einige Male im Zimmer hin und her. Mackie sah ihm besorgt nach. Er wußte im Augenblick nicht gleich: War das wirklich sehr ärgerlich, oder tat Morris nur so? Denn Morris spielte diesen Unmut großartig.

»Also sagen Sie schon, daß wir hinunterkommen«, erklärte er schließlich und nickte dem Hoteldetektiv zu. Der verbeugte sich tief.

»Die Herren werden Ihr Entgegenkommen zu schätzen wissen«, sagte er, sich verabschiedend.

Kaum hatte sich die Tür hinter ihm geschlossen, als Flynns finsteres Gesicht sich wieder aufhellte und mit ihm auch Mackies Antlitz. Er sah seinen Freund nicht gern besorgt. Mit einem Schlag auf die Schulter, unter dem Mackie fast in die Knie brach, sagte Morris: »Auf

geht's! An die Arbeit, Doktor Watson! Stenogrammblock, Lupe und meine Pfeife!« Wie ein aufgescheuch-
tes Rebhuhn flatterte »Dr. Watson« durch die Gegend,
um die vom Meister angeforderten Gegenstände herbeizuschaffen. Flynn nahm ihm die Pfeife aus der Hand
und setzte sie in Brand. Mit ein paar paffenden Zügen
überzeugte er sich, daß sie richtig zog.
Mackie deutete mit dem Daumen auf den Schreibtisch.
»Lassen wir alles da drin?« fragte er.
»Natürlich!« erwiderte Flynn und ging zum Schreibtisch. »Faß an!« sagte er zu Mackie.
Zu zweit drehten sie den Tisch herum, so daß die
Schublade nun nach der Wand zu stand. Das Möbel war
ein leichtes französisches Stück auf vier hohen Beinen
und ohne Aufsatz. In so veränderter Stellung merkte
man ihm gar nicht an, daß eine Schublade fehlte, weil
die Hinterfassade ebenfalls poliert war. Nachdem dann
auch Schreibzeug, Tintenfaß und Brieföffner in die entsprechende veränderte Lage gebracht waren, konnte
kein Mensch ahnen, daß der Schreibtisch sich eigentlich wenig höflich benahm und die Kehrseite zeigte.
Zufrieden betrachteten beide ihr Werk. Jetzt konnten
sie beruhigt in die Halle hinuntergehen. Morris ging
noch einmal in sein Schlafzimmer hinüber, um gleich
darauf wieder zurückzukehren. In der Hand trug er eine
Art völlig verbrannten Eierkuchen. Im Hinausgehen
schlug er damit auf die Tischkante. Es gab einen leichten Knall, und der Pfannkuchen schoß hoch, als sei das
Backpulver in ihm explodiert. »Ans Werk!« sagte Flynn
und stülpte sich den Chapeau claque ein bißchen schräg
aufs Haupt.

Auf dem Gang vor dem Zimmer begegneten sie einem
älteren Herrn. Er sah die beiden aufmerksam und sehr
interessiert an, doch das war vielleicht nicht weiter verwunderlich, weil das Gerücht von Sherlock Holmes'
Ankunft bereits im ganzen Hotel verbreitet war.
Morris und Mackie verzichteten auf den Fahrstuhl und
stiegen die Stufen zur Hotelhalle hinunter.

Der ältere Herr blickte ihnen nach. Er spielte nervös mit der langen, seidenen Schnur an seiner Taschenuhr. Er kniff die Augen böse zusammen. Dann lief er die Treppe zur oberen Etage hinauf.

Das Fräulein am Blumenstand sah die beiden Herren zuerst. Schnell wählte sie ihre schönste Gardenie aus und stürzte sich ihnen entgegen. Etwas atemlos blieb sie vor ihnen stehen und knickste. Mit beinah hörbarem Augenaufschlag hielt sie Morris ihre Blume entgegen. Der griff ihr mit dem Zeigefinger unter das Kinn und lächelte. Die Blumenmaid war selig.

Morris' Augen wanderten suchend in der Halle umher. Neben der Drehtür sah er den Hoteldetektiv stehen, der sich verbeugte und ihm durch Gesten zu verstehen gab, daß man ihn dort erwarte. Morris trat, gefolgt von Mackie, auf ihn zu, als er plötzlich stutzte. Neben dem Detektiv saßen in den Klubsesseln drei Herren, die ihm ihre breiten Rücken zukehrten. Aber jetzt erhoben sie sich und sahen ihm erwartungsvoll entgegen. Flynn sah kurz diese drei Gesichter. Diese Sorte kannte er. Kriminalbeamte! Am liebsten hätte er kehrtgemacht oder wäre durch das Parkett der Hotelhalle nach unten verschwunden.

Nur jetzt sich keine Blöße geben, dachte er. Haltung, mein Junge, Haltung! Er sah auf den ahnungslos neben ihm einherwandelnden Mackie. Der lächelte den drei Herren freundlich und erwartungsvoll zu.

Morris atmete ganz ruhig, steckte sich die Gardenie ins Knopfloch. Als er vor den drei Herren stand, hatte er sich wieder völlig in der Hand. Mackie wollte den drei Herren höflich seine rechte Hand entgegenstrecken, um sie zu begrüßen. Morris hielt ihn rechtzeitig am Jackenärmel fest.

»Bitte?« fragte er die drei Herren ein klein wenig von oben herab. Seiner Stimme war überhaupt nichts anzumerken.

»Mister Holmes?« lautete die Gegenfrage.

»Nein!« entgegnete Morris prompt und sehr entschieden, aber vielleicht ein klein bißchen zu laut.

Mackie sah ihn erschrocken an.

»Ich heiße Flynn!«

Die drei Herren von der Kriminalpolizei lächelten.

»Wir wissen Bescheid«, meinte der eine der Beamten bedeutsam, »uns brauchen Sie wirklich nichts vorzumachen. Übrigens, gestatten Sie, daß ich mich vorstelle: Gizzard, Colonel Gizzard.«

Alle Herren verbeugten sich leicht. Auch der Hoteldetektiv verbeugte sich mit. Der eine von den dreien hob seinen Rockaufschlag und wies verstohlen auf die Erkennungsmarke, die er darunter stecken hatte, während der dritte, um ja keinen Irrtum aufkommen zu lassen, ergänzend hinzufügte: »Kriminalpolizei!«

Mackie erbleichte. Er griff in seinen Nacken, als hätte die Hand des Schicksals ihm wieder einen Schlag versetzt.

»Ach nein!« tat Flynn überrascht, und er grinste dabei. »Das wäre mir im Traum nicht eingefallen.«

Aber wohl war ihm nicht in seiner Haut.

Mackie hatte jetzt Lunte gerochen. Er trat von einem Fuß auf den anderen und sah aus, als hätte man ihn soeben beim Taschendiebstahl ertappt. Er maß den Abstand bis zur Drehtür und benahm sich überhaupt äußerst verdächtig. Zum Glück fand er bei den drei Kriminalbeamten keine Beachtung.

Die drei Herren waren dicht an Mr. Flynn herangetreten, und Colonel Gizzard beugte sich zu ihm.

»Bitte, kommen Sie mit uns«, flüsterte er leise, »wir haben den Auftrag, Sie sofort zum Polizeipräsidenten ...«

»Pst!« unterbrach ihn Flynn sofort. »Nicht so laut! Wir haben gewußt, daß Sie einmal kommen würden, aber daß das so schnell geschehen würde, darauf waren wir eigentlich nicht gefaßt. – Also schön, gehen wir. Nur eine Bitte: möglichst unauffällig!«

»Selbstverständlich!« versicherte Colonel Gizzard mit Zuvorkommenheit.

Die Herren von der Kriminalpolizei traten zur Seite und ließen Morris und Mackie den Vortritt.

Mackie schwitzte. Er begann sich langsam in seine Bestandteile aufzulösen.

»Gleich der erste Fall ein Reinfall!« stöhnte er gebrochen.

Morris griff ihn in den Oberarm, damit er schweigen sollte. Ein schallendes Gelächter ließ beide zusammenfahren. Sie sahen sich um. Mitten in der Halle stand ein Herr. Jener Herr mit dem buschigen Schnauzbart, in kariertem Reisemantel und mit der Reisemütze, der Punkt zwölf angekommen war. Die Arme in die Seiten gestemmt, stand er da und lachte. Er bog sich vor Lachen.

Morris Flynn blickte ihn von der Seite an. Er fand die Situation, in der sie sich befanden, alles andere als komisch. Aber der Mann lachte und lachte. Und als sich Flynn und sein Freund Mackie, gefolgt von den drei Beamten, durch die Drehtür wanden, stand der Mann noch immer da und lachte.

IX

Vor dem Hotel erwartete sie das Polizeiauto. Zwei Fotoreporter stürzten sich aus der Reihe der Neugierigen, die rechts und links neben dem Hoteleingang standen, auf Morris und Mackie, um sie zu fotografieren. Seit drei Stunden hatten sie auf diese Gelegenheit gelauert. Jetzt lüpften sie dankend ihre Hüte, klappten ihre Kameras zu und stürzten davon.

Morris Flynn und MacMacpherson wurden in den Fond des Polizeiautos gebeten; ihnen gegenüber setzten sich der Colonel und einer seiner Begleiter, während der dritte Kriminalbeamte zu dem Chauffeur stieg.

Die Fahrt war nicht sehr unterhaltsam. Mit steinernen, unbeweglichen Gesichtern sahen die Herren der Kriminalpolizei vor sich hin. Flynn wurde es unbehaglich.

»Wie sind denn eigentlich die Gefängnisverhältnisse hier in Brüssel?« eröffnete er die Konversation.

»Ausgezeichnet!« erwiderte Colonel Gizzard stolz. »Zwei ganz neue Gebäude!«

»Viel zu komfortabel für das Gesindel!« fügte sein Begleiter verächtlich und mürrisch hinzu.

Mackie fühlte sich getroffen.

»Sind ja schließlich auch Menschen, nicht wahr?« suchte er das »Gesindel« zu verteidigen, aber Colonel Gizzard sah ihn nur kalt und verächtlich an.

Flynn war sachlicher.

»Viel zu tun?« forschte er weiter. »Wohl mächtiger Hochbetrieb? Da ist sicher kein Platz mehr in den neuen Gebäuden?«

»Platz genug«, erwiderte der Colonel trocken. Mackie schloß ergeben die Augen.

Das Auto fuhr mit ziemlicher Geschwindigkeit. In Flynns Gehirn arbeitete es.

»Fahren wir noch lange?« fragte er.

»Nein«, sagten die beiden Beamten gleichzeitig. »Wir sind schon da.«

Tatsächlich bog in diesem Augenblick das Auto durch ein mit Eisenspitzen besetztes Tor auf den Hof eines riesigen roten Backsteinbaus, einer Mischung von Bahnhof, Festung und Charité. Es war das Polizeipräsidium. Es wirkte drohend und düster. Der Chauffeur bremste, und der Wagen stand.

Das große schmiedeeiserne Tor mit den scharfen Spitzen, die wie Bajonette in die Luft standen, schloß sich hinter ihnen. Mackie sah es und schauderte.

Morris stellte noch fest, daß Wachen vom Auto bis zu einer breiten Freitreppe Spalier bildeten. – Sie saßen also in der Falle. Ein Sergeant eilte herbei und riß den Wagenschlag auf. Flynn stieg als erster aus, gefolgt von Mackie, während die Herren von der Kriminalpolizei zu dem diensthabenden Sergeanten traten und ihm leise meldeten, wen sie hier eingebracht hätten. Der Sergeant riß die Augen auf und starrte die beiden an.

Morris und Mackie blieben einen Augenblick sich selbst überlassen. Diese Gelegenheit nutzte Flynn.

»Mir ist ganz klar, wie es herausgekommen ist«, flüsterte er Mackie zu. »Du bist daran schuld!«

»Ich?« fragte Mackie.

Flynn nickte ärgerlich und besah sich das Häufchen Unglück. Sein Freund sah aus wie ein Hampelmann, fand er, dem die Strippen im Rücken durchgeschnitten sind.

»Ja, wer sonst?« zischte er. »Ich bin als Sherlock Holmes schon richtig. Aber daß wir jemand haben einreden wollen, du seist Doktor Watson, das war Irrsinn.«

»Meinst du?« flüsterte Mackie kleinlaut und sah sich die Gesichter der Polizeisoldaten an. Dabei steckte er aus lauter Verlegenheit abwechselnd die Hände einmal in die Jackentaschen und dann wieder in die Hosentaschen. »Natürlich«, sagte Flynn, »du bist der Fehler.«

»Aber du hast mich doch selbst darum gebeten!« versuchte Mackie sich zu entschuldigen.

»Leider!« gab Flynn bitter zu. Die drei Herren von der Kriminalpolizei traten zu ihnen, und auf einen Wink ging es weiter. Sie stiegen die Freitreppe hinauf und fanden sich dann in einer hohen, dämmrigen Halle, von der nach allen Seiten fliesenbelegte Gänge ausliefen. Ihre Schritte hallten gespenstisch, als sie einen dieser Korridore entlanggeführt wurden.

Die beiden Freunde waren viel zu sehr mit sich beschäftigt und mit den kümmerlichen Perspektiven, die ihnen das Leben noch bot, als daß sie bemerkt hätten, wie ihnen rechts und links aus den Türen viele Neugierige nachstarrten.

Flynn zermarterte vergeblich sein Hirn nach einem Ausweg. Mackie nahm sich vor, alles zuzugeben. Das erschien ihm das beste. Er legte sich sogar schon die Worte zurecht.

Der Klang einer Stimme ließ sie aufhorchen. Sie kam aus einem Zimmer am Ende des Korridors und verriet ein beträchtliches Maß von Erregung. Jedenfalls war sie so laut, daß Flynn trotz der gepolsterten Doppeltür alles verstand. Je näher sie kamen, um so deutlicher wurde die Stimme.

»Es ist unfaßbar!« brüllte jemand hinter der Tür. »Dieser Schwindel ist die größte Frechheit, die mir in meiner Praxis je vorgekommen ist! Wie stehen wir da?

Beschämt bis auf die Knochen! Wir sind das Gespött von ganz Brüssel! Die Weltausstellung ist blamiert! Die ganze Welt wird sich den Bauch halten vor Lachen, weil wir auf diesen Betrug hereingefallen sind!«

Man war vor dem Zimmer angekommen. Einer der Beamten öffnete eine Tür und ließ Morris und Mackie eintreten. Es war ein Vorraum, in den man sie führte, denn eine zweite Tür trennte sie von dem dahinter gelegenen Raum, aus dem die wütende Stimme nun mit größter Lautstärke auf sie eindrang.

»Sie mußten doch wissen, meine Herren«, rollte das Gewitter, »daß sich alles Gesindel hier treffen würde! Alle Gauner! Alle Verbrecher! Hochstapler!«

Bei dem letzten Wort zuckte Mackie schmerzhaft wie unter einem Peitschenhieb zusammen.

Unterdes näherte sich Colonel Gizzard der verschlossenen Tür. Die Ehrfurcht zwang ihn, auf Zehenspitzen zu gehen. Mit Vorsicht öffnete er die Tür, um sich hindurchzuschieben. Drinnen näherte sich das Gewitter seinem Höhepunkt.

»Ich sagte: Augen und Ohren auf!« donnerte es, als ob es einschlüge. »Und was haben Sie getan? Geschlafen haben Sie! Das nennen Sie Dienstauffassung? Ich nenne es eine Schweinerei! Keiner von Ihnen hat etwas gemerkt. Natürlich nicht! Wie sollte er auch? – Ein wildfremder Mensch muß erst kommen und der Polizei die Augen öffnen! Eine Schande ist das, eine Affenschande, sage ich! Ein Weltskandal!« Und jetzt schien es wirklich zu donnern, weil jemand mit geballten Fäusten auf einen Tisch trommelte. »Aber wir werden mit diesen Burschen abrechnen! Wir werden mit ihnen umspringen, daß ihnen Hören und Sehen vergeht!«

Mackie wollte schon nichts mehr hören und sehen. Er schloß die Augen und hielt sich die Ohren zu.

Aber Morris Flynn schaute sich vorsichtig um. Er wunderte sich, daß man sie beide in diesem Raum allein ließ; denn die beiden anderen Kriminalbeamten waren nicht mit in den Vorraum eingetreten. Er schlich sich zur Korridortür und überzeugte sich, daß sie nicht einmal abgesperrt war. Wieder kam ihm der Gedanke an Flucht. Aber das alles konnte eine Falle sein. Mittlerweile war die Schimpfkanonade verstummt. Ein Geräusch an der Verbindungstür ließ Morris sich umwenden.

Die Tür öffnete sich einen Spalt, durch den der Kopf eines kleinen Jungen sich vorsichtig hindurchschob. Flynns Anblick schien ihn freudig zu überraschen. Er zwängte seinen schmalen, mageren Jungenkörper durch die Tür, die er hinter sich lautlos wieder zuzog, machte einen Diener und lief mit ausgestreckter Hand auf Flynn zu. Er erwischte dessen Rockärmel, tat geheimnisvoll und vertraulich und begann dann erregt: »Mister Holmes, Mister Holmes!« flüsterte er heiser vor Aufregung. Es war ein komischer Junge. Die Haare standen ihm zu einer Bürste hochgekämmt. Er hatte gar keine Augenbrauen, blitzblaue Augen und unzählig viele Sommersprossen. Aber sein Gesicht war gut, trotz der abstehenden Ohren, die so weit abstanden, wie es für Ohren überhaupt erreichbar ist. Er mochte etwa zehn Jahre alt sein und trug einen Stehkragen ohne Schlips. Der Anzug hatte früher einmal dem Vater gehört und war umgearbeitet worden, zweckmäßig, ohne daß dabei auf Schmiß und Sitz Rücksicht genommen worden war. Mackie und Morris blickten verwundert auf den Jungen. Auf jeden Fall gab ihm Morris die Hand. Der Junge drückte sie begeistert und schüttelte sie kameradschaftlich und legte den Finger auf den Mund.

»Ich hab alles 'rausgekriegt!« flüsterte der Junge so leise, daß man ihn kaum verstand. »Den ganzen Schwindel! Ich, Putzke, Erwin Putzke aus Berlin! Ich bin zu Fuß hergekommen und hab alles 'rausgekriegt!«

Mit einer kleinen, nachdenklichen Falte zwischen den Brauen hörte Flynn zu. Noch verstand er gar nichts, aber er witterte Morgenluft.

»Alle sind falsch!« haspelte Erwin Putzke emsig weiter. »Alle vier! Die beiden roten und die beiden blauen! Eine große Sache! Was die da drinnen sind, die haben längst keine Luft mehr. Aber eins weeß ick: Sie werden's 'rauskriegen! Sie bestimmt! Für Sherlock Holmes is det das reine Kinderfest!« In Flynn begann es langsam zu dämmern. Der begeisterte Junge, sein Stehkragen und sein Dialekt taten ein übriges, um seine Laune wieder aufzufrischen.

Erwin blickte auf Mackie.

»So sieht Doktor Watson aus? Den hab ick mir janz anders vorjestellt. Jrößer und mit 'ne Brille.«

Da öffnete sich vor ihnen die Tür zum Nebenzimmer. Ein Herr trat ihnen entgegen, der einen ziemlich aufgelösten Eindruck machte. Am stärksten trat diese Auflösung an seinem Hemdkragen zutage, der sich wie ein nasser Lappen um seinen Hals wand. Der Herr tupfte sich mit einem auffallend weißen, nach Eau de Cologne duftenden Taschentuch die Stirn ab. Dicke Tropfen perlten darauf. Es war der Regen, der jedem Gewitter zu folgen pflegt.

»Mister Holmes«, sagte der Herr süß, als hätte er Veilchenpastillen im Mund, »wie soll ich Ihnen danken, daß Sie hergekommen sind!« Und dabei hielt er die Arme ausgestreckt und faßte Flynn mit beiden Händen an den Schultern.

Flynn lächelte. Die Begrüßung ging ihm ein wie guter alter schottischer Whisky. Sie wärmte ihm den Magen und fuhr belebend durch sein Gehirn.

»Nichts zu danken«, erklärte er verbindlich. Er war wieder ganz der alte. »Das ist doch schließlich meine Pflicht!« sagte er freundlich.

Die beiden Herren wandten sich zur Tür und hatten eine Weile damit zu tun, sich gegenseitig den Vortritt anzubieten. Aber schließlich trat der Herr mit dem durchweichten Hemdkragen so weit in das Zimmer zurück, daß sich Morris erstaunt umblickte. Da benutzte Mackie die Gelegenheit, um als erster einzutreten. Dann folgten ihm Morris und der selig lächelnde Herr, und zum Schluß flitzte auch Erwin Putzke mit in das Zimmer.

Im Nebenzimmer war eine stattliche Anzahl Herren versammelt, denen Mackie jovial mit der Hand zuwinkte. Der freundliche Herr – Flynn hatte längst schon begriffen, daß es niemand anders sein konnte als der Chef der Brüsseler Kriminalpolizei – machte sie alle miteinander bekannt.

»Exzellenz Vangon«, sagte er, einen sehr würdigen, weißhaarigen Herrn vorstellend, der Morris und Mackie verbindlich die Hand reichte. »Seine Exzellenz ist der Generaldirektor der Weltausstellung.«

Flynn und Mackie nahmen das mit stummer Verbeugung zur Kenntnis.

Dann mußten sie noch einigen anderen Herren die Hand schütteln, die ihre Namen so undeutlich sprachen, daß sie niemand verstand. Flynn ließ sich aber jeden Namen von den Herren noch einmal deutlich nennen; das gab ihm sofort einen Anstrich exakter Gewissenhaftigkeit und imponierte sichtlich. Seinen und Mackies Namen wünschte keiner der Herren zu hören. Sie wußten alle, wen sie vor sich hatten.

Schließlich war man dann soweit. »Bitte, nehmen Sie Platz!« sagte der Chef der Kriminalpolizei.

Flynn ließ sich nieder, schlug die Beine übereinander und drückte mit einem leisen Knacks seinen hohen Hut ein. Dann ließ er seine erste Pointe fallen.

»Also alle vier sind falsch!« eröffnete er das Gespräch.

»Das ist allerdings ein starkes Stück!«

Die Exzellenz hinter dem Schreibtisch wurde immer kleiner. Einige der Herren blickten auf das Parkett. Der Chef der Kriminalpolizei tupfte sich wieder die Stirn.

»Wie konnte das geschehen, Messieurs?« fügte Morris nicht ohne Vorwurf hinzu.

Die Exzellenz nahm das Stichwort auf.

»Nicht wahr? Wie konnte das geschehen?« rief sie verzweifelt. »Ist es nicht entsetzlich? Versetzen Sie sich bitte in meine Lage, Mister Holmes! Ich bin ruiniert!«

Mit diesen Worten versank er fast ganz hinter dem Schreibtisch wie eine angeschossene Schießbudenfigur. Es dauerte eine ganze Weile, bis er wieder auftauchte.

»Durch Ihre Schuld, meine Herren!« sagte er fast weinend und sah die Herren von der Kriminalpolizei anklagend an. Da begann das schon abgezogene Gewitter aus der Ferne von neuem zu grollen.

»Wie können Sie mir die Schuld geben, Exzellenz?« empörte sich das Polizeioberhaupt. »Ich habe alles getan, was möglich war, aber ...«, sein vernichtender Blick traf die Untergebenen, »man hat meine Befehle nicht befolgt. Sie haben sich nicht gescheut, meine Stellung zu untergraben, Messieurs! Wenn die Öffentlichkeit von der Sache Wind bekommt, bin ich ein toter Mann. Aber Sie, Messieurs, wackeln dann auch, das sage ich Ihnen! Sie auch!«

Noch wackelten die Herren nicht, sondern standen still da und wagten nicht zu atmen.

Einer der Beamten trat mit einer entschuldigenden Handbewegung vor.

»Herr Kriminalrat ...«, stotterte er.

»Schweigen Sie!« herrschte ihn der Polizeigewaltige voll Gift und Galle an.

Ein Beamter in Uniform räusperte sich.

»Sie auch!« wandte sich der Chef zu ihm. Die Wut packte ihn von neuem.

»Eins erkläre ich Ihnen ein für allemal: So wird es nicht weitergehen! So nicht!«

»Ganz meine Meinung«, erklärte Flynn trocken. »Und darum bitte ich um den Tatbestand.«

Er wandte sich an den Herrn, der ihm noch die meiste Zurechnungsfähigkeit zu besitzen schien. Und das war in diesem Fall Seine Exzellenz Vangon. Da er aber sah, daß alle in diesem Augenblick wie auf ein Kommando den Mund öffneten, erhob er abwehrend die Hand.

»Aber nur einer! Und wenn ich bitten darf«, fügte er hinzu, »immer hübsch der Reihe nach und nicht so durcheinander.« Mit einem Seufzer der Erleichterung sank der Kriminalrat in seinen Stuhl. Er hatte sich entladen. Mackie und Morris betrachteten ihn nicht ohne Mitleid. Dann wandte sich Morris mit einer stummen Aufforderung an Seine Exzellenz.

»Bitte, helfen Sie mir, Mister Holmes!« sagte der Generaldirektor der Ausstellung. Seine Stimme war voller Hoffnung. »Sie sind der einzige, der mir noch helfen kann.« Beruhigend nickte Flynn ihm zu.

»Aber ich bitte Sie, Exzellenz«, meinte er freundlich, »dafür bin ich ja da!« Er hatte den Ton eines Arztes, und man konnte sich gut vorstellen, daß er jetzt dem alten Herrn den Puls fühlen und ihm dabei über das weiße Haupt streichen würde.

Auf einen Wink des Kriminalrats war der Sekretär vorgetreten und wollte seinen Bericht beginnen.

»Einen Augenblick noch«, ließ sich da Mackie vernehmen, während er seinen Stenogrammblock hervorzog und den Bleistift zückte. Dann gab er dem Sekretär das Startzeichen.

»Heute morgen um halb elf Uhr«, begann der Sekretär seinen Bericht, »betrat der Jugendliche Erwin Putzke, geboren am 8.12.1899, wohnhaft zu Berlin, Kottbusser Damm 68, das Gelände der Weltausstellung von der Seite des Vergnügungsparks vermittels Herausreißens einer Zaunlatte, da er nicht im Besitz einer Eintrittskarte war, und begab sich in den Pavillon der Kuriositäten und Seltenheiten, um dort die vier wertvollsten Briefmarken der Welt zu besichtigen. Der Junge gibt vor, zu diesem Zweck zu Fuß von Berlin bis Brüssel gelaufen zu sein.«

»Gibt vor?« unterbrach Erwin Putzke empört. »Bin ick ooch!« Er setzte sich auf einen Schreibmaschinentisch, streckte die Beine vor und wies auf seine durchlöcherten Schuhsohlen. Lächelnd nickte Morris Flynn dem Jungen zu. Doch sein Blick warnte vor weiterer Unterbrechung.

»Besagter Erwin Putzke«, las der Sekretär weiter aus seinem Protokoll vor, »sagte aus, daß er den Pavillon der Seltenheiten etwa gegen elf Uhr betreten und dort eine ganze Reihe von Besuchern vorgefunden habe. Er habe sich durch die Menge hindurchgedrängt und sei dann an die Vitrine herangetreten, um die berühmten Marken zu besichtigen. Es handelt sich um vier Exemplare der Mauritiusmarken, die letzten vier, die es auf der Welt noch gibt. Dort sagte er plötzlich laut und entrüstet: ›Die sind ja falsch!‹«

»Die sind ooch falsch!« klang plötzlich wieder Erwin Putzkes Stimme dazwischen.

Der Junge ging zu Flynn und redete aufgeregt auf ihn ein. »Die sind ooch falsch!« wiederholte er beschwörend. »Die haben ja kein Wasserzeichen! Alle viere nich! Mir kann man doch nischt vormachen! Ick sammle doch selbst!«

Seine Exzellenz trommelte nervös auf der Schreibtischplatte. »Willst du gleich still sein, du Lümmel!« fauchte er aufgebracht.

Morris fuhr dem Jungen beruhigend über die Haarbürste. Der zog sich gekränkt zur Tür zurück.

»Eine sofortige Prüfung durch einen Fachmann bestätigte die Aussagen des Jungen.« Der Sekretär hatte wieder mit seiner ausdruckslosen Stimme seinen Vortrag aufgenommen. Was mochte er schon alles so teilnahmslos vorgetragen haben! »Am Dienstag, dem 17. des Monats, wurde Mademoiselle B. in der Rue de Chateaudun mit zertrümmerter Hirnschale aufgefunden.« Oder: »Heute erschien der Mundharmonikafabrikant Albin Fayard und verwahrte sich dagegen, daß seine Ehefrau, mit der er achtundzwanzig Jahre verheiratet sei, ihn auf Grund des Attestes des Nervenarztes Doktor C. entmündigen lassen wolle.« Er war durch nichts mehr zu erschüttern. Und so fuhr er fort, als ginge es ihn gar nichts an: »Da es einwandfrei feststeht, daß bei Eröffnung der Weltausstellung die vier Originale vorhanden waren, besteht leider kein Zweifel, daß Fälschungen untergeschoben wurden, um den Raub der Originale zu vertuschen. Bisher konnte nicht festgestellt werden, wann und wie dieser Tausch vor sich gegangen ist. – Von den Tätern fehlt jede Spur.«

Den letzten Satz sprach er nur so wie nebenher, weil fast jeder seiner Berichte so endete.

Flynn rührte sich nicht. Er enthielt sich vorläufig jeder Äußerung.

»Die Originale«, sagte jetzt Seine Exzellenz Vangon, »sind Leihgaben verschiedener hochgestellter Persönlichkeiten beziehungsweise öffentlicher Institute. Sie müssen wissen, Mister Holmes, daß sie insgesamt einen Wert von sechshunderttausend Franc repräsentieren.«

»Katalogwert!« schrie Erwin Putzkes Falsett dazwischen. »Der wirkliche Wert ist viel größer!«

Mackie war vor Aufregung über diese märchenhaften Zahlen die Bleistiftspitze abgebrochen.

Seine Exzellenz war wieder hinter dem Schreibtisch verschwunden.

»Schaffen Sie diesen Putzke 'raus!« verlangte er. »Ich will ihn nicht mehr sehen!«

Aber Flynn winkte dem Jungen und zog ihn an dem Jackenknopf dicht an sich heran. Er sah ihm einen Augenblick bedeutsam in die Augen.

»Erwin«, sagte er ernst, »ich sehe, du bist nicht auf den Mund gefallen.«

»Nee, bin ick ooch nich«, bestätigte Erwin überzeugt.

»Aber ab heute«, bedeutete ihm Flynn, »hast du es zu sein! Verstanden?«

»Nee«, erwiderte Erwin Putzke.

»Doch«, wiederholte Flynn freundlich. »Du sagst keinem Menschen was von den falschen Marken. Der freundliche Herr Ausstellungsdirektor wird dich gewiß gern einladen. Du bekommst zu essen und zu trinken, was du willst, und neue Stiefel auch. Das bezahlt alles die Ausstellung. Du kannst dir die Ausstellung ansehen, sooft du willst, und brauchst nicht durch die Zaunlücke zu klettern, aber – Mund halten!«

Exzellenz Vangon begriff. Er war durchaus einverstanden. »Alles, was er will. Er soll nur den Mund halten.«

Putzkes Gesicht glänzte wie mit Bimsstein poliert.

»Au fein!« sagt er. »Neue Stiefel?« Doch dann meinte er großzügig und ehrlich: »Ick hätt' aber auch so nischt gesagt. Ehrensache! Schließlich sind wir doch unter Männern.«

Auf einmal sahen alle den Jungen freundlicher an. Der besann sich auf seine Erziehung, machte vor dem

Direktor und dem Kriminalrat seine Verbeugung, dann wandte er sich an Flynn.

»Hat mich sehr gefreut, Mister Holmes!« Seine abstehenden Ohren leuchteten vor Stolz. »Wiedersehen, Doktor Watson!« sagte er. Im vollen Bewußtsein seiner Wichtigkeit stelzte er zur Tür, die Colonel Gizzard für ihn offenhielt. Bevor er jedoch endgültig von der Bildfläche verschwand, wandte er sich noch einmal zurück.

»Und wenn Sie mir einmal brauchen sollten«, erklärte er, »brauchen Sie nur zu pfeifen. Dann bin ick da.«

X

»Glauben Sie wirklich, daß er schweigen wird?« fragte Seine Exzellenz besorgt.

»Der?« entgegnete Flynn lachend. »Dem können Sie jetzt die Zähne einzeln ausbrechen, der sagt nichts.« Er erhob sich, um an den Schreibtisch zu treten, als sich eine zweite Tür öffnete und ein Polizeisoldat das Zimmer betrat. Vor Seiner Exzellenz stand er stramm und überreichte ihm einen Briefumschlag.

»Ein anonymer Brief, Euer Exzellenz«, sagte er. »Ihr Büro hat ihn geöffnet und ihn sofort hergeschickt.«

Unschlüssig nahm der Direktor den Brief und hielt ihn mit spitzen Fingern weit von sich.

Ihm ahnte Böses.

»Gestatten Sie?« sagte Morris Flynn und nahm ihm den Brief ab.

Er zog ein Blatt aus dem Kuvert.

»Wenn Sie die echten Mauritiusmarken zurückerhalten wollen«, las er laut vor, »inserieren Sie im ›Journal‹: ›Mauritius – ja.‹ – Dann werden Sie von uns umgehend weitere Nachrichten über Preis und Modalitäten der Rückgabe erhalten.«

Exzellenz Vangon war aufgesprungen. Alle Beamten und der Chef der Kriminalpolizei traten dicht zu Flynn. Der las weiter vor: »Sollten Sie nicht inserieren, so betrachten wir unser Angebot als abgelehnt und werden in dem selben Blatt bekanntgeben, daß die ausgestellten Marke falsch sind. Wir überlassen es Ihnen, sich den daraus entstehenden Skandal näher auszumalen. Gezeichnet: X. Y.«

Exzellenz Vangon hatte sich wieder gesetzt. Die Herren der Kriminalpolizei sahen sich ratlos an. Der Herr Kriminalrat wollte schon wieder aufbrausen, aber als er sah, daß Morris vergnügt lächelte und daß dem diese Wendung der Dinge durchaus gar nicht zu mißfallen schien, verschluckte er den Fluch.

»Sehr eilig haben es die Herren«, meinte Morris und hielt den Brief, der mit Schreibmaschine geschrieben war, gegen das Licht.

Seine Exzellenz nahm die Sache wesentlich tragischer.

»Was sollen wir bloß tun?« stöhnte er verzweifelt.

»Tun?« wiederholte Flynn. »Nichts.«

Morris steckte den Brief wieder in den Umschlag zurück, tat ihn in die Brieftasche, die ihm die Gauner freundlicherweise im Schlafwagen zurückgelassen hatten, und trat dann neben die Exzellenz, die völlig gebrochen in dem Schreibtischsessel hing. Erst jetzt sah er, daß auf der Schreibtischplatte auf einem schwarzen Samtpolster die vier gefälschten Briefmarken lagen. Flynn zog aus der Schoßtasche des Cutaways eine Lupe und betrachtete sie genau. Er mußte zugeben, daß die Fälschung ausgezeichnet gemacht war. »Sind das wirklich Falsifikate?« fragte er, um sich zu vergewissern.

Seine Exzellenz nickte stumm und sah von der Seite mit Abscheu auf die vier bunten Papierstückchen.

»Saubere Arbeit«, erklärte Flynn und reichte die Lupe und die Marken an Mackie weiter. »Das muß ich schon sagen. Großartig gemacht. – Da muß schon einer zu Fuß aus Deutschland kommen, um festzustellen, daß sie falsch sind.« Plötzlich hob er den Kopf. Ein Gedanke war ihm aufgetaucht. Er ging wieder um den Tisch herum und stellte sich mitten in das Zimmer.

»Wer sind eigentlich die Besitzer der Originale?« wollte er wissen.

Verzweifelt rang Exzellenz Vangon seine Hände.

»Das ist es ja«, jammerte er. »Wie stehe ich da, wenn das Britische Museum fragt: Wo ist unsere blaue Mauritius? Und was soll ich Seiner Königlichen Hoheit, dem Kronprinzen Sigurd von Schweden, antworten, wenn sie fragt: Was hast du mit meinen beiden Mauritius gemacht? – Von dem Gouverneur von Mauritius gar nicht zu reden. Wenn der das seiner Regierung meldet … Und erst mein Freund Berry! Sie müssen wissen, mein Freund, der Professor Berry, hat mich auf den Gedanken gebracht, diese seltenen Marken einmal, zum erstenmal, zusammen zu zeigen.«

Flynn war unmerklich zusammengezuckt. In seinem Gehirn arbeitete es. Er sah nichts mehr, er hörte nichts mehr. Er versank in angestrengtestes Nachsinnen und achtete nicht mehr auf das Gejammer Seiner Exzellenz.

»Sie werden alle Schadenersatz fordern«, malte sich der Generaldirektor der Weltausstellung aus. »Sechshunderttausend Franc! Ich darf nicht daran denken. Es gibt einen Skandal, wie er bisher auf keiner Weltausstellung in solchen Ausmaßen zu erleben war!«

»Hallo, Boys!« sagte Flynn plötzlich. Es hatte bei ihm gezündet. Er schlug sich mit der Faust in die flache Hand. »Ja, das ist wunderbar!«

»Wie bitte?« fragte der Chef der Kriminalpolizei erschrocken.

Flynn merkte, daß er sich hatte gehenlassen.

»Ganz mein Fall, wie ich ihn mir immer erträumt habe«, erklärte er jetzt ganz sachlich. »Haben Sie auch alles notiert, Doktor?«

»Jawohl«, bestätigte Mackie voller Eifer, »Erwin Putzke, geboren am 8.12.1899, Kottbuser Damm 68, vier Mauritius, Britisches Museum, Kronprinz von Schweden, Gouverneur von Mauritius, Professor Berry, Katalogwert sechshunderttausend Franc.«

Der Chef der Kriminalpolizei sah in das hoffnungsvolle Gesicht von Flynn. Von seinem siegesgewissen Lächeln schienen alle Gesichter der Anwesenden wie von einem Abglanz erhellt.

»Darf ich Sie an den Schauplatz der Tat führen?«
schlug der Kriminalrat vor.

»Danke«, winkte Flynn ab, »das ist nicht nötig.« Er ließ
seinen Zylinder wieder hochschnellen.

»Messieurs! Es ist ihnen allen sicher bekannt, daß
Sherlock Holmes noch nie einen Fall übernommen hat,
den er nicht löste.«

Die Zustimmung war ehrlich und allgemein, und die
Gesichter erhellten sich noch mehr.

»Also«, erklärte Flynn und machte eine kleine Kunst-
pause, »ich übernehme den Fall.«

Ein Aufatmen ging durch die Reihen der Anwesenden.

Seine Exzellenz trat auf den Meisterdetektiv zu und versicherte ihm mit einem tiefen Blick in seine Augen:
»Das wird Ihr Schade nicht sein.«

»Hoffentlich nicht«, sagte Flynn. »Ich meine natürlich«,
verbesserte er sich schnell, »daß Sie mich durch die
Erwähnung der geschäftlichen Seite hoffentlich nicht
beleidigen wollen. Sherlock Holmes übernimmt einen
Fall um der Ehre willen, nicht nur wegen des Hono-
rars.«

Seine Exzellenz war etwas beschämt. Doch Morris
Flynn war taktvoll genug, darüber hinwegzusehen. Er
wandte sich dem Kriminalrat zu. Der stand mit dankbar
gefalteten Händen da und ließ kein Auge von dem herrlichen Mann.

»Aber auf Ihre Unterstützung rechne ich!« sagte Flynn
zu ihm.

»Verfügen Sie ganz über uns«, erklärte der Kriminalchef
begeistert und ergriff dabei Flynns Arm und schüttelte
ihn, als sei er ein Pumpenschwengel.

Flynn hatte von den Ehrenbezeigungen genug. Es war
taktisch richtiger, auf alle Vorschußlorbeeren zu verzichten. Er bedeutete Mackie, Stenogrammblock und
Bleistift wieder einzustecken, und schritt ihm voran
nach der Tür. Dort wandte er sich noch einmal um. Sein
Blick umfaßte den ganzen Raum.

»Ich danke Ihnen, Messieurs«, sagte er gemessen. »Sie
sehen uns mit den Marken wieder …« Er griff nach der

Türklinke, und ganz leise ergänzte er, daß es nur Mackie, der ihm so dicht folgte, daß er ihm fast auf die Fersen trat, verstehen konnte: »... oder nie!«

Das war sein Abgang.

Eine Weile noch starrten alle Anwesenden die Tür an, die sich hinter dem berühmten Mann und seinem Adlatus geschlossen hatte. Ein tiefer Seufzer der Erleichterung, von Bewunderung gemischt, entrang sich der Brust des Polizeirats. Sein geringschätziger Blick wanderte über das bekleckerte Häufchen seiner Gefolgschaft.

»Nehmen Sie sich ein Beispiel an diesem Mann!« sagte er. Er fühlte, dieser Augenblick war historisch.

Exzellenz Vangon hatte wieder Platz genommen. Seine Ruhe war zurückgekehrt. Er war durchaus wieder der würdige, soignierte ältere Herr, wieder ganz Generaldirektor.

»Ich glaube an ihn«, sagte er. Und seine Stimme tremulierte voll Zuversicht.

Mit wesentlich anderen Gefühlen als noch vor einer Stunde schritten Mackie und Morris den Gang zurück, den sie hergeführt worden waren. Mackie hielt das Kinn hoch und die Nase scharf in den Wind. Er mußte große Schritte machen, um an Morris' Seite bleiben zu können. Beide waren vom Wirbel bis zum Zeh ein einziger wandelnder Triumphgesang.

Die Türen öffneten sich wieder, und wo sie erschienen, schauten die Beamten heraus und salutierten. Morris und Mackie grüßten leutselig zurück.

Die Herren, die in dem Arbeitszimmer des Chefs der Kriminalpolizei zurückgeblieben waren, ahnten wenig von dem Umschwung der Gefühle, der sich in dem von ihnen so verehrten und berühmten Detektiv vollzogen hatte. Aber auch bei ihnen war die Stimmung wie umgewandelt. Alles schien viel einfacher, seit das Auge des großen Kriminalisten die Zusammenhänge durchforscht hatte. Seine Exzellenz Vangon hatte sogar einen Einfall.

»Bis Sherlock Holmes mit den richtigen Marken zurückkommt«, ordnete er an, »stellen wir einfach wieder diese Dinger aus. Wir tun sie wieder in den Glaskasten, als wäre nichts geschehen. Gedämpftes Licht in der Halle, in einem gewissen Abstand eine Barriere um den Schaukasten, damit nicht etwa andere Fußgänger aus Deutschland mit ihren Nasen zu dicht herankommen können. Und niemand wird erfahren, daß die echten Marken einmal verschwunden waren. Die Welt ist schlecht, sie will betrogen sein.«

»Die Welt ist schön, und ehrlich währt am längsten!« sagte im gleichen Augenblick Mr. Mackie MacMacpherson, der neben seinem Freund Flynn wieder im Fond des Polizeiautos lehnte.

Sie fuhren diesmal ohne Ehrengeleit. Der Polizeichauffeur, der sie zum Polizeipräsidium gefahren hatte, fuhr sie wieder ins Hotel zurück.

Morris hatte seine Füße auf den gegenüberliegenden Sitz gelegt, auf dem bei der Hinfahrt die Herren von der Kriminalpolizei gesessen hatten. So berührten seine Füße wenigstens einen Punkt, den auf der Hinfahrt ein gewisser Körperteil jener Herrschaften gewärmt hatte, und dieser Gedanke entschädigte ihn dafür, daß er vor einer Stunde einen in ihm aufgetauchten Wunsch hatte unterdrücken müssen.

Mackie ließ seinen Arm lässig über den Schlag des Autos halb herabhängen, und wenn sie an einem salutierenden Schutzmann vorbeifuhren, so nickte er ihm freundlich lächelnd zu. Er fühlte sich sehr wohl und ließ sein Selbstbewußtsein keimen.

»Hat einer daran gezweifelt, daß ich Doktor Watson bin?« fragte er mit Nachdruck, denn er hatte Flynn die Vorwürfe von vorhin noch nicht ganz verziehen.

Aber Flynn war anscheinend mit seinen Gedanken ganz woanders, und da er schwieg, beantwortete Mackie sich seine Frage selbst.

»Niemand hat daran gezweifelt«, sagte er mit hundertprozentiger Genugtuung. »Nicht einmal der Chef der Kriminalpolizei.«

Aber Flynn reagierte immer noch nicht auf die MacMacphersonschen Monologe. Er tat überhaupt so, als sei Mackie gar nicht da, und so blieb dem nichts weiter übrig, als seine Betrachtungen allein weiterzuspinnen.

»Ist nicht alles so gekommen, wie ich«, er zögerte, »wie du ...«, er verbesserte sich, »vielmehr wir beide vorausgeahnt haben?« Auch diese Frage mußte er sich selbst beantworten.

»Ja, es ist so gekommen«, bestätigte er seine eigene Ansicht. »Palace Hotel, Appartement, Bad und warmes Essen, täglich zweimal ...« Er schob seinen Hut in den Nacken und schaute herausfordernd in den Himmel. Man sah ihm an, daß er sich im Augenblick für einen verfluchten Kerl hielt, der das Ding großartig gedreht hatte.

»Und haben wir den großen Fall?« fragte er weiter. »Jawohl, wir haben ihn!« Er nickte. »Und werden wir ihn lösen? – Ja, wir werden ihn. Das heißt ...« Nun schienen ihm doch einige Zweifel aufzusteigen. Er verfiel wieder in seinen alten, ängstlichen Ton und holte sich bei seinem Freunde Rat und Bestätigung.

»Sag mal, Morris, werden wir ihn auch lösen, den Fall?«

Das hätte Morris Flynn selbst gern gewußt. Ohne daß Mackie es sehen konnte, spielte er verstohlen mit den beiden Goldkettchen in seiner rechten Hosentasche. Er ließ die feinen Glieder der Kettchen durch seine Finger gleiten und tastete die Form der beiden Anhänger ab.

»Wie hieß die Station, auf der die beiden Mädchen ausgestiegen sind?« fragte er unvermittelt.

Mackie fuhr herum. Er war empört.

»Was willst du denn jetzt mit den Mädchen? Du kannst doch in diesem Augenblick nicht an die Mädchen denken!«

Flynn schüttelte den Kopf, als surre ihm eine Bremse um die Ohren. »Die Station?« wiederholte er seine Frage. »Bis wie weit gingen die Fahrkarten der Mädchen?«

»Ich dachte«, erklärte Mackie nicht ohne Bosheit,

»Sherlock Holmes kümmert sich nicht um Weibergeschichten?«

Statt einer Antwort ertönte aus Flynns Mund ein bedrohliches Knurren. Daher hielt Mackie es für ratsam, diesen Punkt nicht weiter zu berühren.

»Yvelles«, sagte er einlenkend, »wenn ich nicht irre. Aber du wirst doch nicht etwa hinfahren wollen zu den Mädchen?«

»Warum nicht?« antwortete Flynn mit betonter Harmlosigkeit. »Es ist doch gar nicht so weit.«

»Jetzt?« fragte Mackie verstört. »Jetzt, wo wir unsern Fall haben?«

»Eben deshalb«, entgegnete Flynn, dem andern mit freundlicher Überlegenheit zunickend.

Die Kombinationsgabe ließ Mackie wieder einmal im Stich. Flynn hatte nichts anderes erwartet. Doch er war liebenswürdig genug, dem Freund auf die Sprünge zu helfen.

»Wie heißen die beiden Mädchen?« fragte er daher.

»Mary Berry und Jane Berry«, antwortete Mackie immer noch ahnungslos. »Aber ich flehe dich an, Morris, laß ab von den Vollwaisen aus Middletown!«

Flynn bohrte geduldig weiter: »Und wie heißt der Mann, der die Anregung gab, die vier seltensten Marken der Welt zusammen auszustellen?«

Einer der erhebendsten Augenblicke im Leben eines Schulmannes muß es sein, wenn er entdeckt, daß sein unbegabtester Schüler den pythagoreischen Lehrsatz schließlich einmal doch begriffen hat. Ein ähnliches Gefühl erlebte jetzt Flynn, als er in den Augen seines Freundes das erste Anzeichen eines Verständnisses aufflackern sah.

Mackie tat den Mund auf und wollte den Namen hinausjubeln. Aber Morris kam ihm zuvor.

»Richtig!« sagte er voll Anerkennung.

Voll Vergnügen schlug ihm Mackie mit der Hand aufs Knie. »Großartig!« sagte er strahlend. »Den Mann werden wir uns einmal genau ansehen.«

»Jawohl«, nickte Flynn. Die Ankunft des Wagens vor

dem Palace Hotel machte allen Auseinandersetzungen
ein Ende.

»Sie warten, bitte!« rief Flynn dem Chauffeur über die
Achsel zu, bevor das gläserne Karussell ihn in die Halle
wirbelte. »Wir fahren weiter!« schrie Mackie ihm noch
zu und lief ebenfalls durch die Drehtür.

»In Ordnung, Mister Holmes!« rief der Chauffeur beiden nach, so laut er konnte.

XI

»Du packst inzwischen«, befahl Morris Flynn seinem
Freund, während sie eilig den Etagengang im Palace
Hotel entlangliefen, der zu ihren Zimmern führte. »Wir
nehmen alles mit.«

Morris Flynn hatte den Fuß schon über die Schwelle
gesetzt, als er unvermittelt stehenblieb. Auf die Überraschung, die seiner hier harrte, war er nicht gefaßt.

Neugierig versuchte Mackie über Flynns Schulter zu
sehen. Er mußte sich auf die Fußspitzen stellen.

Im Salon saß in einem der blauseidenen Fauteuils die
sehr elegante Dame aus der oberen Etage und wartete.
Im leichtesten Konversationston wandte sie sich an die
Eintretenden. »Entschuldigen Sie bitte, daß ich hier bei
Ihnen eingedrungen bin, aber ich brauche Ihren Rat,
Mister Holmes.« Sie sagte es liebenswürdig und lächel-
te dabei.

Flynn interessierte sich im ersten Augenblick weniger
für die Dame selbst als für die Ordnung im Zimmer. Mit
einem schnellen Rundblick überzeugte er sich, ob alles
unangetastet war. Besonders den Stand des Schreibtisches kontrollierte er mit einem kurzen Blick aus seinen Augenwinkeln. Der Schreibtisch schien unberührt.
Er hatte sofort die Dame aus dem Fahrstuhl wiederer-
kannt, und obwohl er dafür keinen Grund hätte nennen
können, mißtraute er ihr. Er trat weiter in den Salon
hinein und legte vorsichtig und behutsam den Zylinder

auf ein kleines Tischchen, und dabei suchte sein Blick Mackie, um ihn zur Vorsicht zu mahnen. Doch der hielt ihm den Rücken zugekehrt, schloß die Tür zum Korridor und freute sich mächtig, die Dame wiederzusehen.

Schließlich konnte Flynn die Dame nicht länger auf Antwort warten lassen.

»Worum handelt es sich, gnädige Frau?« erkundigte er sich mit betonter Zuvorkommenheit.

Die Dame lächelte spitz. »Um einen rätselhaften Fall, den wirklich nur Sie lösen können, Mister Holmes.«

»Notieren Sie, Doktor!« sagte Flynn leise zu Mackie, in der Erwartung, daß er ihm jetzt mit seinen Augen einen Wink geben könnte.

Aber Mackie nestelte Stenogrammblock und Bleistift aus den Taschen und ließ kein Auge von der Dame. Er verschlang sie gleichsam mit seinen Augen.

Morris war verzweifelt.

Die Dame begann nicht sofort zu erzählen. Sie erwartete sicher, daß die beiden Herren Platz nehmen würden. Doch Flynn zog es vor, sich volle Bewegungsfreiheit zu sichern. Er und Mackie blieben stehen.

»Heute morgen«, fing die Dame nach kurzem Zögern an, »sollten zwei Bekannte von mir mit dem Nachtexpreß ankommen. Sie hatten sich telegrafisch angesagt, haben auch, dessen bin ich gewiß, den Zug bestiegen, sind aber nicht angekommen.«

»Ach!« sagte Flynn. Sein Erstaunen wirkte echt. »Dann sind sie also unterwegs ausgestiegen?«

Diese Möglichkeit mußte die Dame zugeben.

»Gewiß«, erklärte sie, »aber es ist mir unerklärlich, warum. Und deshalb bin ich hier.«

»Hm«, machte Flynn, indem er nachdenklich auf und ab schritt. Er ging dicht an Mackie vorbei, damit der endlich einmal ihm ins Gesicht blicken könnte, um zu merken, was die Glocke geschlagen habe. Aber Mackie stand nur da, hatte den Bleistift auf den Stenogrammblock gesetzt und starrte die Dame an. Sie hatte ein interessantes Gesicht. Die Augen schimmerten grünlich.

Ihre slawischen Backenknochen sprangen etwas hervor und gaben dem schmal gezeichneten Mund ein immerwährendes feines Lächeln.

Morris begann wieder: »Da gäbe es natürlich verschiedene Gründe. Um aber etwas Bestimmtes sagen zu können, müssen Sie mir schon einige Anhaltspunkte geben. Über den Beruf Ihrer Bekannten, ihren Charakter, Reisezweck oder sonstige Vorhaben.«

Er hielt inne und ließ eine kleine Pause eintreten. Mit bedeutungsvollem Unterton fuhr er dann fort: »Vielleicht erzählen Sie mir auch etwas über deren Vergangenheit.«

»Das kann ich – leider nicht«, antwortete die Dame zögernd. »Ich kenne die beiden Herren nur flüchtig.«

»Ich auch«, sagte Flynn, und Ironie schwang in seinem Ton. Die Dame tat, als besänne sie sich eine Weile. Sie blähte etwas die Nasenflügel, und ihr Gesicht bekam sofort einen gerissenen Ausdruck. Morris hatte vom ersten Augenblick an gespürt, daß diese Person mit allen Wassern gewaschen war. Aber auch die Dame merkte, daß der Mann vor ihr nicht aufs Hinterhaupt gefallen war, und darum hielt sie es für klüger, sich nicht so ahnungslos zu stellen.

»Natürlich!« sagte sie daher. »Sie werden sie ja auch kennen. Sie fuhren ja im gleichen Zug.«

»Gewiß«, bestätigte Flynn, »wir aber sind angekommen.«

Mit einem Blick in die beiden Schlafzimmer, wo die beiden Schrankkoffer zu sehen waren, sagte die Dame: »Nicht nur das, Sie kamen sogar mit dem Gepäck meiner beiden Bekannten an. Sie können sich daher meine Überraschung vorstellen!«

»Natürlich«, sagte Flynn verständnisvoll.

Sein Verdacht wuchs mit jeder Minute. Er zweifelte nicht länger daran, daß das Appartement von der Dame selbst oder von einem ihrer Komplizen durchsucht worden war. Er fragte sich nur: Was hatte man gefunden oder vielmehr nicht gefunden?

Mackie hatte einige Notizen gemacht. Die Dame sah ihm lächelnd zu, wie er schrieb. Aber sie fühlte genau, daß ihre Pläne durchschaut waren. Ihr Tonfall änderte sich.

»Wenn ich mir das Ganze überlege«, sagte sie nicht ohne Schärfe, »kommt mir der Gedanke, daß die beiden ausgestiegen sind, weil Sie und Ihr Freund einstiegen.«

»Natürlich!« sagte jetzt Mackie. Ihm fehlte der Sinn für Diplomatie.

»Vielleicht«, versuchte Flynn zu erklären, »haben Ihre beiden Bekannten ein schlechtes Gewissen.«

»Das ist möglich«, stimmte die Dame ihm bei.

Sie lächelte jetzt nicht mehr. »Doch ist das noch lange kein Grund, vor Ihresgleichen auszureißen!«

»Oho!« machte Flynn.

»Oho!« echote Mackie.

»Meinen Sie nicht, Madame«, fügte Morris liebenswürdig hinzu, »daß Sie in der gleichen Situation dasselbe getan hätten?«

»O nein«, lächelte die Dame hinterhältig und sah ihm mit einem Augenaufschlag mitten ins Gesicht, »ich fürchte, Sie überschätzen sich!«

»Oder Sie Ihr gutes Gewissen!« entgegnete Flynn. Die Dame entschloß sich zum offenen Angriff.

»Sie dürfen nicht glauben, daß jeder auf den Schwindel 'reinfällt, auch wenn er so raffiniert ausgetüftelt ist wie Ihrer. Niemand weiß besser als ich, daß Sie nicht Sherlock Holmes sind!«

Wenn die Dame geglaubt hatte, daß sich Flynn durch den überraschenden Ausfall eine Blöße geben würde, sah sie sich schwer getäuscht. Er lächelte nur, als habe er Ähnliches längst erwartet.

Der zweite Pfeil aber aus dem Köcher der Dame ging völlig daneben.

»Und Sie nicht Doktor Watson!« sagte sie giftig zu Mackie. Aber dieser, im Eifer des Mitstenografierens, nickte nur mechanisch, zum Zeichen, daß er auch diesen Satz mitgeschrieben habe. Erst hinterher – mitgestoppt, wären es Sekunden gewesen – ging ihm der Sinn dieser Feststellung auf, und empört strich er den letzten Satz aus.

»Das hören wir zum erstenmal, Madame«, nahm Flynn das Gefecht wieder auf. Seine Haltung blieb liebenswürdig.

»Es ist aber die Wahrheit«, erklärte die Dame fest, »oder können Sie beweisen, daß Sie es sind?«

»Können Sie beweisen, daß wir es nicht sind?«

»Natürlich!« entgegnete die Dame prompt.

Sie bückte sich ein wenig und zog unter dem Sessel, auf dem sie saß, das Paket in braunem Packpapier hervor.

Morris war gespannt, was jetzt kommen würde.

Mackie trat neugierig einen Schritt näher und sah mit gemischten Gefühlen der Dame zu, wie sie den Bindfaden löste und die Hülle auseinanderschlug.

Was zum Vorschein kam, war den beiden nur allzu bekannt. Mackie starrte auf sein Nachthemd und auf seine Hausschuhe und glaubte an Zauberei.

Flynn faßte sich zuerst.

»Bravo!« sagte er und applaudierte leicht mit den Händen, als säße er im Theater. Er hatte Verständnis für gut vorbereitete Effekte.

Diesmal war die Dame mit der erreichten Wirkung zufrieden. Und das schien sie versöhnlicher zu stimmen.

Sie schob das Papier wieder zusammen und überreichte Flynn das Paket. »Bitte«, sagte sie, »damit hätten Sie vorsichtiger umgehen müssen, Mister Flynn!«

Verdutzt sahen die beiden Freunde sich an.

Das war mehr, als selbst Morris erwartet hatte. Das Ganze hatte etwas von einem Zauberkunststückchen an sich.

Die Bestürzung zeigte sich so deutlich in ihren Gesichtern, daß die Dame sich ihrer erbarmte. Sie öffnete ihr Handtäschchen und entnahm ihm einen zusammengefalteten Zettel, den sie, ohne ihn aus der Hand zu lassen, diesmal ausnahmsweise nicht Flynn, sondern Mr. MacMacpherson vor die Nase hielt.

Mackie blinzelte zuerst, als sähe er in zu helles Licht. Dann glotzte er stumpfsinnig eine Weile auf den Zettel, bevor er mit seltsamer, vor Schreck belegter, heiserer Stimme vorzulesen begann:

	£	s.	d.
»1. Ein Reisemantel großkariert	4	6	8
2. Eine Reisemütze	0	9	11
3. Eine Dunhill-Shagpfeife	1	0	0
4. Ein Browning (gebraucht)	3	0	0
Summa	8	16	7

geliefert an ...«

Mackies Stimme, die während des Vorlesens immer stockender geworden war, drohte endlich ganz zu versiegen. »Geliefert an Mr. Morris Flynn, 311 Shaftsbury Avenue, 6. Etage, London. – Unsere Rechnung, Morris!« sagte er fassungslos.

Flynn strafte ihn mit einem vernichtenden Blick. Er konnte sich denken, auf welchem Wege die elegante Dame in den Besitz der belastenden Quittung gekommen war. Verdammt, die kam gerade im unrechtesten Augenblick verquer! Nun hieß es paktieren, wenn nicht der ganze so vorsichtig eingefädelte Plan auffliegen sollte.

»Was erwarten Sie also von uns als Gegenleistung?« fragte er, diesmal völlig ernst und sachlich.

Die Dame hatte diese Frage bereits erwartet und hielt ihre Antwort parat. »Fair play«, sagte sie. »Geben Sie die Koffer meiner Bekannten und alles, was darin war, zurück.«

Flynn hatte gegen diese Forderung nichts einzuwenden. »Das ist nicht mehr als recht und billig«, meinte er, und auf die in den Nebenzimmern stehenden Schränke weisend, fügte er hinzu: »Bitte sehr, die Sachen stehen zu Ihrer Verfügung. Es ist alles da.«

»Leider nicht alles«, sagte die Dame.

Ihr Ton war jetzt plötzlich sehr scharf geworden.

»Denn die Sachen aus den Geheimfächern der Koffer sind nicht mehr da.«

»Geheimfächer?« fragte Flynn scheinbar ahnungslos.

»Ja, Geheimfächer!« sagte die Dame, und ihre Augen funkelten. Sie konnte sehr böse und gefährlich aussehen. Mackie wollte zum Sprechen ansetzen, heimlich und rasch trat ihm Morris auf den Fuß. Jetzt wußte er, daß das Versteck im Schreibtisch von der Dame noch nicht entdeckt worden war. Wenn Mackie jetzt den Mund hielt, war alles gut.

»Weißt du etwas von Geheimfächern, Mac?« fragte er ihn und sah ihm dabei hypnotisierend in die Augen.

»Natürlich«, sagte Mackie frisch und froh, »zwei Geheimfächer in den Schrankkoffern, oben in der Wölbung – sehr hübsch gemacht.«

Flynn schluckte. Wenn es angängig gewesen wäre, hätte er Mackie etwas Furchtbares angetan. Aber das hätte die Situation nur verschlimmert. So versuchte er wenigstens zu retten, was noch zu retten war.

»Warum hast du mir denn das nicht gesagt?« fragte er ganz unschuldig.

Aber im Unschuldigsein war Mackie Morris weit überlegen. »Wozu hätte ich dir denn das sagen sollen?« sagte er vollkommen harmlos. »Die Fächer waren ja leer.«

»Ach so«, sagte Flynn. Er hätte Mackie jetzt am liebsten auf die Stirn geküßt.

Langsam fühlte er sich wieder Herr der Situation.

Die Dame schwieg einen Augenblick und blickte scharf und mißtrauisch von einem der Herren zum andern. Sie wußte nicht recht, was sie aus der Sache machen sollte, als sie plötzlich Verstärkung erhielt.

»Lügt nicht!« sagte eine Stimme hinter Flynns Rücken. Mackie und Flynn drehten sich um. Hinter ihnen stand plötzlich ein älterer Herr, den Revolver in der Hand. Trotz ihrer Überraschung kam ihnen der Mann bekannt vor. War es nicht der ältere, distinguierte Herr, den sie im Korridor vor ihrer Tür hatten herumschleichen sehen? Natürlich, er war's.

Der Herr machte eine kurze fordernde Bewegung mit seinem Revolver. Mackie und Morris hoben die Hände. Er rückte ihnen mit seinem Revolver näher auf den Leib. Ihre Lage war reichlich unbehaglich.

»Die Fächer sind nicht leer gewesen«, sagte der ältere Herr bestimmt. »Ihr habt sie ausgeräumt! Wo habt ihr Geld und Pläne hingeschafft?«

Flynn blickte von dem Mann auf den Revolver und zurück auf den Mann. Dann sagte er, und seiner Stimme war weder von Unruhe noch von Aufregung das geringste anzumerken: »Wenn Sie so mit uns reden, Herr, werden Sie nie etwas zurückkriegen.«

Widerspruch schien der Herr weniger zu vertragen als seine Partnerin. »Wir kriegen alles wieder. Wir haben euch nämlich in der Hand.«

»Wie angenehm«, sagte Flynn. »Wir euch nämlich auch.« Die Dame trat dicht an Morris heran.

»Es dürfte euch recht schwerfallen, uns etwas nachzuweisen. Wir haben es immerhin schwarz auf weiß, daß ihr Gauner seid.« Und dabei schwenkte sie die Quittung vor dem Gesicht des entgeisterten Mackie hin und her, der Stenogrammblock und Bleistift in seinen erhobenen Händen hielt, die heftig zitterten.

»Es ist mir rätselhaft«, fuhr die Dame fort, »daß außer uns kein anderer Mensch bisher gemerkt hat, daß Sie gar nicht Sherlock Holmes sind.«

Flynn schaute drein, als sei er drauf und dran zu resignieren. Selbst für Mackie, dessen Nachlässigkeit das Unheil doch angerichtet hatte – denn wer läßt schon so ein verfängliches Dokument in der Tasche des Nachthemdes stecken! –, hatte er keinen Vorwurf.

»Siehst du, so geht das. Die großen Sachen klappen, und über die kleinen gerät man ins Stolpern.«

»… und bricht sich dabei das Genick«, ergänzte die elegante Dame. Dabei faltete sie den Zettel wieder zusammen und steckte ihn ein.

»Das nennen Sie fair play«, sagte Flynn und sah, wie der Zettel in der Handtasche verschwand.

»Oh, Sie bekommen Ihren Zettel zurück«, erwiderte seine Gegnerin, »heute abend um elf Uhr. Wir speisen zusammen unten im Hotel. Sie haben bis dahin das Geld und die Pläne besorgt, um sie uns zurückzugeben, und dafür erhalten Sie Ihren Zettel. Einverstanden?«

»Einverstanden«, nickte Flynn. Damit schien für die Dame die Sache erledigt. Sie wandte sich zum Ausgang des Salons, doch ihr Partner hielt es für angebracht, noch eine Mahnung folgen zu lassen.

»Glaubt ja nicht, daß ihr mit uns schiefe Sachen machen könnt. Wir finden euch, wo ihr auch seid. Schneller und sicherer als die Polizei, darauf könnt ihr Gift nehmen. Und wir packen fester und rücksichtsloser zu!« Dann sicherte er den Revolver, steckte ihn in die Gesäßtasche zurück und folgte der Dame zur Tür, die Flynn dienstbeflissen vor ihr öffnete.

Bevor sie den Schauplatz endgültig verließ, konnte sich die Dame nicht enthalten, ihren bezwungenen Gegner noch mit einem letzten Blick zu mustern.

»Sie haben einen passenden Cut gefunden. Sie werden auch einen passenden Frack finden. – Auf heute abend also.«

»Auf heute abend«, wiederholte Flynn.

Mackie war neben ihn getreten, und beide machten eine tiefe Verbeugung.

Als Ersatzmänner der »Lords« glaubten sie das ihrem Ruf schuldig zu sein.

In scheinbarer Ruhe schritten die elegante Dame und ihr Partner den Gang entlang und stiegen dann die Treppe zu ihrer Etage hinauf. Sie boten ein Bild harmonischer Eintracht. Aber es war nicht echt. Der distinguierte Herr war mit dem Ausgang der Geschichte nicht ganz einverstanden. Nervös spielte er mit der Schnur an seiner Taschenuhr.

»Ich stehe mit dem geladenen Revolver da«, murrte er, »und du lädst sie zum Abendessen ein!«

»Was hätten wir sonst tun sollen? Schießen kannst du immer noch. Aber es wäre schade um den Mann. Vielleicht können wir ihn noch brauchen. – Der Trick mit dem Sherlock Holmes ist gar nicht so schlecht.«

»Und wenn sie nicht kommen?« beharrte ihr Partner mißtrauisch.

»Die kommen«, erklärte die Dame überzeugt, »mit dem Geld und mit den Plänen.«

Es wäre gut gewesen, wenn beide in diesem Augenblick in die Zimmerflucht des zweiten Stocks hätten sehen können, wo der Pseudo-Sherlock-Holmes und sein Freund zum Schreibtisch rasten, um ihn von der Wand abzurücken. Flynn öffnete die Schublade und nahm Pläne und Geldscheine heraus. Alles war noch vorhanden. Er hielt die Geldnotenbündel in seiner Hand.

»Willst du's Ihnen wirklich zurückgeben?« erkundigte sich Mackie.

»Natürlich nicht«, antwortete Flynn. Er hatte über etwas ganz anderes nachgedacht. Er schaute sich im Zimmer um. »Gib den Geigenkasten her!« sagte er dann.

Mackie holte den Geigenkasten, und Flynn ergriff mit roher Hand das Instrument und feuerte es unter den Tisch. Die Geige ächzte, und die Saiten gaben einen wimmernden Laut von sich.

Flynn stopfte den Kasten mit dem Inhalt der Geheimfächer voll.

»Wenn sie uns aber nun anzeigen«, meinte Mackie ängstlich, »gerade jetzt, wo wir unseren Fall haben? Denk an die Quittung! Was sollen wir tun, Morris?«

»Erst einmal nach Yvelles fahren. Zu Professor Berry!«

XII

Schloß Yvelles lag inmitten eines ausgedehnten Parks. Um den alten Hauptbau waren einige neue Gebäude errichtet worden, lieblos, ohne Bedacht darauf, ob sie organisch zueinander passen würden. So wirkte alles verbaut und winklig und schaute wenig anheimelnd aus. Alles war bereits in verwahrlostem Zustand, als Professor Berry vor etwa vierzehn Jahren Schloß und Park erwarb. Die Bewohner des gleichnamigen Städtchens hatten sich damals sehr gewundert, daß der verkommene Besitz überhaupt einen Käufer gefunden hatte.

Der neue Herr hatte auch absolut nichts dazu getan, dem bisherigen Übelstand abzuhelfen, und hatte, was verwahrlosen wollte, weiter verwahrlosen lassen. So hatte das Gras die Parkwege überwuchert, Brennesseln und Disteln wuchsen überall, und das Buschwerk war dicht und undurchdringlich wie ein Urwald geworden. Es gab keinen Menschen, der in diesem Park spazierengegangen wäre, obwohl mehrere Zugänge von der Straße aus zu ihm führten; denn die Mauer war an verschiedenen Stellen zerfallen. Der Professor war nie im Park gesehen worden. Der alte Sonderling war immer nur in seinem Schloß, von dessen Mauern der Putz abbröckelte, und lebte nur für seine Studien.

»Studien« nannten es die Leute, weil sie es nicht anders zu bezeichnen wußten und weil sie überhaupt keine Ahnung hatten, was dieser schrullige Professor trieb. Sie hatten den alten Mann, dessen Aussehen so verwittert wirkte wie die Sandsteinfiguren um den versiegten Schloßteich, kaum zu Gesicht bekommen.

Das Schloß und seine Bewohner erregten eigentlich erst das Interesse der Yvelleser Bürger, als es eines Morgens hieß, der alte Professor sei gestorben und die Besitzung an seine Erben übergegangen, an zwei junge Mädchen irgendwo in England drüben.

Am Tage, als die beiden jungen Damen auf dem Landsitz ankamen – sie waren von der Bahn in einem merkwürdig vorsintflutlichen Wagen abgeholt worden –, hatte das Ganze einen recht freundlichen Eindruck gemacht. Inmitten des wuchernden Grüns wirkte romantisch, was verwahrlost war. Sie selbst waren sich wie verwunschen vorgekommen, wie Aschenbrödel, die eine Berührung des Zauberstabs in Prinzessinnen verwandelt hatte. Und mit Gesichtern, die diesem Märchenbild entsprachen, hatten sie ihr Königreich betreten.

Je mehr jedoch die Sonne sank, desto mehr war auch ihre Stimmung gesunken. Vieles stellte sich als seltsam heraus, und manches machte sogar einen unheimlichen Eindruck. Zum Beispiel besaß das Schloß keine Dienerschaft. Ein altes Faktotum nur, Jean mit Namen, war Pförtner, Haushofmeister, Kellermeister, Kammerdiener, Köchin und Dienstmädchen in einer Person.

Als es Abend wurde, verwandelte sich das Gebäude in ein düsteres, unheilschwangeres Gespensterhaus.

Dazu kam, daß auch der Begleiter der Mädchen, der Rechtsanwalt Dr. Balderin, der sie am Bahnhof in Empfang genommen hatte, einen recht bedrückten Eindruck machte. Er war der Nachlaßverwalter und hatte ihnen alles gezeigt, sie in dem Besitztum herumgeführt, aber er konnte sich nicht so recht mit den beiden Mädchen freuen. Er hatte eine beunruhigende Art, ihre neugierigen Fragen ausweichend zu beantworten.

Als die Sonne sank und die Mädchen einen Augenblick in dem verwilderten Park standen und die melancholischen Figuren im Kreis um den Springbrunnen stehen sahen, die immer noch so taten, als müßten sie sich vor den Spritzern der Fontäne schützen, ertappten sich beide dabei, daß sie nicht ohne Reue an Middletown zurückdachten, an diese kleine Stadt, wo alle Dinge so einfach, alle Verhältnisse so klar und übersichtlich waren.

Ach ja, dachte Jane seufzend, es ist gar nicht so leicht, Erbin eines Millionenvermögens zu sein.

Auch Mary, das merkte man ihr an, hatte es sich leichter vorgestellt.

Als die Zeit für das Abendbrot gekommen war, hatten beide Mädchen einen rechtschaffenen Hunger; denn man hatte ihnen bisher noch nichts angeboten. Und die belegten Brötchen aus der Reisetasche, die eiserne Ration, waren auf rätselhafte Weise verschwunden.

Draußen war es schon dunkel geworden. Die Stille wurde immer unheimlicher.

In der großen Halle, die als Speisesaal diente, brannten auf dem gedeckten Tisch bereits die Kerzen. Sie steckten in hohen, schwersilbernen Kandelabern, und ihr Schein versuchte alles rings um den Tisch in einen freundlicheren Lichtkreis zu rücken. Dahinter aber dehnte sich die Halle in dumpfer Dunkelheit, in der man undeutlich die Umrisse der geschwungenen Barocktreppe zu erkennen vermochte, die in das obere Stockwerk führte.

Im Rücken des Rechtsanwalts, der am Schmalende des Tisches saß, war die Bibliothek. Die beiden Flügeltüren waren auseinandergeschoben und gaben den Blick frei auf hohe Regale mit vielen Büchern und auf einen mit flämischen Kacheln ausgelegten Kamin. Ein zweiter Kamin, in dem ein qualmendes karges Holzfeuer brannte, war in der Halle.

Etwas verwundert betrachtete Jane die Zusammenstellung ihres Abendbrotes, dessen einzelne Gänge, auf silbernen Schüsseln angerichtet, auf dem langen Tisch standen, an dem bequem zwölf Personen Platz gehabt hätten. Es gab Butter, Käse, Radieschen und sehr fettes, selbstausgelassenes Schmalz. Das war alles.
Mit einem Blick nach der Uhr auf dem Kamin erhob sich Dr. Balderin.
»Ich bleibe heute nacht noch hier in Yvelles«, sagte er, »aber morgen früh muß ich wieder in Brüssel sein. Die Formalitäten wegen der Übernahme der Hinterlassenschaft Ihres Herrn Onkels werden wir später erledigen.«
Er trat zu den beiden Mädchen, die sich gleichfalls erhoben hatten, um sich von ihnen zu verabschieden. Er sah sie freundlich an, und ihm fiel zum erstenmal auf, daß sie in ihren bescheidenen Reisekleidchen in dieser Umgebung recht armselig wirkten.
»Kann ich Ihnen sonst noch dienlich sein?« fragte er darum liebenswürdig.
»Danke schön, Herr Doktor«, sagte Mary und gab ihm die Hand. Jane aber zögerte. Sie hatte etwas auf dem Herzen und gab sich einen Ruck.
»Können Sie uns nicht mitnehmen?« fragte sie zaghaft. Der Rechtsanwalt stutzte.
»Warum? Gefällt es Ihnen hier nicht?«
»Doch «, erwiderte Jane zögernd, »aber …« Sie blickte dabei auf ihre Schwester, und die kam ihr jetzt zu Hilfe. »Wissen Sie, Herr Doktor«, sagte diese, »wir haben nämlich weiter gar nichts mit als das, was wir anhaben, und …«

»... und was wir hier mithaben«, ergänzte Jane, »ist überhaupt alles, was wir haben. – Wir dachten, daß es sicher nötig ist, uns hier ein bißchen anzupassen, mit Kleidern.«

Ihr verlegener Blick, der über die reiche Einrichtung des Raumes glitt, verriet, daß sie sich in ihrem einfachen Kleidchen hier nicht recht wohl fühlte.

»Es braucht ja nicht gleich das Teuerste zu sein«, lenkte Mary schnell ein.

»Und unser Onkel würde doch sicher nichts dagegen gehabt haben«, sagte Jane.

»Sicher nicht«, entgegnete Dr. Balderin lächelnd. Doch er war sehr verlegen.

»Ich wäre Ihnen sehr dankbar«, meinte er bedrückt, »wenn Sie mit Ihren Entschlüssen noch etwas warten würden. Glauben Sie nicht, daß ich Ihnen irgendwelche Vorschriften machen will, aber ...« Er machte eine hilflose Handbewegung, als er die enttäuschten Gesichter der beiden Mädchen sah, und schwieg.

Es erleichterte ihn sehr, daß in diesem Augenblick der alte Diener Jean erschien und meldete, das Fremdenzimmer für ihn sei fertig vorbereitet.

»Ich muß morgen sehr früh wieder 'raus«, sagte der Doktor, bestrebt, den Erörterungen für heute ein Ende zu machen. »Sie entschuldigen also, wenn ich mich zurückziehe. Schlafen Sie wohl, meine Damen, und recht gute Nacht in Ihrem neuen Heim!«

Er verbeugte sich vor den Mädchen, wobei er jeder die Hand küßte, und folgte dann Jean, der ihm mit einer Kerze die Treppe hinaufleuchtete.

Der Diener Jean schien schon sehr alt zu sein. Aber er war von einer seltenen Behendigkeit. Er nahm immer zwei Stufen auf einmal, so daß ihm der Rechtsanwalt kaum folgen konnte.

Betreten sahen die zurückbleibenden Mädchen sich an.

»Ob er uns das übelgenommen hat?« meinte Mary schließlich.

»Aber nein«, erklärte Jane überzeugt und verputzte dabei ein Radieschen, »wir sind doch die Erbinnen!

Zweimal hunderttausend Franc, Mary! Wenn man so viel Geld hat, wird einem nichts mehr übelgenommen.« Sie warf die Radieschenblätter in den Kamin.

Mit erleichtertem Herzen betrat der Rechtsanwalt das für ihn bestimmte Zimmer unter dem Giebel des Schlosses. Den ganzen Tag war es ihm geglückt, den Mädchen nicht Rede und Antwort stehen zu müssen. Jetzt, zum Schluß, wäre es beinahe schiefgegangen.

Jean, der ihm gefolgt war, verschloß sorgsam die Tür, stellte die Kerze auf das Tischchen neben dem Bett und wartete darauf, angesprochen zu werden.

»Nun?« fragte Monsieur Balderin gespannt. Der Diener zuckte die Achseln.

»Nichts. Während Sie mit den Damen im Park waren, habe ich noch einmal alles durchsucht. Ich habe aber nichts gefunden.«

Der Rechtsanwalt seufzte und schüttelte den Kopf.

»Da bleibt mir nichts übrig, als die Sache der Polizei zu melden«, sagte er resigniert.

Der Diener wiegte ein klein wenig seinen Kopf zum Zeichen, daß er anderer Meinung sei als der Rechtsanwalt.

»Polizei ist immer unangenehm, Herr Doktor.«

Verzweifelt schlug Dr. Balderin mit der Hand auf den Tisch. »Was bleibt mir denn anderes übrig, Jean! Was soll ich den Mädchen sagen, wo ihr Erbe ist? Ich kann sie nicht länger hinhalten.«

Der Diener wackelte wieder mit seinem weißen Kopf.

»Der selige Herr wollte nie was mit der Polizei zu tun haben.«

»Aber ich weiß mir doch keinen anderen Rat! Und die Mädchen glauben, sie seien reich. Sie wollen einkaufen: Kleider, Wäsche. Ich kann das verstehen. Aber es ist ja nicht einmal Geld da fürs Essen.«

Der Diener nickte bekümmert.

Dr. Balderin entschloß sich zu einer Großtat. Er zog die Brieftasche und überreichte dem Diener einen Geldschein.

»Hier haben Sie einstweilen hundert Franc von mir«, sagte er. Man merkte ihm an, daß es ihm nicht leichtfiel, das Geld herauszurücken. »Aber, bitte, seien Sie recht sparsam damit! – Und sollten die jungen Damen Sonderwünsche haben, so vertrösten Sie sie; sagen Sie, in ein paar Tagen ...« Er seufzte noch einmal tief aus Herzensgrund und beobachtete genau, wie Jean den Schein zusammenfaltete und ihn sorgfältig in seinen Brustbeutel steckte.

»Vielleicht hilft uns doch die Polizei.« Es klang wie ein Stoßgebet.

Dr. Balderin ahnte nicht, wieviel Grund er dazu hatte. Aber noch weniger ahnte er, daß das erleuchtete Fenster seines Giebelzimmers schon eine ganze Weile beobachtet wurde.

Jane probierte währenddessen in der Halle ein Echo aus. Sie hatte eine Stelle gefunden, dicht neben der Treppe; wenn man dort huh rief, klang es dreimal zurück.

Sie probierte es immer wieder, bis Mary es ihr verbot. Auch die beiden Mädchen ahnten nichts davon, daß man aufmerksam ihre Schatten an den bunten Glasfenstern beobachtete. In dem dichten Gebüsch neben der Freitreppe stand eine verschwiegene, steinerne Bank. Auf ihr saßen um diese Stunde zwei Gestalten. Beileibe kein Liebespaar. Sie starrten unentwegt auf das erleuchtete Giebelfenster und auf die Fenster in der Schloßhalle. Sie saßen da, starrten und rührten sich nicht.

Da es jetzt merklich kühler wurde, kniete sich Jane vor den Kamin und legte Holzscheite nach. Das Häuflein, das ihr dafür zur Verfügung stand, war klein. Mary stand, die Hände auf dem Rücken, hinter ihr und sah zu einem großen Ölbild auf, das über dem Kamin hing. Der goldene Rahmen war mit einem breiten Trauerflor umwunden, der unter dem Bild zu einer Schleife geknüpft war. Es war leicht zu erraten, daß es den Verstorbenen darstellte. Das Gesicht war merkwürdig verschlossen; es wirkte intelligent, aber auch ein klein wenig hilflos. Das lag an dem leisen Lächeln um den Mund. Die rechte Hand hielt er auf dem Rücken, und in der linken Hand hielt er ein Pincenez so betont, als wolle er sagen: Seht mal, was ich hier habe!

Mary betrachtete das Bild nachdenklich und verglich es mit den Vorstellungen, die sie sich von diesem Märchenonkel gemacht hatte. Auch ihn hatte sie sich ein wenig anders vorgestellt.

Das Erscheinen des Dieners riß sie aus ihren Betrachtungen. Jean flitzte die Treppe herab und eilte auf die Damen zu.

Seine Beweglichkeit war wirklich für sein Alter erstaunlich. »Darf ich die Kerzen auslöschen?« fragte er respektvoll.

»Warum?« fragte Jane lächelnd zurück.

»Es ist bereits neun Uhr.«

Dieses Argument verblüffte die beiden Mädchen so, daß sie zunächst keine Antwort wußten. Der Diener schien auch keine erwartet zu haben. Er trat zu den auf dem Tisch stehenden Leuchtern heran und blies die Kerzen eine nach der anderen aus.

»Wann darf ich die Damen wecken?« erkundigte er sich. »Der selige Herr pflegte täglich um sechs Uhr aufzustehen.« Er wartete gar nicht ab, bis die Mädchen sich zu einem Widerspruch aufgerafft hatten. »Also um sechs«, bestätigte er. »Und was das Frühstück anbelangt«, fügte er hinzu, »so nahm Ihr Herr Onkel Haferschleimsuppe mit Toast.«

»Sonst nichts?« fragte Jane ungläubig.

»Sonst nichts!« erklärte der Diener trocken.

Er hatte jetzt die vorletzte Kerze ausgeblasen. Es war immer dunkler in der Halle geworden.

»Also gut«, sagte Jane, »Haferschleimsuppe mit Toast.«

Mit dem Dunkelwerden strich die Kühle immer fühlbarer über die Mädchen hin. Sie begannen zu frösteln. Der Diener nahm den Leuchter mit der letzten brennenden Kerze auf, um ihnen nach oben zu leuchten.

»Darf ich die Damen auf ihr Schlafzimmer bringen?«

Aber wiederum wartete er die Antwort nicht ab, son-

dern eilte vor Mary und Jane her die Treppe hinauf, so
geschwind, daß er die Kerzenflamme mit der freien
Hand vor dem Verlöschen hüten mußte.
Es blieb den beiden Mädchen nichts anderes übrig, als
ihm im gleichen Sturmschritt zu folgen.
»Gute Nacht, meine Damen!« sagte der Diener Jean, als
sie im ersten Stock angelangt waren. Er öffnete die Tür
des Schlafgemachs und ließ die beiden Mädchen eintreten. Er übergab Mary die Kerze und sagte, ehe er die
Tür hinter ihnen schloß, aufgeräumt: »Gute Nacht! Und
träumen Sie gut! Was Sie heute hier in der ersten Nacht
träumen, geht in Erfüllung.«
Schweigend zogen sich die Mädchen aus. Mary trat ans
Fenster. Träumerisch legte sie ihren Kopf an den
Fensterrahmen und sah hinaus. Kühl und rein wehte
die Nachtluft vom Park herüber. Einsam und sehr groß
stand der Vollmond im Süden und spiegelte sich in den
Scheiben.
»Morgen beginnt das große Leben«, sagte Mary. Es
klang, als sänge sie eine alte Weise vor sich hin. Doch
plötzlich schien sie der Hafer zu stechen, und sie riß
sich aus ihrer Traumwelt und sagte boshaft: »Und die
Schloßherrinnen gehen mit den Hühnern schlafen, werden mitten in der Nacht geweckt und frühstücken
Haferschleim mit Toast.«
»Laß nur gut sein«, sagte Jane. »Ich kann doch nicht
gleich alles am ersten Tag umändern und auf den Kopf
stellen. Aber warte nur ab. Laß mich nur machen! Ich
werd's schon schaffen!«
Sie war bereits im Nachthemd und sah in dem langen,
weißen, glatt herabfallenden Gewand recht kindlich
aus. Voll Sachkenntnis prüfte sie die Elastizität der
Matratze, bevor sie sich mit einem Satz ins Bett
schwang. Es geschah nicht etwa, um sich hineinzulegen.
Hoch aufgerichtet stand sie im Bett und hielt eine
großartige Ansprache.
»Ich führe uns herrlichen Zeiten entgegen«, erklärte sie
der nichtversammelten Menge. »Das Schloß wird von
Grund auf umgebaut: neues Personal, Butler, Zofen,

Gesellschafterin und Reitlehrer. Und natürlich ein Pudel. Pudel sind sehr komisch. – Die Gardinen müssen 'runter. Neue Matratzen.« Sie wippte auf und ab. Das Bett quietschte. »Der Flügel unten muß auch gestimmt werden. – Das wird am Anfang alles etwas kosten, aber was es kostet, das kostet es eben. Wir haben es ja, und in einem Jahr …«

»… in einem Jahr«, ergänzte Mary ihre Schwester, »werden wir wieder in Middletown über unseren Nähmaschinen sitzen und werden froh sein, wenn wir unsere zweiundzwanzig Schilling in der Woche verdienen.«
Aber Jane lachte und blies das Licht aus.

Mit einem letzten Blick in den bläulichen Silberglanz der Nacht wandte sich Mary vom Fenster ab. Sie seufzte ein wenig, als sie ins Bett stieg. Das Linnen war grob, kühl und ein bißchen feucht.

XIII

Auf der Bank im Gebüsch saßen noch immer die beiden Gestalten und hatten die Vorgänge im Schloß mit Aufmerksamkeit verfolgt. Nicht nur, weil es ein hübscher Anblick war, wenn ein Licht hinter den Fensterscheiben zu wandern begann, eine Weile innehielt, dann die Silhouette eines träumerischen Mädchens im Nachthemd zeigte.

»Jetzt legt sich der Herr Rechtsanwalt ins Bett«, erklärte eine Männerstimme in tieferer Tonlage. »Das muß das Fremdenzimmer sein, wo das Licht eben ausging.«

»Hoffentlich bleibt er liegen und schläft ruhig«, klang es in einer helleren Tonlage zurück.

»Das wünsche ich ihm auch«, stimmte der Baß zu. »Ich hau mich nicht gern mit alten Leuten.«

Eine Weile herrschte Schweigen, bis die helle Stimme abermals begann »Wer sind denn die beiden Mädchen, die vorhin angekommen sind?«

»Die Erbinnen«, lautete die Antwort.

Ein Raunen ging durch die Nacht. Ganz fern jaulte ein Hund den Mond an, und es rauschte sanft in den Baumkronen. Eine der beiden Gestalten, die kleinere, begann in den Taschen zu kramen. Sie brachte ein Feuerzeug zum Vorschein, nahm den Hut ab und langte aus dem Futter eine Zigarette. Gleich darauf zuckte ein Flämmchen auf.

»Bist du verrückt, Poll?« warnte sein Kamerad; ihm war, als hätte er hinter sich im Gebüsch ein Geräusch gehört. Er stieß seinen Freund mit dem Ellbogen an. Beide lauschten und starrten angestrengt in die Dunkelheit. Doch gab es weder etwas zu sehen noch zu hören. Das Warten ging ihnen allmählich auf die Nerven.

»Hoffentlich sind die Dinger noch da«, begann die helle Stimme abermals.

»Natürlich«, brummte der Baß ungeduldig.

»Und wenn man sie schon gefunden hat?« wollte der andere wissen.

»Ausgeschlossen. Der Professor hat sie viel zu gut versteckt.« Wieder Schweigen.

Die Bank wurde verflucht kalt. Der Kleine setzte sich auf seine Hände. Mit geduldigen Augen musterten die beiden Männer die Fensterreihe des Schlosses. Alle lagen sie schwarz und erloschen, nur unten im Souterrain schimmerte noch ein Licht. Dort schien der Diener Jean nun auch schlafen zu gehen.

Die Zeit dehnte sich endlos. Sie hörten deutlich das unruhige Pochen ihrer Herzen. Ihre Augen wurden schwer und begannen zu brennen, und von dem angestrengten Schauen bildeten sich helle Kreise, die sich langsam drehten. Da ging auch im Souterrain das Licht aus.

»Komm, Poll!« sagte jetzt der Baß und stand auf. Er streckte die vom langen Sitzen steifgewordenen Gliedmaßen. »Jetzt kann's losgehen.«

Vorsichtig schlichen sie zu den Gebäuden. Als sie den schmalen Wegstreifen überschritten, knirschte unter dem Tritt des Größeren der Kies. Gleich darauf war ihnen, als hörten sie das Geräusch noch einmal.

»Oh, Peter!« sagte der Kleine.

Sie blieben mitten im Mondlicht stehen, fuhren herum und blickten um sich.

Aber die Büsche lagen still im dunklen Schatten.

Sie konnten nichts entdecken. Alles lag stumm und verlassen im Mondschein. Schwarz lauerte das Gebüsch. Der Hund in der Ferne war nicht mehr zu hören. Peter und Poll gingen weiter. Sie gingen gebückt, obwohl das gar nicht nötig war; denn nirgends gab es eine Deckung.

Durch die Fenster der Schloßhalle fiel in langen, schmalen Streifen das Mondlicht. Es traf die Treppe und beleuchtete das steinerne Geländer. Seine barocken Arabesken schimmerten bleich und schienen von unheimlichem Leben erfüllt. Ein anderer Mondscheinstreifen beleuchtete gespenstisch das Bild des toten Onkels mit dem Pincenez.

Ein schwaches Knistern der Aschenreste im Kamin war die einzige Spur vom Leben des Tages, die in dem riesigen Raum zurückgeblieben war.

Plötzlich unterbrach ein feines Klirren die Stille der Nacht. An einem der nach dem Park zu gelegenen Fenster der Bibliothek erschienen zwei Schatten. Sie bewegten sich lautlos und vorsichtig. Einen Augenblick machten sie sich am Fenster zu schaffen, ein Stückchen der bunten Mosaikscheibe hing noch an der Bleifassung, ein Arm griff durch die Lücke und öffnete den Riegel. Die Fensterflügel öffneten sich, und mit einem Ruck schwangen die beiden sich aufs Fensterbrett.

Gleich darauf wanderte der Kegel einer Blendlaterne an den Wänden des Raumes entlang, über die Regale in der Bibliothek, über die Gobelins und über die Bilder an den Wänden. An einem der Bücherregale machte der Lichtstrahl halt.

»Hier muß es irgendwo sein«, flüsterte Peter. »Schau nach. Ich suche inzwischen den Schlüssel.«

Während der Große dem Kleinen die Blendlaterne abnahm, tasteten dessen Hände an den Bücherrücken entlang. Der Große wandte sich, die Blendlaterne in der Hand, zum Schreibtisch. Er umschritt das Möbel, betrachtete es von allen Seiten, dann versuchte er, die mittlere Tischlade herauszuziehen. Vergeblich. Die Lade war verschlossen. Der Mann nahm den Rucksack von den Schultern und zog ein Stemmeisen heraus. Damit brach er die Lade auf.

Dies ging nicht ohne Geräusch vor sich. Das Krachen des Holzes echote unheimlich laut in dem hohen Raum. Die Blendlaterne erlosch sofort. Die Einbrecher hielten den Atem an. Sie rührten sich nicht und lauschten.

Doch im Schloß blieb alles still.

Mit fieberhafter Eile machte der größere sich ans Werk. Im Schein der wieder geöffneten Blendlaterne durchstöberte er den Inhalt der Schreibtischlade.

Poll war hinzugetreten und half ihm. Sie schoben Schreibgeräte beiseite, tasteten an den inneren Leisten entlang, fanden leeres Briefpapier und Umschläge, Siegellack, Petschaft und schließlich eine kleine goldene Dose. Polls aufgeregte Finger tasteten über das Rankenwerk der Verzierung. Sie berührten eine Sprungfeder, und der Deckel sprang auf.

Beide erschraken furchtbar; im Augenblick des Aufspringens begann im Innern der Dose eine zarte Melodie zu erklingen.

»Üb immer Treu und Redlichkeit ...«, zirpte die Spieldose. Poll klappte den Deckel wieder zu. Doch damit war das Spielwerk nicht zum Schweigen gebracht. Es klimperte fröhlich weiter.

»Und weiche keinen Finger breit ...«, klimperte es zart. Peter riß dem Poll das verfluchte Ding aus der Hand und stopfte es wütend in die Tasche.

Da hörten sie oben auf der Treppe ein Geräusch.

Die Kerze war schon vor geraumer Zeit gelöscht worden, das Zimmer lag im Dunkeln, aber die beiden Mädchen waren noch wach. All das Ungewohnte hielt Ihnen den Schlaf fern; teils waren es Dinge, die in der Vergangenheit geschehen waren, teils Aussichten, die sich ihnen in der Zukunft eröffneten.

»Die feinsten Leute werden in unserem Schloß ein und

aus gehen«, sagte Jane. Sie lag, die Arme unter dem Kopf verschränkt, und sah mit offenen Augen zur Decke, auf der das Mondlicht umhergeisterte.

»Wir werden Gesellschaften geben, Musikabende, Hausbälle. Berühmte Leute und interessante Männer werden unsere Gäste sein und uns den Hof machen.«

»Der rätselhafte Fremde aus der Eisenbahn zum Beispiel.« Mary sagte es sehr leise.

Jane warf sich in den Kissen herum.

»Wie kommst du gerade auf den?« fragte sie heftig.

Mary wandte den Kopf. Sie vermochte das Gesicht ihrer Schwester mit dem blonden Haar nur undeutlich zu erkennen. Ihrer Stimme merkte man an, daß sie lächelte, als sie auf die Frage der Schwester einging: »An ihn hast du doch wohl in erster Linie gedacht.«

»Überhaupt nicht«, erklärte Jane patzig.

Auch die Stimme der Schwester gewann jetzt an Schärfe. »Mir scheint eher«, sagte sie spöttisch, »du hast überhaupt noch nicht aufgehört, an ihn zu denken.«

»Ich?« entrüstete sich Jane. »Du! Du wärst ja am liebsten mit ihm nach Brüssel gefahren!«

Das war Mary zuviel.

»Und du? Du hast dem Zug nachgeglotzt, bis er nicht mehr zu sehen war, und dabei so geseufzt, daß ich zuerst glaubte, es sei die Lokomotive.«

»Sag das noch mal!« zischte Jane wütend. »Wer hat geseufzt?« Sie hatte ein Kissen ergriffen, hielt es hoch und war bereit, es auf die Schwester abzufeuern.

»Die Lokomotive«, erklärte Mary höhnisch.

Einen Augenblick lang besann sich Jane. Sie ließ das Kissen sinken.

»Du hast recht. Vielleicht hab ich doch geseufzt«, gestand sie.

»Ja?« kam es unsicher zurück.

»Gewiß. Aber über deine Dummheit.«

»Ach so! Ich hab auch geseufzt. Aber über deine kindliche Verliebtheit.«

Es fehlte nicht viel, und sie wären sich in die Haare geraten. Doch Jane hob erschrocken die Hand.

116

»Hast du gehört?« fragte sie unsicher und setzte sich kerzengerade im Bett auf.

»Natürlich hab ich's gehört«, erklärte Mary ärgerlich. »Was habe ich von dir nicht schon alles hören müssen!«

»Ach, laß doch, Mary!« bat Jane ängstlich. »Horch mal! Ging da unten nicht jemand?«

Doch Mary war nicht in der Laune, die Schwester ernst zu nehmen.

»Wer wird's schon sein? Paß auf, dein rätselhafter Fremder ist angekommen. Gleich wird sein Geist an die Tür klopfen.«

»Sei still!« flüsterte Jane und bohrte vor Angst den Kopf in die Kissen.

Sie hatte bestimmt ein seltsames Geräusch gehört, so als ob jemand in weiter Entfernung Nüsse knackte. Sie nahm ihre kleine Uhr, beugte sich zum Fenster und versuchte im Mondlicht das Zifferblatt zu erkennen. Mitternacht war schon vorüber.

Jetzt glaubte sie wieder etwas gehört zu haben. Es mußte unten in der Halle sein.

Sie lauschte. Ihre Unruhe wuchs von Minute zu Minute. Schließlich hielt sie es nicht mehr länger aus. Mit vorsichtiger Hand tastete sie hinüber zum Nebenbett und bekam Marys Haarschopf zu fassen.

»Was ist denn?« knurrte die ärgerlich. »Willst du nicht endlich schlafen? Du weißt doch, daß wir morgen um sechs wieder aufstehen müssen.«

»Bitte, sei still!«

Da schien es auch Mary, als habe sie etwas gehört. Beide Mädchen saßen aufrecht in den Betten und horchten angstvoll in die Dunkelheit.

Es war nicht Janes Art, die Dinge auf sich beruhen zu lassen. Trotz des Protestes der Schwester, die jetzt ebenfalls Angst bekam, stand sie auf, schlich auf Zehenspitzen zur Tür und drückte die Klinke nieder.

Jane spähte hinaus. Sie konnte auf dem Korridor nichts Verdächtiges entdecken.

Totenstille.

Jane schlüpfte durch die Tür und tappte mit nackten

Füßen den Gang entlang bis zur Treppe. Dort beugte sie sich über die Balustrade und lauschte in die Halle hinunter.

Nichts war zu sehen. Das Mondlicht glänzte auf den steinernen Fliesen. Dahinter war die Dunkelheit, sonst nichts.

Jane fühlte, wie ihre Füße kalt wurden. Sie wandte sich um und tappte ins Zimmer zurück.

»Ab morgen«, erklärte ärgerlich ihre Schwester, »nehme ich mir ein eigenes Schlafzimmer. Dann kannst du nachtwandeln, soviel du willst.«

»Ich habe bestimmt was gehört«, versuchte Jane sich zu verteidigen. »Und du mußt zugeben, daß du auch was gehört hast.«

»Eine hysterische Ziege bist du, weiter nichts!« entgegnete Mary, indem sie die Bettdecke hochzog. »Ich hatte vorhin gerade angefangen zu träumen. Es wäre sicher ein sehr schöner Traum geworden. Wer weiß, ob ich jetzt den Anschluß wiederkriege!«

Am Fuße der Treppe, die zur Halle herabführte, stand der Rechtsanwalt Dr. Balderin. Den Schlafmantel über die Schultern geworfen, stand er im Schatten des steinernen Geländers und lauschte. Ihn hatten auch die Geräusche aus dem Schlaf geweckt. Da war er in die Pantoffeln geschlüpft und war nachsehen gegangen.

Er stand dort nicht lange allein. Die Tür neben der Treppe, durch die man aus der Halle ins Souterrain gelangte, öffnete sich, und heraus schlüpfte geschwind der Diener Jean. Er schien noch nicht schlafen gegangen zu sein, denn er trug noch Hose und Hemd und hatte feste Stiefel an den Füßen. Sie knarrten etwas, als er auf den Rechtsanwalt zutrat, den er in seinem Versteck entdeckt hatte.

Mit einer Geste bedeutete der Rechtsanwalt ihm, leise zu sein. Er hob den Zeigefinger und lauschte.

Jean legte den Kopf schief und lauschte gleichfalls. Sie hörten in der Bibliothek feines Spinettgeklimper. Dann war das Geräusch verstummt.

»Was war das?« wandte sich der Rechtsanwalt flüsternd an Jean.

»Keine Ahnung.«

Den beiden Einbrechern war das Geflüster auf der Treppe nicht entgangen. Im selben Augenblick war die Laterne abgeblendet worden und die Hand des größeren in die Rocktasche gefahren. Sie brachte einen Revolver zum Vorschein. Trotz der Dunkelheit sah der kleine den Lauf blitzen.

»Laß das, Peter!« flüsterte er ängstlich.

Doch Peter hörte nicht auf ihn. Er schlich zur geöffneten Doppeltür, die die Bibliothek mit der Halle verband. Dort hatte Jean nichts Besseres zu tun gewußt, als die Kerzen anzuzünden. Er hielt ein brennendes Streichholz in der Hand, als er hinter sich die leisen Schritte hörte. Er fuhr herum. Auch der Rechtsanwalt drehte sich um.

Von der Bibliothek her kamen zwei Gestalten auf sie zu. Der Revolver war auf sie gerichtet. Das war kein angenehmes Gefühl, und der Rechtsanwalt verspürte ein ungewohntes Kitzeln in der Magengrube.

Peter und Poll sahen, daß die beiden Angst hatten und keine Anstalten trafen, Alarm zu schlagen. Das genügte Peter vorläufig, obwohl er nicht wußte, was nun geschehen sollte. Er schien überhaupt wenig zu denken, wenigstens zeigte das sein Gesicht, das roh und brutal ausschaute. Seine Stärke lag in den Fäusten. Denken mußte sein Kumpan. Der war klein, verfettet und trug eine Brille. Alles in allem machte er mehr den Eindruck eines Künstlers als den eines Einbrechers. Besonders war an ihm die kunstvoll geschwungene Lavallière auffallend.

Peter war als erster mit seinem Entschluß fertig.

»Gibt es hier einen Raum, wo ich euch sicher unterbringen kann?« fragte Peter und hob den Revolver.

Es war nicht angenehm, sich das Gefängnis selbst aussuchen zu müssen, fand Jean. Ungewiß blickte er auf den Rechtsanwalt. Doch von dem war keine Hilfe zu erwarten. Sein Herz war ihm in die Magengrube gerutscht.

Man konnte von dort deutlich ein leises Rumoren hören.

»Vielleicht in der Waschküche«, schlug Jean vor. Peter und Poll akzeptierten das Angebot.

»Los, 'runter mit euch!«

Sie sollten nicht dazu kommen, dem Befehl Folge zu leisten. Bevor noch der Rechtsanwalt aus seiner Erstarrung erwachte, schrillte die Hausglocke am Portal.

Vier Augenpaare wandten sich verblüfft nach den beiden mächtigen Türflügeln, die für die einen jetzt Gefahr, für die anderen Hoffnung bedeuten konnten.

Draußen schlugen Fäuste donnernd ans Tor. »Aufmachen! Polizei!«

Dr. Balderin und Jean atmeten auf. Schon wandte sich Jean dem Eingang zu, als er den Lauf des Revolvers zwischen seinen Schulterblättern spürte.

»Zurück!« zischte Peter. »Gnade euch Gott, wenn ihr öffnet!«

Die Türglocke schrillte wieder. Diesmal länger und heftiger. Poll und Peter hielten die Gefangenen mit ihren Augen und mit der Waffe in Schach, während sie Schritt für Schritt rückwärts gingen, um sich wieder in die Bibliothek zurückzuziehen. Sie wollten zu dem Fenster, durch das sie in das Schloß eingedrungen waren und das sie, um sich den Rückzug zu sichern, offengelassen hatten.

Das Poltern gegen das Portal wiederholte sich.

»Sofort aufmachen!« forderte von draußen eine Stimme eindringlich und laut. »Hier ist die Polizei!«

Die beiden hatten das Fenster erreicht. Ohne den Rechtsanwalt und den alten Diener in der Schloßhalle aus den Augen zu lassen, gab Peter dem Poll ein Zeichen, aus dem Fenster zu springen.

Poll schwang seine kurzen Beine über das Fensterbrett, doch beinahe wäre er wieder rücklings ins Zimmer zurückgefallen; denn unvermittelt war vor dem Fenster eine Gestalt aufgetaucht, die, beide Arme behaglich aufs Fensterbrett legend, nun mit bestürzender Gemütsruhe durch das Fenster blickte.

»Warum wollt ihr denn die liebe Polizei nicht hereinlassen?« fragte eine arglose Stimme.

Im Widerspruch zu dieser freundlichen Anfrage funkelte in der Hand des Fragenden der Lauf eines Revolvers. Die Drohung war unmißverständlich. Wie unter hypnotischem Zwang hoben die beiden Einbrecher die Hände hoch. Peter ließ sein Schießeisen fallen.

»Machen Sie ruhig die Tür auf«, sagte der Mann am Fenster zu dem Diener, während er gemütlich hineinstieg.

Er trug einen karierten Ulster und eine schottische Reisemütze, und bei näherem Zusehen entpuppte sich das Ganze als Mr. Morris Flynn.

»Alle können wir doch nicht durchs Fenster hereinkommen«, meinte er und blieb, mit dem Rücken an das offene Fenster gelehnt, stehen.

Der Diener Jean hatte den Moment der allseitigen Verwirrung ausgenutzt, war geschwind zum Portal geeilt und hatte es aufgeschlossen.

Draußen vor der Schloßtüre sah man die dunklen Umrisse eines Polizeikraftwagens. Im Lichtkegel der Scheinwerfer tauchten der Chauffeur in Polizeiuniform und Mr. Mackie MacMacpherson auf. Wie immer trug er den traditionellen Geigenkasten unter den Arm geklemmt. Der nächtliche Überfall schien seinen vollen Beifall zu finden. Selbstbewußt, mit großen Schritten stelzte er durch die Tür.

Flynn kümmerte sich nicht um die beiden Hinzugekommenen, sondern hob den Revolver auf und reichte ihn seinem Freunde Mackie hin. Mac setzte den Geigenkasten ab und nahm statt dessen den Revolver in die Hand, den er auf die beiden überrumpelten Diebe anlegte.

»Also, was gibt es hier zu suchen?« verhörte Flynn die beiden Gefangenen. Er erhielt keine Antwort. Doch der Rechtsanwalt erklärte wichtig: »Herr Kommissar! Herr Kommissar! Ich kann mir denken, was die beiden hier gesucht haben!«

Aber von ihm wollte Flynn das nicht wissen. »Danke«, sagte er freundlich, »ich auch.«

»Die Erbschaft!« konnte Balderin sich nicht enthalten noch hinzuzufügen.

Morris stutzte einen Augenblick. Diese Aussage stimmte nicht ganz mit seinen Erwartungen überein. Er sah durch die geöffneten Schiebetüren in die Bibliothek. Dort entdeckte er die abgeblendete Laterne, das Stemmeisen und die erbrochene Schreibtischschublade.

Das war etwas, was er näher beaugenscheinigen mußte. Sein Interesse machte ihn unvorsichtig. Er drehte den Gaunern den Rücken und ging in die Bibliothek. Doch kaum hatte er sich einige Schritte entfernt, als er sich mit einem Ruck umdrehte. Seine Fäuste griffen einen schweren, niedrigen, mit Kacheln belegten Tisch, den er plötzlich mit kräftigem Schwung quer durch den Raum schliddern ließ. Er landete unmittelbar in den Kniekehlen des langen Peter und gerade noch früh genug, um den Sprung im Keime zu ersticken, zu dem jener schon angesetzt hatte, um wieder zum Fenster zu gelangen.

Peter sackte zusammen. Doch ehe Flynn sich's versah, war er wieder auf den Beinen, griff nach dem Tisch und hob ihn mit seinen langen, behaarten Armen hoch über den Kopf. Flynn duckte sich, so daß der Tisch über ihn hinwegflog. Bevor der Riese noch das Gleichgewicht wiedererlangte, hatte ihm Flynn schon einen kurzen trockenen Boxhieb in die Magengrube versetzt. Peter wurde weich in den Knien und schlug hin. Entsetzt sah es der kleine Poll, ohne ihm helfen zu können.

»Acht, neun, aus!« zählte Mackie.

Wie eine spöttische Begleitmusik zu diesem Vorgang ließ plötzlich die Spieldose in Peters Hosentasche wieder ihre Mozart-Weise ertönen.

»Üb immer Treu und Redlichkeit ...«, zirpte sie.

Mit einem Schreckensschrei fuhr Mary aus dem Schlaf. Sie war so verwirrt, daß sie zunächst nicht begriff, wo sie überhaupt war. Alles war fremd hier. Das Herz schlug ihr bis zum Hals.

»Jane!« rief sie.

»Ja? Was ist denn?« antwortete eine verschlafene

Stimme. Mary hörte, wie sich ihre Schwester im Bett zu regen begann.

»Gott sei Dank«, sagte sie, »ich dachte, du seiest aus dem Bett gefallen.«

»Ich? Wieso?«

»Hast du nichts gehört?«

»Nein«, sagte Jane, »ich habe geschlafen.«

»Es ist irgendwas 'runtergefallen«, behauptete die Schwester.

»Laß mich in Ruhe! Es ist nichts, ich hab vorhin schon nachgeschaut.«

Mit einem energischen Wuppdich drehte sie sich auf die andere Seite, um weiterzuschlafen. Da zog ihr Mary die Decke weg.

»Nein, nein, diesmal ist bestimmt unten was los!«

»Los?« murmelte Jane, schon wieder halb im Schlaf.

»Los ist oben eine Schraube bei dir.«

Es gibt Menschen, mit denen man kurz nach dem Erwachen kein vernünftiges Wort sprechen kann. Sie sind völlig verändert, und es kommt ihnen nicht darauf an, jemand in ihrer Schlaftrunkenheit zu beleidigen. Jane war so ein Mensch. Sie, die vorher so ängstlich war, hatte jetzt nicht die geringste Lust, eine zweite Nachtwanderung anzutreten. Von ihr aus konnte das ganze Schloß gestohlen werden.

Mr. Flynn durchsuchte die Taschen des zu Boden gegangenen Riesen. Er fand das goldene Spieldöschen in der Hosentasche.

Flynn öffnete den Deckel. Das Uhrwerk war abgelaufen. Das hübsche Ding blieb stumm. Auch enthüllte es keine Geheimnisse. Enttäuscht reichte Flynn die goldene Dose seinem Freund.

»Leer«, sagte er. »Die stecken sicher woanders – die Dinger!« Und dabei sah er Poll scharf in die Augen.

Der aber hielt seinem Blick stand. So versuchte Flynn es also auf einem anderen Weg.

»Der Professor hat sie wirklich sehr gut versteckt«, sagte er bedeutsam und ging auf Poll los. »Die Dinger!«

Jetzt sah er, daß der Mann mit dem Künstlerschlips überrascht zusammenzuckte.

Das befriedigte ihn.

Er besann sich nun, daß er sein Eindringen hier weder entschuldigt noch erklärt hatte.

»Entschuldigen Sie, bitte, Monsieur«, wandte er sich an den Rechtsanwalt Balderin. Die Haltung des Dieners hatte ihm verraten, daß dieser der Herr des Hauses sein müsse. »Es ist reichlich spät für diese Störung. Aber Gott sei Dank noch nicht zu spät.«

Ohne die Antwort des Herrn abzuwarten, hielt er sich jetzt an den Diener.

»Wo können wir diese beiden Herrschaften für die Nacht sicher festsetzen?«

Jean fand überraschend schnell die Antwort.

»In der Waschküche«, sagte er strahlend. »Kommen Sie, kommen Sie!« Und er flitzte wie ein Wiesel mit dem Leuchter in der Hand zur Souterraintür voraus.

Flynn packte Peter am Kragen, der noch immer im Land der Träume weilte, und schleppte ihn hinter sich her durch die Halle. Der kleine Poll blieb Mackie überlassen. Er knuffte ihn vor sich her.

Der Rechtsanwalt hatte alles schweigend geschehen lassen. Alles ging so geschwind und überstieg sein Fassungsvermögen. Kriminalfälle hatten ihn bisher nur theoretisch, das heißt vor den Schranken des Gerichts, beschäftigt. Es dauerte daher etwas lange, bis sein logisch geschultes Gehirn sich in der Wirklichkeit zurechtfand. Jetzt blickte er auf den Chauffeur in Polizeiuniform. Der gab ihm seine Geistesgegenwart zurück.

Als der Chauffeur sah, wie die Gefangenen abgeführt wurden, hielt er sich bereit, ihnen zu folgen.

Der Rechtsanwalt hielt ihn zurück.

»Sagen Sie, wer ist das?«

Der Polizeibeamte warf sich in die Brust. Seine Uniformknöpfe blitzten. »Das ist Sherlock Holmes!«

Die sprachlose Bewunderung des Rechtsanwalts stärkte sein Selbstgefühl. Er erreichte die ins Kellergeschoß hinabsteigende Gruppe und half, die beiden Einbrecher in die Waschküche zu befördern. Das letzte, was Dr. Balderin von dem großen Peter sah, waren zwei riesige, nach außen gekehrte, benagelte Schuhsohlen.

XIV

Die Waschküche im Schloß Yvelles war sehr klein. Sie erweckte die Vorstellung, als ließen sich hier allenfalls ein paar Schnupftücher waschen. Im übrigen besaß sie einen Steinfußboden und dicht unter der Decke ein kleines, fest vergittertes Fenster. In der einen Ecke stand ein einfacher hölzerner Waschtrog auf drei Beinen. Das war alles.

Peter wurde in den Trog gelegt, doch das Einweichen sparte man sich. Poll mit dem Künstlerschlips wurde in die gegenüberliegende Ecke geschubst.

»So«, sagte Flynn, »hier seid ihr schön sicher, außerdem habt ihr's bequemer als auf der kalten Bank. Deckt euch gut zu, und wenn euch etwas fehlt, braucht ihr nur zu läuten. Wenn ich die ›Dinger‹ gefunden habe, dann hole ich euch wieder ab und schaffe euch gratis und franko, uneingeschrieben als Muster ohne Wert, zur Polizei.«

Damit überließ er die beiden ihrem Schicksal. Er nahm dem Diener die Kerze aus der Hand und überreichte sie dem Polizeichauffeur.

»Hier!« sagte er. »Sie bleiben unten und halten Wache. Die zwei da drinnen sind ausgekochte Jungen. Geben Sie acht, daß sie uns nicht durch die Lappen gehen!«

»Befehl, Mister Holmes«, sagte der Polizeimann und präsentierte die Kerze.

Wohlwollend nickte Flynn ihm zu. Dann ging er mit Mackie, dem Diener und dem Rechtsanwalt wieder über die Kellertreppe nach oben.

»Mister Holmes«, begann der Rechtsanwalt Dr. Balderin, nachdem sie einige Stufen schweigend zurückgelegt hatten, »welch ein glücklicher Zufall, daß Sie gerade jetzt hergekommen sind!«

»Zufall?« wiederholte Flynn geringschätzig. »Ich komme niemals zufällig.«

»Ich war nämlich eben im Begriff, die Polizei zu benachrichtigen.«

»Die Polizei?« fragte Flynn verdutzt und zog seine Shagpfeife aus der Manteltasche.

»Ja«, erwiderte Dr. Balderin, »es gibt hier eine ganze Reihe rätselhafter Vorgänge und Umstände, die ich zur Anzeige bringen wollte.«

Flynn kramte nach seinem Tabakbeutel und begann die Pfeife zu stopfen.

»Das haben Sie jetzt nicht mehr nötig. Jetzt bin ich da, sie zu enträtseln.«

»Ich würde mich freuen, wenn es Ihnen gelänge«, entgegnete Dr. Balderin.

Während dieser Unterhaltung hatten sie die Halle erreicht. Vor dem Kamin blieben sie stehen. Jean entzündete die Kerze auf dem Gesims. Ihr warmer goldener Schein beleuchtete das Porträt mit dem Trauerflor.

Flynn zündete sich seine Pfeife an und wies dann mit dem Mundstück nach oben.

»Professor Berry?«

Der Rechtsanwalt nickte.

»Seit wann?« fragte Flynn. Er meinte den Trauerflor. Dr. Balderin wurde ernst.

»Vor zehn Tagen, ganz plötzlich.«

Flynn blies langsam den Rauch vor sich hin.

»Und Mary Berry und Jane Berry aus Middletown sind die Erbinnen?« fragte er mit einem schnellen Blick auf Dr. Balderin.

»Ganz recht«, bestätigte der, durch die Allwissenheit von Morris überrascht. »Aber ...« Er war sich nicht sicher, ob Flynn das, was er noch zu sagen hatte, nicht auch schon wußte. Doch darin irrte er sich.

Der Detektiv wartete eine Weile, daß Balderin fortfahren sollte. »Bitte, bitte«, ermunterte er ihn schließlich, »sprechen Sie nur weiter!«

126

»Tja«, antwortete Dr. Balderin und rieb sich verlegen das Kinn. »Sie werden meine Verzweiflung als Nachlaßverwalter gewiß verstehen. Laut Testament soll ich den beiden Mädchen die Hinterlassenschaft auszahlen. Zweimal hunderttausend Franc. Aber, so lächerlich es klingt, das Geld ist nirgends zu finden.«

Flynn nahm jedoch die Angelegenheit durchaus ernst. Er sah lange auf das Bild.

»Ist denn im Testament der Aufbewahrungsort des Geldes nicht angegeben?« wollte er wissen.

»Das ist es ja!« stöhnte der Rechtsanwalt und fuhr sich verzweifelt durch die Haare, die noch von der gestörten Nachtruhe wild durcheinanderstanden. »Nach seinen sehr genau geführten Geschäftsbüchern muß das Geld hier im Schloß sein. Wir haben alle Räume vom Dach bis in den Keller durchsucht und nicht einen Sou gefunden.«

»Sie werden auch weiterhin nichts finden«, sagte Flynn sehr bestimmt. Er drehte dem Bild den Rücken zu und ging hinüber in die Bibliothek.

Der Rechtsanwalt folgte ihm mit einem entsetzten Gesicht.

In der Bibliothek nahm jeder der Herren in einem bequemen Sessel Platz. Der Rechtsanwalt spürte jetzt erst, wie abgespannt er war. Die Aufregung war ihm in die Beine gefahren. Das rechte Bein zitterte in dem Pantoffel, und er mußte die Hand fest aufs Knie legen, damit man nicht sah, wie es vibrierte. Der Mann vor ihm wußte entschieden sehr viel mehr als er selbst. Aber schließlich war er der Testamentsvollstrecker und hatte ein Recht, zu erfahren, was gespielt wurde!

Trotzdem kostete es ihn einige Überwindung, das Gespräch wieder aufzunehmen.

»Sie sind also tatsächlich der Meinung, daß wir nichts finden werden? Darf ich fragen, warum nicht?«

»Weil der Professor es ausgegeben hat«, versetzte Flynn bestimmt. Er hatte sich schon alles zusammengereimt. Dr. Balderin stutzte.

»Eine solche Summe? Ich wüßte nicht, wofür. Es handelt sich immerhin um zweimal hunderttausend Franc.«
Flynn zögerte einen Augenblick, bevor er antwortete.
»Es gibt Dinge im Wert von zweimal hunderttausend Franc, die so klein sind, daß man schon einen großen Detektiv bemühen muß, um sie wiederzufinden.«
Er machte eine Pause, um die Worte wirken zu lassen. Er sah zu Mackie hinüber. Der hatte bereits wieder Stenogrammblock und Bleistift herausgenommen und nickte dem Meister vielsagend zu. Er hatte begriffen, worauf Morris hinauswollte. Der wandte sich jetzt an das Faktotum Jean.
»Wie lange sind Sie bei Professor Berry?«
»Zwölf Jahre.«
»Der Professor war Sammler, nicht wahr?«
»Nein!« antwortete Jean kurz und bestimmt. Die Antwort überraschte Morris.
»Er hatte kein Steckenpferd? Keine Neigung für kostbare Kunstgegenstände, Raritäten oder sonstige Seltenheiten?«
»In keiner Weise.«
»Womit beschäftigte er sich denn am liebsten?« fragte Flynn ein wenig nervös.
Auch darüber wußte Jean nichts auszusagen.
»Na, hören Sie«, sagte Flynn aufgebracht, »wenn Sie zwölf Jahre hier im Hause sind, müssen Sie doch wissen, was ihr Herr getan hat – womit er sich die Zeit vertrieb! Machen Sie sich doch nicht lächerlich, Mann!«
Mackie hielt im Mitschreiben inne und sah mißtrauisch auf den weißhaarigen Diener. Sollte dieser Mann, im Gegensatz zu den ehrwürdigen Domestiken aus den Kriminalromanen, ein Komplize sein?
Jean wußte durchaus nicht, was in seinen Aussagen lächerlich sein sollte. Er verstand auch nicht den schrägen, mißtrauischen Blick, den Mackie ihm zuwandte. Er war gern bereit, nach bestem Wissen und Gewissen Auskunft zu geben.
»Der selige Herr hat nie mit mir darüber gesprochen«, versicherte er. »Ich habe auch nie etwas gesehen. Er hat

viel gearbeitet. Aber immer nur nachts. Da hat er sich eingeschlossen, und ich durfte nicht stören.«
Jetzt ging Flynn los. Frage und Antwort fielen Schlag auf Schlag.
»Kam nie Besuch?« wollte Flynn wissen.
»Nie.«
»Aber der Herr Professor fuhr häufig nach Brüssel?«
»Im Gegenteil, sehr selten.«
»Er hat viel korrespondiert?«
»Kaum.«
»Sie waren dabei, als er starb?«
»Nein. Ich bin erst dazugekommen, als er schon tot war.«
»Erzählen Sie!«
»Der Herr Professor«, berichtete Jean, »hatte an diesem Tage einen Brief erhalten, dessen Inhalt ihn sehr aufregte. Er befahl mir, die großen Koffer zu packen; denn er wollte sofort verreisen. Als die Koffer längst gepackt waren und der Wagen vorfuhr, saß der Herr Professor in dem Schreibtischsessel, in dem Sie jetzt sitzen, und rührte sich nicht mehr.«
Flynn stand aus dem Sessel auf.
»Es wäre gut«, sagte er zu Jean, »wenn Sie mir zeigen könnten, wie Sie Ihren Herrn vorgefunden haben.«

Der Rechtsanwalt und Mackie folgten interessiert jeder Bewegung des Dieners.
Jean war ganz bei der Sache. Er nahm im Schreibtischsessel Platz, ließ den Kopf vornüberfallen, während seine Arme längs der Sessellehne herabpendelten.
»So saß der Herr da«, sagte er, und er blieb eine ganze Weile so sitzen. Dann blickte er Morris an. »Der Arzt hat einen Herzschlag festgestellt.«
Flynn fotografierte sich die Stellung des Dieners in sein Gedächtnis und ließ dann seine Augen über die Schreibtischplatte wandern. Sie glitten über das Tintenfaß, die Federschale, über einen großen geschliffenen Achat, der als Briefbeschwerer diente, alles Dinge, die zum normalen Bestand eines Schreibtisches gehören. Plötzlich aber stutzte er.

»Lag dieses Glas damals auch hier?« fragte er und deutete auf ein Vergrößerungsglas, das rechter Hand neben dem Wiegelöscher lag.

Der alte Diener zögerte mit der Antwort. »Ich glaube, ja.«

Flynn lächelte. Sein Blick suchte den Freund, der das Lächeln zurückgab.

»Darf ich kombinieren?« bettelte Mackie. Flynns Nicken bedeutete Aufforderung.

»Alles ist sonnenklar«, belehrte Mackie die Anwesenden. »Inhalt des Briefes, der Professor Berry so aufregte: die beiden roten und die beiden blauen Mauritiusmarken. Vermögen, das nicht aufzufinden ist, vom Professor an die Gauner gezahlt, um die seltenen Marken für ihn zu stehlen. Professors Freude über Marken so groß, daß darüber Verstand verloren. Vielmehr Leben. Herzschlag. – Plan der beiden Gauner unten in der Waschküche: Marken zurückstehlen und dann erpressen. Verweise auf diesbezüglichen Brief an die Ausstellungsleitung.«

Während dieser MacMacphersonschen Erkenntnisse hatte Flynn sich am Schreibtisch zu schaffen gemacht. Er hatte von dem Kalender, der seit dem Todestag nicht umgeblättert worden war, ein Blatt abgerissen, das er in vier Schnitzel zerriß. Jedes hatte die Größe einer Briefmarke.

Ausnahmsweise einmal stimmte er mit Mackies Ansichten überein. Trotzdem konnte er sich nicht enthalten, die Redeweise des Freundes leicht zu parodieren.

»Richtig. Doch die Rechnung ohne Sherlock Holmes und Doktor Watson gemacht, die die vier versteckten Marken finden und ihnen vor der Nase wegschnappen werden.«

»Richtig«, pflichtete Mackie ihm bei.

Flynn nahm die Papierschnitzel und legte sie auf das Löschblatt. Sie lagen jetzt direkt vor dem Diener, der immer noch im Schreibtischsessel saß.

»Was haben Sie dann gemacht?« Flynn kehrte mit dieser Frage wieder zur Untersuchung zurück.

»Ich öffnete das Fenster.«

»Und dann liefen Sie davon, um den Arzt zu holen?«
»Nein«, widersprach Jean, »ich holte kaltes Wasser und
Eau de Cologne.«
Flynn schien für diese Dinge eine merkwürdige Vorliebe
zu haben.
»Ach bitte, holen Sie doch beides noch mal!« ersuchte
er Jean.
Das Ansinnen verblüffte nicht nur den Diener, sondern
auch den Rechtsanwalt Dr. Balderin. Selbst Mackie
kam nicht dahinter, was Flynn sich von diesem Unternehmen versprach. Jean hatte nicht umsonst eine zwölf-
jährige Dienerpraxis hinter sich. Ein guter Diener hat
nicht zu fragen, warum ein Wunsch geäußert wird, sondern ihn zu erfüllen. So gab er seine markierte
Totenstarre auf und enteilte, um das Glas Wasser und
Eau de Cologne herbeizuschaffen.
Als er die Tür öffnete, die von der Halle in die Wirt-
schaftsräume führte, sahen die in der Bibliothek
Zurückgebliebenen, wie die Gardinen an dem zerbrochenen Fenster sich im entstandenen Luftzug leise
bewegten. Die vier Papierschnitzel auf dem Schreibtisch
flatterten auf und flogen davon. Sie segelten quer durch
den Raum, bis zu dem Kamin, auf dessen Rost sie sich
anmutig niederließen. Mackie stürzte zum Kamin.
Entgeistert sah er auf den Rost, auf dem die imaginären
vier Mauritius notgelandet waren. Über die Schulter
hinweg suchte sein Blick den Freund.
»Aus«, sagte er tonlos, »verbrannt!«

Betretenes Schweigen. Dr. Balderin konnte sich das
alles nicht zusammenreimen. Er glaubte aber, daß diese
seltsamen Manipulationen alle zu dem Ermittlungsver-
fahren eines großen Detektivs gehörten. Er begann
langsam zu ahnen, was Flynn mit seinen Fragen und
Untersuchungen bezweckte. Das Resultat bedeutete
einen schweren Schlag.
Flynn war der einzige, der sich nicht so leicht entmutigen ließ. Er hockte sich neben seinen Freund am Kamin
und betrachtete aufmerksam die Feuerstelle.

»Doktor, wann ist in diesem Kamin das letztemal Feuer gemacht worden?«

Mackie griff an den Rost und besah sich danach seine Fingerkuppen.

»Das ist schwer zu bestimmen.«

»Das ist leicht zu bestimmen.«

»Wieso?« fragte der »Doktor« verdutzt. Flynn schmunzelte.

»In diesem Kamin hat überhaupt noch nie ein Feuer gebrannt.« Dabei wies er mit der Hand noch oben. »Er ist eine Attrappe. Er hat überhaupt keinen Abzug.«

»Richtig«, sagte Mackie beschämt, nachdem er halb in den Kamin gekrochen war und die Sachlage überprüft hatte.

Nun waren sie wieder soweit wie zuvor.

Es bedeutete für sie eine sichtliche Erleichterung, als der Diener mit einem Glas und einer Flasche Eau de Cologne zurückkam.

»Stellen Sie alles dorthin, wo es damals stand«, befahl Flynn. Jean setzte Glas und Flasche auf dem Schreibtisch ab.

»Was war sonst noch auf dem Schreibtisch?«

»Dieselben Gegenstände wie jetzt.«

Doch Flynn gab sich damit nicht zufrieden. »Nichts, was Ihnen auffiel?«

»Doch«, gestand der Diener zögernd.

»Und was wäre das?«

»Ein Buch.«

»Aufgeschlagen?«

»Nein, zugeschlagen.«

Nervös biß Flynn sich auf die Lippen. »Bei Ihnen stimmt aber auch gar nichts. Welches Buch?«

Jeans Augen wanderten über die endlosen Reihen der Bücher an den Wänden hin. Sein Gesichtsausdruck wurde von Sekunde zu Sekunde hilfloser.

»Das weiß ich nicht mehr«, sagte er schließlich.

»Sie haben's also in die Bibliothek zurückgestellt?«

»Jawohl.«

»Oben oder unten?«

Doch darauf konnte Jean sich nicht mehr besinnen.

Flynn versuchte wieder, ihm auf die Sprünge zu helfen.

»Haben Sie die Leiter benutzt?«

»Nein.«

Doch diese Frage mußte eine Erinnerung in ihm wachgerufen haben. Er trat an die Regale heran und wies auf ein Fach ungefähr in seiner Brusthöhe.

»Hier muß es gewesen sein. Es war ein dickes Buch.«

Das war immerhin ein Anhaltspunkt.

»Doktor, blättern Sie bitte diese Bücher durch!« sagte Flynn.

»Verstehe vollkommen«, erwiderte Mackie.

Während er Buch für Buch aus dem Fach nahm, die Seiten durchblätterte, die Bücher an den Deckeln hochhob, damit versteckte Dinge herausfallen könnten, wandte sich Flynn wieder dem Diener zu.

»Was hat Professor Berry angehabt?«

»Denselben Anzug wie auf dem Bild. Seinen Sonntagsanzug: gestreifte Hose und dunkler Gehrock.«

Flynn lag, so schien es, auf neuer Fährte. Die Pfeife hatte er aus dem Mund genommen. Seine Fragen überstürzten sich. »Was war in den Taschen? Die haben Sie doch sicher ausgeräumt?«

»Natürlich.«

»Na und?«

»Ein Taschentuch, seine Uhr, Schlüsselbund, zwei Bleistifte und die Brieftasche.«

»Und in der Brieftasche?«

»Vierhundertfünfzig Franc.«

»Die haben wir den beiden Damen für die Reise geschickt«, fiel der Rechtsanwalt ein.

Flynn runzelte die Stirn. Er war mit seinen Fragen abermals in eine Sackgasse geraten.

»Und sonst fanden Sie nichts?« bohrte er weiter.

Der Diener schüttelte den Kopf. Doch plötzlich besann er sich eines Besseren: »Doch.«

»Was noch?«

»Ein paar Briefmarken.«

XV

Die Wirkung, die diese drei Worte auslösten, war ungeheuer. Flynn klammerte sich an die Schreibtischkante. Hinter seinem Rücken fiel krachend ein Pandekt zu Boden, ein dickleibiger Walzer, der Mackies zitternden Fingern entglitt. Ruhe, nur Ruhe, nichts als Ruhe! sagte sich Flynn. Und dann sagte er laut, mit einem freundlichen Blick zu dem Diener: »Geben Sie mir diese Briefmarken!«

»Die Briefmarken?« wunderte sich Jean. »Die habe ich abgeschickt.«

»Abgeschickt!« riefen Flynn und Mackie wie aus einem Munde. »Wohin haben Sie sie abgeschickt, Sie Unglücksmensch?« stöhnte Flynn.

Jean und der Rechtsanwalt sahen sich an. Sie begriffen diese Aufregung nicht.

»Ich habe sie auf die Todesanzeigen geklebt, die ich im Auftrage des Herrn Rechtsanwalts verschicken sollte. Ich habe geglaubt, daß ich die Marken dazu verwenden dürfte.«

»Waren es neue Marken?« fragte Flynn entgeistert.

»Natürlich. Zehn Stück zu zehn Cent.«

Mit einem Blick, der selbst Edamer Käse hätte zum Fließen bringen können, wandte Mac sich seinen Büchern zu. Er hob das dicke Buch auf und durchsuchte es. Er hatte bis jetzt noch nicht die Hälfte der Bücher in dem Fach durchstöbert. Flynn blieb nichts anderes übrig, als das Frage-und-Antwort-Spiel wiederaufzunehmen.

»Besorgen Sie mir bitte den Anzug, in dem der Herr Professor gestorben ist.«

Das sei leider nicht möglich, bedauerte Jean.

»Warum nicht, zum Donnerwetter?« brüllte Flynn los. Jetzt verlor er die Nerven.

»Wir haben ihn darin bestattet«, sagte der Diener leise und mit Pietät.

Flynn wandte sich von ihm ab. Er klopfte seine Pfeife aus und war nahe daran, aufzugeben. Vergeblich zermarterte er sein Hirn nach neuen Möglichkeiten.

Auch Mackie überlegte, während er mechanisch Seite um Seite von verschiedenen Wörterbüchern in allen Sprachen durchblätterte.

Hier war jetzt der Zeitpunkt erreicht, wo in den Kriminalromanen immer der Zufall, der beste Verbündete des Detektivs, zu Hilfe kommt.

Mackie war so in diese Betrachtung versunken, daß er nicht den harten Gegenstand bemerkte, der in einem neuen Buch, das er zur Hand genommen hatte, zwischen die Seiten geklemmt war. Erst als der Gegenstand herunterfiel, wurde er ihn gewahr. Es war ein Schlüssel. Mackie hob ihn auf und betrachtete ihn. Er war sich nicht klar darüber, welches Tor der Weisheit er damit öffnen sollte.

Er bückte sich und sah in die durch das Fehlen des Buches entstandene Lücke.

Obgleich es hinter den Büchern sehr dunkel war, glaubte er etwas zu erkennen, was wie ein Schlüsselloch aussah. Er steckte den Schlüssel hinein.

Niemand war verdutzter als Mackie selbst, als er feststellen mußte, daß der Schlüssel paßte.

»Wohin führt diese Tür?« fragte er.

Die Anwesenden wandten sich ihm erstaunt zu.

»Da ist keine Tür«, sagte der Diener.

Trotz dieser Antwort knackte es. Es war das typische Geräusch eines zurückschnappenden Türschlosses.

Flynn sprang auf das Bücherregal zu und begann an den Leisten zu hantieren. Seine Bemühungen hatten Erfolg. Knirschend bewegte sich ein Teil des Regals in seitlichen Scharnieren und ließ sich mit Leichtigkeit in seiner ganzen Breite und Höhe in die Mauer hineindrücken. Ein schmaler Zugang wurde sichtbar. Dahinter lag ein sich in der Finsternis verlierender Gang.

»Eine Geheimtür!« jubelte Mackie. Hier war endlich eine wirkliche Geheimtür, die er sonst immer nur in seinen improvisierten Romanzutaten erfand.

»Eine Geheimtür, voila!« wiederholte er, und es klang, als machte er sozusagen die Honneurs für sie.

Neugierig trat auch Dr. Balderin hinzu.

Nur der Diener Jean hielt sich fern. Er faßte es nicht.
»Davon hab ich nie etwas gewußt«, stammelte er entgeistert.

Morris Flynn war der erste, der sich in den Gang hineinwagte. Nachdem er einen Augenblick gelauscht und sich überzeugt hatte, daß dort alles stillblieb, war er in den Gang hineingetreten, bis er an eine Treppe geriet, die nach unten führte. Er fühlte sie mehr, als daß er sie sah.
»Einen Leuchter!«
Der Diener kam mit dem Licht und hielt sich bereit, dem Detektiv zu folgen. Doch Flynn wehrte ab. Er wünschte allein zu gehen.
Stufe um Stufe verschwand seine hohe Gestalt in der Tiefe. Die anderen sahen ihm nach, bis auch die Kerze, die er hoch über sich hielt, verschwunden war. Ein kleiner, flackernder Schimmer blieb, bis auch dieser verlosch.
Die Beklemmung war allgemein. Aber Mackie nahm nun im Stile Flynns das Verhör wieder auf.
»Merkwürdig«, wandte er sich an Jean, »daß Sie von diesem Gang nichts gewußt haben. Sehr merkwürdig!«
»Ich habe ihn nie gesehen«, beteuerte Jean. »Ich durfte die Bücher nicht einmal anrühren! Jetzt kann ich mir auch erklären, daß der selige Herr manchmal nicht aufzufinden war, obwohl ich wußte, daß er das Schloß nicht verlassen hatte. Manchmal hat er sogar mit mir telefoniert, und ich konnte mir nicht erklären, aus welchem Zimmer er sprach.«
»Und dabei haben Sie sich gar nichts gedacht?« Mackie versuchte, Flynns durchbohrende Augen nachzuahmen. Treuherzig schüttelte der Diener den Kopf.
»Merkwürdig, wirklich äußerst merkwürdig! Der Mensch hat sich stets etwas zu denken. Bei allen Dingen, die ihm auffallen. Und noch mehr bei denen, die ihm nicht auffallen. Denn da steckt meist etwas dahinter.«
Währenddessen hatte sich Monsieur Balderin einige

Schritte in den Gang hineingewagt, bis zu der Treppe, die in die Unterwelt führte. Hier bückte er sich und hob etwas vom Boden auf.

Es war ein stark zerknittertes Blatt Papier, augenscheinlich ein Brief, den er, zu den beiden anderen zurückgekehrt, in dem dürftigen Schein der übriggebliebenen Kerze zu entziffern suchte.

Doch Mac war nicht gewillt, sich das Heft aus der Hand winden zu lassen.

»Geben Sie her!« befahl er und nahm dem Rechtsanwalt einfach den Brief aus der Hand.

Er beugte sich zur Kerze und las den Inhalt des Schreibens. Es war ein Geschäftsbrief.

»Leihhaus Lombard« entzifferte er den Briefkopf. »Rue de Bréa, Nr. 13. Betrifft Sortiment M 4.

Sehr geehrter Herr Professor Berry!
Die festgesetzte Summe ist unser letztes Angebot. Wir haben Ihnen gegenüber oft genug bewiesen, daß wir getroffene Abmachungen auch einhalten, obwohl Risiko und Spesen auf unserer Seite liegen. Wir erwarten in gleicher Weise, daß Sie Ihren Verpflichtungen weiter nachkommen. Sonst sehen wir uns genötigt, andere Schritte zu unternehmen. Wir glauben sicher annehmen zu können, daß das wohl nicht in Ihrem Interesse liegt.
Mit vorzüglicher Hochachtung ...«

Darunter standen eine unleserliche Unterschrift und ein Firmenstempel.

Mackie wußte nicht, was er aus diesem Schreiben machen sollte. Er blickte in die Gesichter des Dieners und des Rechtsanwalts, die über seine Schulter mitgelesen hatten, aber der Ausdruck der Gesichter dieser beiden alten Männer verriet ihm, daß sie von dem Inhalt des Schreibens womöglich noch weniger begriffen hatten als er. Unschlüssig hielt er den Brief in der Hand.

»Mackie!« scholl es dumpf aus dem Gang herauf. Der Ruf schien von weit her zu kommen.

»Mackie!« ertönte es zum zweitenmal.

Es klang wie Hilferufe.

Die drei Männer standen wie erstarrt. Ihre Augen begegneten sich in angstvollem Grauen.

Doch mit einem Satz war Mackie in der Tiefe des Ganges verschwunden. Das Schreiben des Leihhauses Lombard hielt er noch in der Hand.

Unschlüssig sahen der Diener und der Rechtsanwalt ihm nach.

»Was ist da unten los?« fragte Dr. Balderin. Jetzt fingen ihm wieder die Knie an zu zittern. »Es wird ihnen doch hoffentlich nichts passieren!«

Es war kein Vergnügen, sich in dem dunklen Gang weiterzutappen, die Stufen hinunter in ein unbekanntes Nichts, wo ringsum heimtückisch Gefahren lauerten. Spinnweben wehten in Mackies Gesicht, die Treppe war feucht und glitschig. Es roch nach Keller. Der kleine Mac verwünschte seine Überstürzung, mit der er dem Rufe gefolgt war, ohne sich zuvor wenigstens mit einer Kerze bewaffnet zu haben. Immerhin hatte er endlich einen Grund, sich sehr mutig zu finden, und das stärkte ihm das Rückgrat.

Die Treppe wurde immer steiler.

»Ratten!« dachte Mackie plötzlich. »Hier werden Ratten sein!«

Er glaubte, die Biester im Dunkeln bereits pfeifen zu hören.

Aber er setzte seinen Weg fort und stieg immer tiefer und tiefer.

Endlich sah er den Schein von Flynns Kerze.

»Mackie!« rief Flynn. »Schau dir das an!«

Mackie erreichte eine offenstehende Tür, die in einen seltsamen Raum führte. Es schien eine Art Laboratorium zu sein, ohne Fenster, und die Wände weiß getüncht. Mitten darin stand wohlbehalten Mr. Flynn. Er wartete mit Ungeduld auf seinen Freund.

Als er Mackie im Türrahmen auftauchen sah, nahm er ihn beim Arm und schob ihn vor sich her in den Raum.

Mit stummer Geste wies er auf eine Anzahl Apparate und Maschinen, die rings an den Wänden und inmitten des runden Gemachs standen. Der Raum schien das Verlies eines Turmes gewesen zu sein, der jetzt nicht mehr stand.

Gemeinsam entdeckten sie, daß es sich um die Ausrüstung einer raffinierten graphischen Werkstatt handeln müsse.

Linker Hand standen zwei große Zeichentische mit Reißbrettern, Schienen, Zirkeln. An der Wand geradeaus sahen sie eine Projektionsfläche, vor der ein Epidiaskop aufgebaut war. Es war ein funkelnagelneuer Apparat, der, wie Flynn sofort feststellte, auf einem kleinen Schildchen die Jahreszahl 1910 eingeprägt trug. Unterhalb der Projektionsfläche befanden sich Motoren, Akkumulatoren – ein technisches Arsenal. Selbst eine Boston-Handpresse war vorhanden. Rechter Hand war ein chemisches Laboratorium eingerichtet. Es enthielt in der Hauptsache eine Reihe von Säuren, wie sie zu Radierungen und Ätzungen verwendet werden. Damit nicht genug, waren auch eine Vorrichtung für lithographische Steindruckverfahren da sowie die modernsten fotografischen Aufnahme- und Vergrößerungsapparate.

In einem kleinen Nebenraum fanden sie die dazugehörigen Rohmaterialien: Farben, Papiersorten aller Stärkegrade und mit den verschiedensten Wasserzeichen; auch altes vergilbtes Papier, wahrscheinlich Deckblätter, aus alten Büchern herausgerissen, auf denen mit dünnen Bleistiftzahlen das Jahr geschrieben stand, aus dem sie stammten. Daneben Blei-, Zinn- und Kupferplatten. Ein gläserner Wandschrank neben dem Eingang bewahrte eine Anzahl fertiger Druckstöcke, Klischees und Druckplatten. Sie lagen dort wohlgeordnet und numeriert.

Flynn entdeckte auch eine Anzahl von Schaltern und ließ starkkerzige Glühbirnen aufflammen, die an langen Drähten von der ungewöhnlich hohen Decke herabhingen. Das ganze Labor lag in blendender Helle vor ihnen. Aber der obere Raum blieb im Dunkeln, weil die Birnen nach oben durch breitrandige Schirme abgedeckt wurden. Mackie wanderte von Apparat zu Apparat und besah sich die Geschichte. Ein merkwürdiges Steckenpferd, fand er, hatte der alte Professor sich hier in diesem seltsamen Stall zugelegt. Es mußte auch ziemlich kostspielig gewesen sein. Es wunderte ihn nicht, daß zweimal hunderttausend Franc dabei draufgegangen waren.

Aber etwas anderes wunderte ihn, und das war die Aufregung seines Freundes Flynn.

»Na?« fragte der ungeduldig. »Na?«

»Na?« wiederholte Mackie verständnislos.

Diese Begriffsstutzigkeit seines Freundes war mehr, als Flynn in diesem Augenblick mit Ruhe ertragen konnte. »Merkst du noch immer nichts?« fuhr er ihn wütend an. Nervös trommelten seine Finger auf dem Zeichentisch. »Was ist das hier? – Abziehbildchen, was? Bilderbogen, he?« Er packte Mackie beim Rockkragen und zerrte ihn aus dem Laboratorium in den Nebenraum und wieder zurück.

»Und das hier?« höhnte er. »Und das hier?«

Es ließ sich nicht leugnen, Mackies Kontakt war gestört. Zwar gab er sich die größte Mühe, die richtigen Pole aneinanderzubringen, aber es wollte in seinem Gehirnkasten nicht funken.

»Ja, begreifst du denn immer noch nicht?«

Bei Mackie hatte es endlich gezündet. Zwar ganz schwach nur, und darum traute er sich noch nicht recht mit seiner Meinung heraus. »Professor Berry ...«, begann er zögernd. »Na?« sagte Flynn ermunternd. Mackie holte tief Atem. »... war ein Fälscher!«

»Ein Fälscher?« brach Flynn begeistert los. »Der König aller Fälscher!« Wie ein Besessener raste er zum Wandschrank, riß die Klischees heraus und hielt sie dem Freund dicht unter die Nase. »Hier! Rubel, Lei, Dollars, Drachmen, Peso, Lotterielose, Chips, Steuerbanderolen, Pässe« – seine Stimme überschlug sich fast –, »was du willst! Die Banknoten der halben Welt. Und ...«

»… Briefmarken«, sagte Mackie leise, »seltene Briefmarken. Die Mauritiusmarken wurden hier gefälscht.«

»Richtig!« sagte Flynn.

Er suchte wieder einen Augenblick in dem gläsernen Wandschrank und hielt dann Mackie die betreffenden Klischees hin.

»Hier hat der Professor Berry die falschen Marken hergestellt. Und wir Idioten haben ihn für einen fanatischen Sammler gehalten. Ein fanatischer Fälscher war er!«

Nachdem sich die erste Aufregung gelegt hatte, begannen Flynn und sein Freund Mackie die Druckstöcke und Klischees wieder in den Wandschrank zurückzulegen. Der Erfolg ihrer bisherigen Untersuchungen war so groß, daß er ihnen erst jetzt richtig zum Bewußtsein kam.

»Mensch, Flynn!« jubelte Mackie plötzlich. »Dann sind wir ja gemachte Leute!«

Flynn rümpfte die Nase.

»Gemachte Leute? Es wird eine Ehre für die anderen sein, wenn wir ihnen überhaupt noch über den Scheitel pusten! Sherlock Holmes und Doktor Watson sind Stümper gegen uns. Armselige Blattläuse!«

In seiner Freude gab er Mackie einen Puff, daß der wie ein Punchingball hin und her schwankte. Dann ehrten die beiden für die nächsten Minuten ihr Glück durch Schweigen. Doch Flynns Gehirn blieb nicht müßig.

»Erinnerst du dich an die Sache in Moskau vor drei Jahren? An die gefälschten Rubelscheine?«

Mackie nickte lebhaft. »Die besser ausgeführt waren als die Originale der Staatsdruckerei?«

»Richtig! Und weißt du auch, wer die hergestellt hat? Professor Berry! – Und weißt du noch, was neunzehnhundertsechs los war?«

»Der Skandal im Kasino von Monte Carlo?«

Flynn nickte. »Eben der! Abends stellt sich heraus, daß Tausende von Jetons mehr eingenommen waren, als die Kassierer ausgegeben hatten. Die Formen zu diesen Jetons wurden nirgendwo anders hergestellt als hier!«

Flynn war von der Größe seiner Entdeckung ganz benommen.

»Mackie, wir lösen hier einen Fall, von dessen Ausmaßen du dir keine Vorstellung machen kannst.«

»Hm«, nickte Mackie.

Es wurmte ihn, daß er eigentlich so gar nichts zu ihrem beiderseitigen Ruhm beitragen konnte. Schließlich wollte er ja nicht immer nur mit leerem Geigenkasten nebenherlaufen. Es war ein Jammer, daß die Entdeckungen durchaus nicht warten wollten, bis er sie machte. So kleine Sachen wie ein Schlüsselloch hinter Büchern fand er wohl, aber so richtige große Kisten entdeckte immer nur Morris. Und das wurmte Mackie. Er vergaß darüber ganz, daß er in der Hand noch den Brief hielt, mit dem er die ganze Zeit in der Luft herumfuchtelte. Flynn bemerkte ihn jetzt.

»Was hast du da?«

»Das?« antwortete Mackie und reichte ihm das Papier hin. »Das haben wir oben gefunden.«

Flynn las den Drohbrief des Lombardhauses. Sein Gesicht verriet, daß er schon wieder Zusammenhänge spürte, die sich ihm aber zu entziehen drohten.

»Gib mir mal den Erpresserbrief an die Ausstellungsleitung!«

»Den hast du doch!« entgegnete Mackie.

»Richtig!«

Flynn durchsuchte seine Taschen, und als er das Schreiben in der Brieftasche, wohin es auch gehörte, gefunden hatte, verglich er, Buchstabe um Buchstabe, die beiden Schriftbilder. »Mit derselben Schreibmaschine geschrieben. Hier, das kleine ›n‹ ist lädiert. Es fehlt ein Stück vom ersten Abstrich. – Paß auf, dieses Leihhaus Lombard ist die Zentrale!« Er schloß die Augen und sprach wie ein Somnambule. »Für diese Leute, die sich dort hinter der Firma ›Lombard‹ verbergen, hat der Professor gearbeitet und hat sich gut dafür bezahlen lassen. Dort sitzt die Zentrale einer Bande, die man seit Jahren sucht. In Amerika und in ganz Europa. Man hat sie bis jetzt nicht gefunden. Und wer weiß, wie viele Jahre diese Verbrecher hätten weiterarbeiten können, ohne daß man ihnen auf die Spur gekommen wäre! Wer weiß, wie viele Jahre sie weiter fälschen, täuschen und betrügen würden, wenn wir ihnen nicht im letzten Augenblick zuvorgekommen wären; denn jetzt weiß ich auch, was diese ›Dinger‹ sind, die die beiden Gauner hier gesucht haben. – Hier! Die Platten und Klischees! Damit kann man noch viel Geld machen.« Er legte die Hand an die Stirn, als versuche er sich zu besinnen. Dann ging er nochmals an das Wandschränkchen zurück und begann in einem Stapel von Papieren zu suchen.

»Da haben wir's!« Er zeigte Mackie ein Bankkontobuch, das er im Wandschrank gefunden hatte.

»Zweimal hunderttausend Franc hat er damit verdient! Echte, regelrechte Francs! Und ein Schloß. Mit Pferd und Wagen. Mit Park und Dienerschaft. Alles Diebesgut! Alles mit Lug und Trug und List und Tücke zusammengegaunert. – Seit Jahren sucht man diesen Mann und seine Auftraggeber. Sie waren nicht zu finden. Wir aber werden sie morgen auffliegen lassen! Morris Flynn und Mackie MacMacpherson! Ein großartiger Fall, wie wir ihn uns besser nicht hätten wünschen können.«

XVI

Mackie war Pessimist von Geburt. Für ihn hatte jedes Ding zwei Seiten, eine helle und eine dunkle, und die dunkle schien ihm bei weitem die größere.

»Das Leben ist wie eine Glaskugel«, hatte er einmal in einer philosophischen Abendstunde dem Freunde erklärt. »Es hat ein oder zwei Lichtreflexe. Der Rest aber hält sich bescheiden im Schatten.«

So ist es zu verstehen, daß gerade ihm als erstem zum Bewußtsein kam, daß dieser großartige Fall, der ihnen Glück und Erfolg verhieß und der alles erfüllen würde, was sie sich ausdachten, für jemand anders Enttäuschung bedeutete.

»Aber Mary Berry und Jane Berry wären besser in Middletown geblieben«, sagte er trübe.

Mit schnellem Blick sah Flynn zu Mackie hinüber. Er begriff sofort, was jener meinte.

»Der Traum vom Schloß war kurz«, fuhr Mackie fort, »die Mädchen können natürlich dieses Erbe nicht übernehmen.«

»Natürlich nicht. Daran hab ich noch gar nicht gedacht. Mit der Erbschaft ist es Essig.«

Man sah, daß der Gedanke Flynn zu schaffen machte. Er überlegte und schob verdrießlich die Unterlippe vor.

»Es bleibt uns nichts anderes übrig, wir werden den beiden reinen Wein einschenken.«

»Natürlich müssen wir das«, pflichtete Mackie ihm bei. »Willst du es ihnen sagen?«

»Tja, das werde ich wohl tun müssen.« Ein Schatten legte sich über Flynns Gesicht.

»Schade, Morris! – Du, auf einmal freut mich das Ganze nicht mehr.«

»Denkst du etwa, mich?«

Die Hand am Schalter, blickte Flynn noch einmal um sich. Teilnahmslos und kalt blitzten ringsumher die Apparaturen.

»Komm!« sagte er zu dem Freund. Eine Drehung des Schalters, und der Raum versank wieder in Dunkelheit. Nur die Kerze, die weiter niedergebrannt war, leuchtete. Flynn ergriff sie, und beide gingen nach der Tür zurück.

»Hallo«, sagte er plötzlich, »wo kommen Sie denn her?«

Der Ausruf galt dem alten Diener Jean, der zitternd und völlig verstört unterhalb der Treppe im Türrahmen lehnte. Seine weit aufgerissenen Augen starrten Flynn an. Er war unfähig, sich von der Stelle zu rühren.

»Sie haben also alles gehört?« stellte Flynn fest. Jean nickte nur. Er konnte nicht antworten.

Nachdem auf Flynns Rufen hin Mackie in den Tiefen des Geheimganges verschwunden war, hatten Jean und der Rechtsanwalt Dr. Balderin aufregende Minuten durchgemacht. Sie wußten nicht, wovor sie sich mehr fürchten sollten, vor dem Alleinbleiben in der offenen, schlecht beleuchteten Halle oder vor dem Eindringen in eine Welt, wo zwar zwei tatkräftige Männer auf sie warteten, zugleich aber auch Geheimnisse und Gefahren.

Die Ungewißheit dehnte Sekunden zu Minuten, Minuten zur Ewigkeit. Der geheime Gang hinter dem Bücherregal wirkte wie ein Magnet, der sie mit unheimlicher Stärke anzog. Von unten drang hin und wieder ein Geräusch herauf, das Murmeln von Stimmen und einige laute Ausrufe.

»Hören Sie mal«, sagte der Rechtsanwalt, »mit wem schimpfen denn Sherlock Holmes und Doktor Watson da unten? Das beste wäre, Jean, Sie gingen hinunter und sähen nach. Ich warte hier oben, damit niemand die Tür zuschlagen kann.«

»Schön«, sagte Jean, »dann gehe ich.«

Er wagte sich in den Gang hinein, bis zur Treppe. Die modrigen Stufen, die in einen Abgrund zu führen schienen, dessen Ende nicht abzusehen war, schreckten ihn. Er kehrte zu dem Rechtsanwalt wieder zurück.

»Vielleicht ist es doch besser, Sie gehen und ich bleibe hier, damit Sie keiner im Rücken angreifen kann.«

»Gehen wir beide«, entschied Dr. Balderin, »das scheint mir am sichersten.«

»Aber dann ist doch niemand hier oben!« wagte der Diener einzuwenden.

»Da haben Sie wieder recht!« pflichtete der Rechtsanwalt ihm bei.

Beide sahen sich ratlos an.

Nach weiterem Hin und Her entschloß sich Jean, das Abenteuer zu bestehen. Und zwar allein. Er nahm einen Leuchter, bewaffnete sich mit einem Schürhaken vom Kamin und setzte sein ganzes Vertrauen in die Vorsehung und auf Sherlock Holmes.

Nicht ohne Gewissensbisse blickte der Rechtsanwalt

ihm nach, als der dunkle Gang den Diener verschlang. Es dauerte nicht lange, und er bedauerte von ganzem Herzen, den anderen im Stich gelassen zu haben. Das Alleinsein war noch unerträglicher als zuvor.

Jean aber war unten angekommen und hatte alles gesehen und alles gehört, was Morris über seinen toten Herrn sagte. Er war völlig zerschmettert.

»Ja, das ist nun mal so«, tröstete ihn Morris. »Kommen Sie! Erst muß der Doktor Balderin fort. Ich baue auf ihre Verschwiegenheit und Zuverlässigkeit.«

Und dann nahmen Morris und Mackie den alten, völlig verzweifelten Mann in ihre Mitte und führten ihn die steile Treppe wieder hinauf.

Oben in der Halle stand der Rechtsanwalt und wagte nicht, sich von der Stelle zu rühren. Hinter der Bibliothek war alles von gespenstischen Schatten erfüllt, die durch die Halle zu huschen schienen. Vom zerbrochenen Fenster her strich ein Windzug über ihn hin, unter dem er erschauerte.

Nach einer endlosen Zeit, während der er sich um Jahre altern fühlte, hörte er endlich Tritte die Treppe heraufkommen. Jetzt wagte er, seinen Kopf in den Gang hineinzustecken.

»Haben Sie etwas gefunden?« fragte er neugierig.

Flynn stellte den Leuchter aus der Hand, zog die Türe des Geheimganges wieder zu und schloß sie ab. Dann überreichte er Dr. Balderin ein kleines Heft.

»Hier ist ein Geheimkonto über zweihundertzwanzigtausend Franc. Es dürfte das Geld sein, das Sie gesucht haben.«

Bewegt schüttelte der Rechtsanwalt ihm die Hand.

»Gottlob, da ist es ja!« rief er beglückt aus. »Nun ist ja alles in schönster Ordnung! Ich werde den Damen ein Konto einrichten und das Geld überweisen lassen.«

Flynn hob die Hand.

»Bitte, warten Sie damit noch, Herr Doktor. Ich komme morgen mit den Damen nach Brüssel und werde Sie in Ihrem Büro aufsuchen. Ich schlage Ihnen vor, jetzt gleich mit dem Polizeiauto zurückzufahren.«

Diesem Rat war der Rechtsanwalt sofort zugänglich. Nachdem er dem Detektiv seinen Dank ausgesprochen hatte, empfahl er sich und eilte die Treppen hinauf in das Gästezimmer, um zu packen. Er war froh, hier so schnell wie möglich wegzukommen, das merkte man ihm an.

Flynn wandte sich an den Diener, der völlig niedergeschmettert war. »Hat der Keller mit der Waschküche noch einen zweiten Ausgang?«

»Nein. Man muß hier durch die Halle.«

»Dann sagen Sie bitte dem Chauffeur Bescheid«, sagte Flynn, »und legen Sie sich schlafen. Wir haben noch zu tun.« Der Diener verbeugte sich und ging schwankend in das Souterrain, um dem Chauffeur zu melden, daß er sich zur Abfahrt bereitmachen solle.

Flynn reckte sich und gähnte herzhaft. Er legte seine Pfeife weg und zog ein Zigarettenpaket aus der Tasche.

»Endlich einmal eine Zigarette«, sagte er, zündete sie an dem Leuchter an und öffnete das Fenster. Fahl dämmerte der Morgen am Horizont. In einer Stunde würde die Sonne aufgehen. Der neue Tag brach an mit neuen Aufgaben. Nachdem Flynn Luft und Zigarettenrauch abwechselnd tief in sich eingesogen hatte, wandte er sich ins Zimmer zurück.

»Jetzt kommen die Gauner aus dem Expreßzug mit ihrem Klüngel dran!«

Er griff nach dem Geigenkasten, öffnete ihn, entnahm ihm zuerst das Paket mit den Plänen, das obenauf lag, und schob es Mackie zu.

»Dechiffrieren!«

Dann nahm er aus dem Geigenkasten die Geldscheinbündel und begann die Noten zu zählen.

Mackie stützte den Kopf in beide Hände und machte sich an die Arbeit.

»Wisch habit micelle hinderlich derogation anglikanisch sandale schmalz derogation triade«, las er vor und stöhnte.

XVII

Im Zimmer 5 im ersten Stockwerk des Palace Hotels waren die Vorhänge noch herabgelassen. Das Morgenlicht fiel grünlich gedämpft auf ein großes Bett. Vom Schläfer war fast nichts zu sehen. Nur zwischen Deckbett und Kopfkissen ragte ein Haarbüschel hervor, strubbelig wie der Bart einer Kokosnuß.

Es gehörte Erwin Putzke, der noch im Halbschlaf lag und sich überlegte, ob er geruhen sollte, endgültig aufzuwachen. Wenn er es ehrlich gestand, hatte er längst ausgeschlafen. Aber hieß es nicht etwas Kostbares verschwenden, wenn er sich allzufrüh aus dem Prunkbett bequemte?

Der vergangene Tag war ein nie erträumter Tag im Paradies gewesen. Ein Schutzmann hatte ihn auf Schritt und Tritt begleitet, und die Leute sahen sich nach ihm um, als ob er etwas ausgefressen hätte. Wie groß war dann sein Triumph, wenn dieser Schutzmann mit ihm ins Geschäft eintrat, ein Paar herrliche braune Schnürschuhe für ihn einkaufte oder einen graukarierten Anzug und eine schottische Reisemütze mit einem Knopf darauf, einen blendendweißen Kragen und einen taubenblauen Schlips!

Es war wie Geburtstag. Jeder Wunsch wurde ihm erfüllt. Nur der Kauf einer Shagpfeife wurde von dem Schutzmann abgelehnt.

Dafür hatte sich Erwin gewünscht, in demselben Hotel zu wohnen wie Meister Sherlock Holmes, um immer in seiner Nähe zu sein.

Im Hotel hatte man sich um ihn bemüht, als wäre er der Sohn Rockefellers. Er hatte alle Boys und Pikkolos zum Abendbrot eingeladen, ihnen von Berlin erzählt und ihnen berichtet, was in Rixdorf los sei. Trotzdem begann Erwin Putzke zu bedauern, daß auch der reichste Mann nicht mehr tun konnte als sich ausschlafen, sich satt essen und seinen Durst stillen. Mehr ging nicht. Mehr ging beim besten Willen nicht.

Erwin Putzke wußte nicht, daß andere vor ihm schon

diese Erfahrung gemacht hatten. Und wenn er es auch gewußt, hätte es ihn mit den Tatsachen nicht versöhnt. Er gähnte. Daß Sherlock Holmes so Knall und Fall abgereist war, hatte ihn enttäuscht. Er hätte sich gern in seiner neuen Aufmachung präsentiert. Man konnte ihm auch nicht sagen, wann er wiederkam. Und so mußte er warten.

Ein Stockwerk über seinem Schlafzimmer lagen die Appartements von Morris Flynn und Mackie MacMacpherson. Hier waren die Vorhänge gleichfalls noch zugezogen, und man wartete auch auf die Rückkehr von Morris und Mackie.

Ohne Wissen der Hotelleitung hatten sich die elegante Dame und ihr Freund, der ältere Herr, hier häuslich eingerichtet. Ein Aschenbecher, in dem sich die Zigarettenstummel bis zum Rand häuften, verriet, daß sie schon geraume Zeit auf ihre ungetreuen Vertragspartner gewartet haben mußten. Die elegante Dame war noch im Abendkleid und wirkte jetzt schon etwas abgestanden.

Mit nervösen Schritten ging der elegante ältere Herr im Salon auf und ab und spielte wieder mit seiner Uhr. Er ließ das schwarzseidene Band um seinen Zeigefinger kreisen und durch die Schwungkraft der Uhr wieder abwickeln.

Plötzlich sagte er, nachdem er mit diesem Spiel innegehalten und einen Blick auf die Uhr geworfen hatte: »Fürs Abendessen ist es wohl ein bißchen zu spät. Oder willst du vielleicht auch mit dem Frühstück auf die Herren warten?«

Seine Ironie traf die Dame nicht. Sie würdigte ihn keiner Antwort.

»Und das alles wegen euch! Ihr Idioten!« fuhr der würdige Herr fort und blieb vor der Tür zum linken Schlafzimmer stehen. Es zeigte sich nun, daß sich noch mehr Leute in dem Appartement von Morris und Mackie eingenistet hatten. Die durften sich aber rühmen, die beiden zu kennen. Es waren die beiden »Lords« aus dem Schlafwagen, die auf dem Deckbett im grünen Schlafzimmer lagen. Freilich in einem Aufzug, der diesen Titel wenig glaubwürdig erscheinen ließ. Ihren Anzügen war die Bekanntschaft mit Mutter Grün anzusehen. Sie hatten sicher in einem Heuschober genächtigt. Ihre Stiefel waren von einer langen Fuß-wanderung völlig verstaubt. Sie rührten sich nicht und lagen wie erschöpft da. Schuldbewußt blickten sie den älteren Herrn an, der jetzt zu ihnen ans Bett trat.

»Rücken vor einem Mann mit Geigenkasten aus! Lassen Geld und Pläne im Stich! Verschenken die Arbeit eines ganzen Jahres! So was von Dummheit ist mir noch nicht vorgekommen. Wenn eure Blödheit euch weh täte, dann liefet ihr laut schreiend durch die Welt!«

Seine Vornehmheit drohte in die Binsen zu gehen.

»Ich habe das Gefühl«, meinte die elegante Dame beschwichtigend, »wir sollten uns lieber woanders wei-terzanken. Die Polizei könnte uns hier zu leicht finden.«

»Die Polizei?« Die beiden »Lords« richteten sich im Bett auf. Die Dame in der Schlafstubentür lächelte nur mitleidig.

»Was hindert die beiden daran, uns zu verpfeifen?«

Der ältere Herr stimmte ihr zu und steckte erschrocken die Uhr in die Westentasche zurück.

»Sie können nichts Gescheiteres tun, wenn sie es nicht schon getan haben.«

Es klopfte an die Salontür. Es klang, als hätte ihr eigenes schlechtes Gewissen an die Tür geklopft.

Die Dame lief durch das Schlafzimmer bis in das dahin-terliegende Badezimmer. Die beiden auf dem Bett sprangen auf und folgten ihr. Nur der vornehme ältere Mann flüchtete nicht. Er schlich sich auf Fußspitzen in den Salon zurück.

»Ja?« fragte er zögernd und tat so, als wäre er sehr ver-schlafen.

Die Tür öffnete sich um einen Spalt. Eine Kinderhand in einem mit Tressen besetzten Ärmel reckte sich ins Zimmer. Sie gehörte dem kleinsten der Boys, der sich seinem Abgott nützlich zu machen suchte. Er reichte ein zusammengefaltetes Journal herein.

»Mister Holmes«, piepste es, »die Morgenausgabe. Mit einem Bild von ihnen.«

»Gib her!« sagte der elegante Herr, nahm hinter der Tür Deckung, ergriff das Blatt und schloß die Tür wieder.

Aus dem Schlafzimmer kamen die Dame und die beiden Gauner wieder in den Salon.

Vier neugierige Köpfe beugten sich über die Titelseite der Zeitung. Eine Aufnahme Flynns und Mackies in dem Augenblick, als sie unter Polizeibegleitung das Hotel verließen.

»Der Welt berühmtester Detektiv Sherlock Holmes mit seinem Freunde Doktor Watson«, las der vornehme Herr vor und lachte blechern. Er las weiter: »Unser Bild zeigt sie auf dem Wege zum Polizeipräsidium, einer Einladung des Polizeidirektors folgend.«

Jetzt lachte auch die Dame.

Aber der Herr wandte sich an die beiden »Lords«.

»Hundert Exemplare kaufen und das Bild ausschneiden und an unsere Leute verteilen. Wir müssen sehen, daß wir die Burschen in die Hände kriegen!«

Die nickten stumm und schlichen sich dann vorsichtig, einer nach dem anderen, unauffällig auf den Korridor hinaus.

Merkwürdigerweise gab es noch mehr Leute auf der Welt, die Mr. Flynn in diesem Augenblick gern unter den Fingern gehabt hätten. So zum Beispiel der Polizeidirektor von Brüssel. Mit finsterer Miene betrat er an diesem Morgen im Polizeipräsidium sein Büro, wo ihn der Stab seiner Untergebenen erwartete. Auch der Chef der Kriminalpolizei. Sie alle merkten beim Eintritt des Polizeidirektors sofort, daß irgend etwas nicht stimmte, und jeder überschlug in Gedanken rasch sein heimliches Sündenregister, um dahinterzukommen, wie und was seinem Vorgesetzten wohl die Laune hatte verderben können. An die Zeitung, die der Herr Direktor in der Hand hielt, dachte keiner.

Dieser faltete die Zeitung zusammen und schlug damit auf den Tisch, daß es knallte.

»Messieurs«, sagte er drohend, »was soll das bedeuten?«

Das Blatt wurde den Herren vor die Füße geschleudert, wo es mit der Titelseite nach oben liegenblieb. Die Herren gingen in die Kniebeuge, um zu erkennen, was der gestrenge Chef gemeint haben könnte. Sie sahen das Bild eines ihnen wohlbekannten Herrn und seines Freundes, aber auch nicht mehr.

»Was das bedeutet, frage ich Sie!« wiederholte der Direktor, da ringsum alles stumm blieb. »Ich habe ihn nicht eingeladen! – Wer hat ihn eingeladen?«

»Ich, Herr Polizeidirektor«, sagte der Chef der Kriminalpolizei und richtete sich aus der Kniebeuge wieder auf.

Sein Vorgesetzter sah ihn an, als hätte er ihn noch nie gesehen und suchte das Bild für alle Zeiten in sein Gedächtnis fest einzuprägen.

»Sie also!« sagte er, und sein Ton konnte ebensogut Anerkennung bedeuten wie Ironie.

»Dieser Herr war wirklich hier? Hier im Haus?«

»Jawohl«, bestätigte der Chef der Kriminalpolizei. »Sogar in diesem Zimmer.«

»Wozu?« fragte der Direktor scharf.

»Ich hatte ihn gebeten, uns im Fall der vertauschten Mauritiusmarken zu helfen.«

»Soso«, sagte der andere eine Oktave höher. »Gebeten haben Sie ihn. Sie haben ihn wohl auch noch durch eine Ehreneskorte abholen lassen?«

»Jawohl«, bestätigte der Chef der Kriminalpolizei. Der Unglückliche merkte nicht, was eigentlich los war.

Der Polizeidirektor nickte sechsmal kurz hintereinander. Eine Art grimmiger Freude hatte sich seiner bemächtigt.

»Sie haben ihm hier im Polizeipräsidium den offiziellen Auftrag gegeben, die gestohlenen Briefmarken herbeizuschaffen?«

Aus seiner Stimme – darüber war jetzt kein Irrtum mehr möglich – klang nacktester Hohn.

»Jawohl«, bestätigte abermals der Chef der Kriminalpolizei und war über den Ton seines Vorgesetzten etwas verwundert. Als er aber sah, daß der Schnurrbart des Herrn Direktors an den Enden zitterte, begann er doch zu ahnen, daß die Sache irgendwo einen Haken haben müsse.

»Hat er sich Ihnen gegenüber als Sherlock Holmes legitimiert?«

»Nein, das natürlich nicht«, stotterte der Gefragte, »das war doch gar nicht nötig. Die ganze Stadt spricht von ihm.«

Langsam begann das Polizeioberhaupt zu kochen. »Sie sind also fest überzeugt, daß dieser Mann Sherlock Holmes ist?«

»Ich zweifle nicht einen Augenblick daran«, erklärte der Chef der Kriminalpolizei standhaft. Er hätte es lieber nicht tun sollen.

Die Worte waren der Tropfen, der das Maß voll machte. Sein hoher Vorgesetzter kochte über.

»Sie tun mir leid, meine Herren! So muß ich Ihnen sagen, wer der Mann ist: ein Hochstapler! Ein Schwindler! Ein Betrüger! Der andere auch. Alle beide! – Lumpen! Strolche! Gauner! Von einer Frechheit, die zum Himmel schreit! Und Sie fallen darauf herein! Sie alle! – Der Chef der Kriminalpolizei verhandelt mit ihnen im Polizeipräsidium! Bittet sie um Hilfe! – Einen Verbrecher um Hilfe! Sie haben uns lächerlich gemacht, einfach unmöglich gemacht! Von uns nimmt in ganz Brüssel kein Hund ein Stück Brot mehr!«

»Herr Direktor, ich dachte ...«, wagte der Chef der Kriminalpolizei eine Einwendung.

»Unterbrechen Sie mich nicht!« schnaubte der Direktor. »Denken Sie vorher und nicht hinterher! Was heißt hier, ich dachte! – Einen Tag lang bin ich nicht da, und gleich passiert 'ne Schweinerei!«

»Aber, Herr Direktor«, versuchte der Angeschnauzte nochmals sein Heil, »er ist bestimmt ...«

»Er ist es bestimmt nicht!« unterbrach ihn der Polizeidirektor scharf. »Wo sind die Burschen?«

Er sah sich dabei im Büro um, als hoffte er, Flynn und seinen Spießgesellen unterm Schreibtisch hervorkriechen zu sehen. Da dies leider nicht der Fall war, riß er sich mannhaft zusammen.

»Verhaften! Sofort festnehmen! Steckbriefe heraus! Erkennungsdienst alarmieren! Signalement telegrafisch an alle Polizeistationen! In einer Stunde stehen die Banditen vor mir! – Sonst sind Sie die längste Zeit Chef der Kriminalpolizei gewesen!«

XVIII

Mary und Jane waren bei der Morgentoilette. Pünktlich um sechs Uhr hatte Jean an die Tür geklopft, und sie waren auch sofort gehorsam aufgestanden.

Mit bloßen Schultern, die Ärmel des Nachthemdes um die Hüfte geschlungen, beugte sich Mary über die Waschschüssel und wusch sich den Schlaf aus den Augen. Ihr zartes Gesicht rötete sich sanft, als sie es mit einem Frottiertuch zu bearbeiten begann.

Jane war bereits in einem weißen, mit eingearbeiteten Stickereien verzierten Unterrock, aus dem das rosafarbene Mieder aufstieg. Sie stand vor dem Spiegel und kämmte sich. Ihr blondes Haar schimmerte in der Morgensonne.

»Glaubst du, daß Träume, die man zum erstenmal in einem fremden Haus träumt, in Erfüllung gehen?« fragte sie, während sie das Haar mit dem Kamm so heftig bearbeitete, daß sie ihren Kopf dabei in den Nacken zog.

»Selbstverständlich«, entgegnete Mary unter dem Handtuch.

»Wenn ich dir jetzt erzähle, was ich geträumt habe, wirst du vor Eifersucht senkrecht an der Wand hochgehen und zerplatzen.«

»Denkste«, entgegnete Mary, »als ob ich nicht längst wüßte, was du geträumt hast.«

»Wieso?« fragte Jane verblüfft die Schwester und ließ den Kamm im Haar stecken.

»Na, du hast geseufzt im Traum, daß es einen Hund jammern konnte. Du hast mir richtig leid getan.«

»Unsinn!« wehrte sich Jane. »Ich hab einfach herrlich geträumt. – Aber du, du mußt ja scheußliches Zeug zusammengeträumt haben. Es hat nicht viel gefehlt, und ich hätte dich geweckt.«

»Mich? Warum?«

»Weil du im Schlaf so gestöhnt und gewinselt hast.« Jane ging zum Fenster und ließ zwei lange Blondhaare in die Morgenluft hinauswehen.

»Was hab ich denn gewinselt?«

»Das möchte ich dir lieber nicht sagen«, sagte Jane und nahm die Bürste. Mary trat hinter die Schwester, die ihr den Rücken zukehrte. Mißtrauisch versuchte sie ihr Gesicht zu erforschen.

»Na sag's schon endlich!« drängte sie.

»Du hast immerzu vor dich hin gewimmert: ›Bitte, bitte, küß mich doch, du lieber Eisenbahnräuber!‹«

»Das hab ich gewimmert?«

»Ja. Und weil er es anscheinend nicht getan hat, hast du es die ganze Nacht gewimmert. Immerzu: ›Küß mich doch!‹«

»Biest!«

Mary warf der Schwester den nassen Schwamm nach dem Gesicht. Der Schwamm ging daneben und hinterließ an der Decke einen feuchten Fleck.

Jane lachte. Ihr Geschoß hatte besser gesessen.

Der Held dieser heimlichen Mädchenträume stand unten in der Schloßhalle und wartete. Flynn und Mackie hatten die ganze Nacht kein Auge zugetan. Besonders Mackie hatte mit dem Dechiffrieren des Geheimcodes sehr viel zu tun gehabt. Er wußte, daß es keine Geheimschrift gibt, die man nicht entziffern kann. Fieberhaft hatte er alle Systeme durchprobiert. Die Permutationschiffre, wo die einzelnen Buchstaben durch andere Zeichen ersetzt werden, kam nicht in Frage, das hatte er sofort gesehen. Er hatte sich zunächst einmal nur fünf Zeilen vorgenommen und festgestellt, welche verschiedenen Buchstaben in der Chiffreschrift vorkamen und wie oft jedes dieser Zeichen vorhanden war. Er wußte, daß der häufigste Buchstabe e ist, dann n und i, und dann, nach der Häufigkeit geordnet, r, s, t, u, d, a, h, g, o, l, b, m. Er ersetzte zunächst probeweise die am häufigsten vorkommenden Buchstaben durch e, n und i und versuchte danach, die noch übrigen Lücken auszufüllen. Aber es klappte nicht. Die Wörter der Geheimschrift wurden immer sinnloser.

Morris hatte ihm eine Weile zugesehen.

»Jetzt kannst du einmal zeigen, was du kannst.«

Mackie ließ es keine Ruhe. Er stand von seinem Stuhl nicht auf, probierte, überlegte und wandte dann die »Patronenchiffre« an. Er versuchte verschiedene durchlöcherte Schablonen aufzulegen, die auch vielleicht der Schreiber aufgelegt und da, wo ein Loch war, einen Buchstaben hineingeschrieben und hinterher den Raum zwischen den einzelnen Buchstaben mit sinnlosen Silben ausgefüllt hatte, die nichts gelten sollten. Aber auch das traf nicht zu.

Endlich, als schon die Hähne in Yvelles zu krähen begannen, fand er die Lösung. Sie tropfte ihm plötzlich heiß durch sein Gehirn. Er war aufgesprungen, in die Bibliothek gelaufen und hatte eines der Wörterbücher genommen, die dort standen. Er blätterte darin. Er verglich. Er trat von einem Bein auf das andere. Er stöhnte. Er band sich den Schlips ab. Und dann schrie er auf, als hätte er sich auf eine Reißzwecke gesetzt. Er hatte die Lösung gefunden.

Die Burschen waren die ausgekochtesten Gauner, die ihm je vorgekommen waren, denn sie hatten einen Trick für eine Geheimschrift erfunden, der verblüffend war. Mackie fand alle Worte wie wisch, habit, micelle, hinderlich oder derogation in diesem Wörterbuch verzeichnet. Und auf der Spalte daneben fand er das Lösungswort.

Die Gauner hatten also jedes Wort, das sie schreiben wollten, in dem Diktionär aufgesucht und dafür das in der Nebenspalte auf derselben Zeile stehende Wort hineingeschrieben.

Die erste Zeile, die er transponierte, hieß: »Wir haben mit Hilfe der Angestellten sämtliche Schlüssel des Banktresors.« Im Handumdrehen hatte er den ausführlichen Bericht der letzten Tätigkeit dieser Gauner und eine genaue Disposition aller Untaten für die nächste Zeit übersetzt.

Morris hatte Mackie nur angesehen und dabei gelächelt.

Und dieses Lächeln beglückte Mackie derart, daß er hochrot wurde und beinahe Tränen in die Augen bekam.

Dann hatten beide überlegt, was zu tun sei. Als die Uhr im Ort acht schlug, schickte Morris Mackie zu wichtigen Besorgungen in das Städtchen hinunter, und jetzt wartete er auf seine Rückkehr. Sie verzögerte sich beträchtlich. Er begann bereits unruhig zu werden und lief in der Halle auf und ab, als er endlich den Freund wieder auftauchen sah.

Mackie war ziemlich atemlos, aber er machte im ganzen einen recht aufgeräumten Eindruck.

»Wo warst du so lange?« fragte Flynn streng.

»Ich war auf der Post«, entgegnete Mackie harmlos, »du hast mich doch selbst hingeschickt.« Er stellte den Geigenkasten, den er mitgeschleppt hatte, Flynn vor die Füße.

»Auf der Post?« wiederholte Flynn mißtrauisch. »Du riechst aber, als ob du im Wirtshaus gewesen wärst.«

»Das ist ein und dasselbe«, erklärte Mackie strahlend. »Das heißt, es ist beides im selben Hause; rechts ist die Post und links das ›Wirtshaus zur Post‹.«

Flynn sah Mackie mißtrauisch von der Seite an. »Hast du das Geld aufgegeben?«

»'türlich«, berichtete Mackie vergnügt. Er hatte einen kleinen sitzen, das war klar. »Ein Jammer, daß du nicht mitgekommen bist. Ich habe einen Bombeneindruck geschunden. Als ich den Geigenkasten auspackte und zuerst die zweiunddreißigtausend Franc hinlegte, ist der Postbeamte beinahe vom Stuhl gefallen. Als ich dann die zweiundzwanzigtausend Gulden aufgab, ist das ganze Posthaus zusammengelaufen. Alle Beamten. Auch die Briefträger. Aber als sie dann noch die Pfunde, weißt du, die sechzehntausend Pfund, sahen, da war's aus! Da sind die Leute vom Wirtshaus herübergekommen. Du kannst dir den Jubel gar nicht vorstellen! Sie haben alle zusammen im Leben noch nie so viel Geld auf einem Haufen gesehen. Anderthalb Stunden hat das gedauert, bis sie alles gezählt hatten. Eigentlich, dachte ich, hätten sie sich ein Trinkgeld verdient. Aber da ich weiter kein Geld bei mir hatte, haben die Beamten mich eingeladen auf ein Glas Wein, und ich habe mich nicht getraut, nein zu sagen. Ich wollte keinen Verdacht erregen, weil zuletzt auch noch der Gendarm dazugekommen war. Und er hat dann auch noch ein Glas spendiert. Wir duzen uns übrigens. Er heißt Fernand. – Wirklich ein Jammer, daß du nicht dabei warst.«

»Und die dechiffrierten Pläne?« wollte Flynn wissen.

»Habe ich eingeschrieben und expreß abgeschickt«, erklärte Mackie, wobei er den Aufgabeschein und die Quittungen über die Geldeinzahlungen aus der Tasche zog. Flynn sah sie durch und steckte sie in die Hosentasche.

Jetzt kamen die beiden jungen Damen die Treppe herab. Sie waren bis zum Treppenabsatz herabgestiegen, als sie beide wie auf einen Schlag stehenblieben. Sie hatten Mackie und Morris entdeckt.

Gleich darauf aber sausten sie mit beängstigender Geschwindigkeit die Stufen herab.

»Sie sind hier?« rief Mary glückstrahlend und streckte Flynn beide Hände entgegen. »Das ist hübsch, daß sie uns besuchen kommen. Sie sind die ersten Gäste auf unserem Schloß. Herzlich willkommen!«

Jane hatte unterdessen Mr. Mackie MacMacpherson begrüßt.

»Wie haben Sie uns denn gefunden? Woher wußten Sie, daß wir hier sind?«

»Es ist unser Beruf, alles zu wissen«, erklärte Mackie großartig.

»Sie sind gestern morgen so plötzlich aus dem Zug verschwunden«, ergänzte Flynn. »Ohne Abschied, und mein Freund hatte gehofft, Sie wiederzusehen. Aber leider wurde nichts daraus.«

Mackie schüttelte den Kopf. Er wagte nicht, Jane anzusehen und wußte vor glücklicher Aufregung nicht, wo er die Hände lassen sollte.

»Und da haben Sie uns gesucht, bis Sie uns hier gefunden haben?«

»Ja«, gestand Mackie. »Tag und Nacht.«

»Und Sie sehen, wir haben Glück gehabt«, sagte Flynn. In der Halle hatte der Diener den Frühstückstisch gedeckt. »Vier Gedecke?« fragte Jane verwundert. »Ach so, Sie haben gleich für sich mit auflegen lassen.«

»Finde ich vollkommen in Ordnung«, fiel Mary ihr ins Wort. Sie setzten sich, und Jean begann das Frühstück aufzutragen. Haferschleimsuppe mit Toast.

»Gestern in der Eisenbahn«, begann Jane, »haben Sie uns nicht geglaubt, daß wir ein Schloß haben. Nicht wahr?«

»Allerdings nicht«, gab Flynn zu.

»Gefällt es Ihnen hier?« erkundigte sich Mary.

»Ja, sehr.« Aber es klang bedrückt.

»Und Ihnen?» wiederholte Jane die Frage und wandte sich an Mackie.

»Du mußt es Ihnen jetzt sagen«, erinnerte der leise den Freund.

»Ich weiß.«

Flynn wandte sich an die Mädchen.

»Sie haben sich wohl sehr über die Erbschaft gefreut?»

»O ja, sehr«, erwiderte Mary.

»Das kann ich mir vorstellen.«

»Nein, das können Sie sich nicht vorstellen«, entgegnete Mary. »Sie müssen nämlich wissen, Jane und ich, wir sind ganz einfache Mädchen. Vor fünf Jahren starb der Vater und vor zwei Jahren auch unsere Mutter. Wir sind Kurbelstickerinnen. Vor zehn Tagen saßen wir noch im Saal bei Feutterbutt und Company an den Nähmaschinen. Unter hundert anderen.«

»Und da kommt eines Tages«, unterbrach Jane Marys Bericht, »ein Brief von einem gewissen Doktor Balderin. Mit Geld. Wir sollten hierherkommen. Wir seien die alleinigen Erben von Professor Berry.«

»Wir haben es gar nicht glauben können«, fuhr Mary fort. »Aber in der Fabrik hat uns der Direktor beglückwünscht. Und alle Mädchen.«

»Und in der Zeitung in Middletown hat es gestanden: ›Glück über Nacht‹.«

»Alle Kolleginnen haben uns an die Bahn gebracht. Der Bahnsteig war voll.«

»Wir werden sie alle einmal hierher einladen«, sagte Jane. »Richtig geglaubt«, gestand Mary, »habe ich es erst seit gestern, als ich zum erstenmal hier in der Halle stand. Und da sah ich, daß es Wahrheit ist und wir reiche Schloßbesitzer sind.«

Bei der Erzählung der beiden Mädchen war es Flynn immer unbehaglicher geworden.

»Ich habe Ihnen etwas zu sagen, Mary Berry und Jane Berry.«

Die beiden Mädchen sahen ihn verwundert an.

»Wir sind nicht bloß hergekommen …« Mitten im Satz hielt Flynn inne. Die Ahnungslosigkeit im Blick der beiden Mädchen hinderte ihn am Weitersprechen. Mackie konnte das verstehen. Er kannte seinen Freund. Sonst ging er immer drauflos, aber das hier war eine verteufelte Situation.

In seiner Verwirrung griff Morris in die Seitentasche seines Rockes. Seine Finger spürten die glatte Kühle der beiden Goldkettchen und der Medaillons, die er noch immer bei sich trug. Froh über diese Ablenkung, die sich ihm so bot, zog er die beiden Schmuckstücke aus der Tasche und reichte sie den Mädchen hin.

»Hier, das wollten wir Ihnen wiedergeben. Mein Freund hat es nur aus Versehen bei sich behalten.«

Mackie hätte nicht verdutzter aussehen können, wenn Flynn aus der Tasche eine Kobra hervorgezaubert hätte. Jane hatte sich an den Hals gefaßt, wo sie das Kettchen zu tragen pflegte.

»Oh«, lachte sie, »das habe ich noch gar nicht bemerkt.«

»Ich auch nicht«, gestand Mary.

Flynn gab den Mädchen die Medaillons zurück, und damit war der Zwischenfall erledigt. Aber nun mußte er heraus mit der Sprache, koste es, was es wolle. Er wurde immer verzagter und entschloß sich zu einem Umweg.

»Sie haben Ihren Onkel nicht gekannt?«

»Nein«, sagte Mary. »Vater hat nie von ihm gesprochen.«

»Dafür hat er sicher einen Grund gehabt«, meinte Flynn. »Ihr Onkel war ein großer Künstler, und er hat mit seiner Kunst sehr viel Geld verdient. Dieses Schloß und alles, was Sie geerbt haben. Aber leider war Ihr Onkel ein Mann, der seine Kunst ...«

Wieder brach er ab. Nein, so ging es auch nicht. Er war ratlos, dann gab er sich einen Stoß.

»Kommen Sie mit, ich werde Ihnen alles zeigen!«

Betreten folgten die Mädchen Flynn, der in die Bibliothek hinüberging. Mackie zögerte einen Augenblick, bevor er sich ihnen anschloß. Er wußte, was jetzt kommen mußte.

Er beobachtete, wie Flynn die Geheimtür öffnete und mit den beiden Mädchen in dem Gang verschwand. Er hatte nicht den Mut, Zeuge des Auftritts zu sein, daher blieb er in der Bibliothek zurück.

Was werden die beiden nun anfangen? fragte er sich bekümmert. Er zweifelte keinen Augenblick daran, daß unter diesen Umständen die Mädchen das Erbe nicht antreten würden. Das wußte er, denn er hatte erkannt, daß die beiden patente Kerle waren. Aber er verstand auch, was es für sie bedeuten mußte, nach alledem hier eines Tages wieder nach Middletown zurück zu müssen. Wie gern hätte er ihnen geholfen. Aber er wußte nicht wie. War seine und Flynns Situation auch nur um einen Grad sicherer als die der Mädchen?

Bewegten sie sich nicht auf einem schwindelerregenden Gerüst von Täuschung und Lügen, das jeden Moment unter ihnen zusammenkrachen konnte?

Er hing diesem wenig erfreulichen Gedankengang nach, als er von draußen das Herannahen eines Autos und das Quietschen der Bremsen vernahm.

Er hob den Kopf und lauschte.

Verstärkung? dachte er. Davon hatte Flynn mir ja gar nichts gesagt.

Es war in der Tat Polizei, die in mehreren Wagen vorfuhr, wenn sie auch nicht als Verstärkung gedacht war.

Mackie hörte Stimmen. Er erkannte das aufgeregte Organ des alten Dieners Jean. Dann öffnete sich die Tür, und ein Herr stürzte herein. Der Chef der Kriminalpolizei. Hinter ihm her drängte sich noch eine Anzahl anderer Polizisten in die Halle.

Der Chauffeur, der gestern Mackie und Morris hergefahren hatte, war unter ihnen.

Mackie trat hinter die Schiebetür und spähte von dort vorsichtig in die Halle. Er sah, wie der Chef der Kriminalpolizei stehenblieb und Umschau hielt. Er schien äußerst wütend, und Mackie erkannte sofort an dem Gebaren der Polizeimänner, was los war.

»Wo sind Sherlock Holmes und Doktor Watson?« erkundigte sich der Kriminalrat beim Diener Jean. Der überlegte nur kurz: »Wieder zurückgefahren.«

»Wieder zurück nach Brüssel?« fragte der Kriminalrat.

»Jawohl!«

»Sie wissen, daß ich Sie verhaften muß, wenn Sie die Unwahrheit sagen?«

»Jawohl.«

Ein Beamter zeigte hinter dem Rücken von Jean auf zwei Mäntel und auf eine Reisemütze, die nachlässig über einen Stuhl geworfen waren. Daneben stand der leere Geigenkasten.

Das genügte dem Kriminalrat.

»Sie sind also sicher, daß die beiden nicht mehr im Hause sind?« fragte er nochmals. Es klang sehr scharf.

»Ganz sicher, Herr Kriminalrat.«

Mackie fand in seinem Versteck Jeans Verhalten hochanständig. Der Diener benahm sich großartig. Mackie war es klar, daß er die Polizei nur aus Treue zu seinem verstorbenen Herrn belog. Aber er wußte, daß er sich auf keinen Fall jetzt zeigen durfte.

»Wie erklären Sie sich dann, daß diese Sachen noch hier sind?« fuhr in der Halle der Kriminalrat in seinem Verhör fort. Er zeigte auf die Mäntel und auf den Geigenkasten.

Einen Augenblick nur schien Jean aus der Fassung gebracht. »Das verstehe ich nicht«, meinte er zögernd. »Vielleicht sind die Herren nur spazierengegangen.«

»Sicher.« Der Kriminalrat wußte genug. »Vermutlich spazieren sie sogar noch hier im Hause herum. Alles durchsuchen!«

Zu Jean aber sagte er: »Sie bleiben bei mir!«

Mackie hatte das Ende des Verhörs nicht mehr abgewartet. Es schien ihm auf alle Fälle besser, seinen Freund vom Eintreffen der Polizei zu verständigen. Leise ging er zu der Geheimtür, schlüpfte hinein, zog die Bücherregaltür behutsam zu und schloß von innen ab.

In der Halle spritzten die Beamten auseinander. Einige liefen die Treppen hinauf, andere ins Souterrain, und der Kriminalrat trat mit Jean und dem Polizeichauffeur in die Bibliothek.

Jean sah mit einem Blick, daß die Geheimtür geschlossen war, und atmete auf.

XIX

Unten in dem Laboratorium hatte Morris Flynn unterdes den beiden Mädchen eine Geschichte erzählt. Sie handelte von einem Mann, der im Alter von zwanzig Jahren ein Preisausschreiben gewonnen hatte. Der Preis war ausgesetzt worden für den schönsten Entwurf einer neuen Fünfzigfrancnote. Tausend Franc betrug der Preis. Dieser preisgekrönte Entwurf, der auch ausgeführt wurde, wurde bestimmend für das weitere Leben des Lithographen. Er war eine einmalige Begabung. Bis zu seinem Tode machte er nur noch Geldscheine. Allerdings nicht mehr für staatliche Preisausschreiben. Auch bemühte er sich nicht mehr um neue Entwürfe. Er hielt sich an die Vorbilder der vorhandenen Banknoten und machte sie nur nach, aber besser oft als die Originale.

Jetzt bekam er nicht mehr tausend Franc für seine Arbeit, sondern Tausende. Doch das Geld kam nicht von den betreffenden Staaten, sondern von Auftraggebern, die heimlich nach seinen Entwürfen und mit den Druckplatten, die er anfertigte, im verborgenen Falschgeld druckten und durch ihre weitverzweigte Organisation in Umlauf brachten.

Im Laufe der Jahre geriet er so völlig in die Hände seiner Auftraggeber. Er hatte keinen freien Willen mehr und kam nicht mehr von dieser Verbrecherbande los. Er hatte Geld wie ein Fürst und war in Wirklichkeit ein Sklave. Ein armer Teufel, der zu liefern hatte, was man von ihm verlangte: Banknoten, Chips, Lotterielose – alles, womit man seine Mitmenschen hereinlegen konnte.

»Dieser Mann war mein Onkel?« fragte Mary ungläubig. Flynn nickte.

»Nun wißt ihr's. Ich hätte euch lieber was Schöneres erzählt. Aber einmal mußtet ihr's doch erfahren. Und da war es besser gleich, ehe ihr euch hier wie zu Hause fühltet. Denn dann wäre es viel schwerer gewesen, auf das alles hier zu verzichten, nicht wahr?«

Mary nickte stumm. Sie kämpfte mit den Tränen.

Auch um Janes Mundwinkel zuckte es verräterisch.

»Verzichten?« Das schien ihr etwas zuviel verlangt.

Aber Mary war anders geartet.

»Da gibt es keinen Zweifel«, erklärte sie mit Selbstverständlichkeit. »Nicht einen Augenblick bleiben wir länger hier. Oder bist du dir darüber nicht im klaren?«

»Doch«, sagte Jane, »darüber bin ich mir nur allzudeutlich im klaren. Nur hatte ich mir schon alles so schön ausgedacht. Den Flügel wollte ich stimmen lassen. Die Terrasse wollte ich umbauen. Es war schon alles fertig in meinem Kopf, und morgen früh hätte es auch keine Haferschleimsuppe mehr gegeben, sondern richtiges Frühstück. Nun ist auf einmal alles aus!«

»Vergiß es, Jane«, sagte Mary tapfer. »Komm, wir packen unsere Sachen und fahren zurück nach Middletown.«

»Nach Middletown?« Jane fuhr auf. »Nicht um alles in der Welt!«

Sie dachte an die Mädchen, neben denen sie an der Nähmaschine gesessen hatte, an den Herrn Direktor, an die Überschrift »Glück über Nacht« in der Zeitung, und sie schüttelte sich vor Entsetzen.

»Überallhin, nur nicht nach Middletown! Wie willst du überhaupt hinkommen?« fragte sie die Schwester. »Wir haben doch nur noch achtundzwanzig Franc sechzig.«

»Das ist egal. Wir müssen hier fort!«

»Bravo!« nickte Flynn. »Wir haben es auch nicht anders von euch erwartet.«

»Aber was soll denn mit uns werden?« Jane liefen Tränen über die Wangen.

»Das ist sehr einfach«, sagte Morris. »Wir sind doch nicht hierhergekommen, um euer Luftschloß zu zertöppern und euch dann sang- und klanglos wieder nach Middletown zu entlassen. Nein. Wir bleiben zusammen! – Das heißt, wenn ihr einverstanden seid.«

Mary und Jane sahen sich an. Der Vorschlag kam ihnen etwas plötzlich.

»Ich weiß nicht recht …«, meinte Mary zögernd.

In diesem Augenblick kam Mackie eilig von oben heruntergestürzt. Er trat auf Flynn zu und flüsterte ihm etwas ins Ohr. Der zuckte zusammen.

»Welch angenehme Überraschung! Aber überraschen laß ich mich nicht gern. Es dürfte besser sein, dem Herrn Kriminalrat aus dem Wege zu gehen. – Hast du die Tür zum Geheimgang wieder verschlossen?«

»Natürlich«, sagte Mackie.

Morris überlegte.

»Kommt«, sagte er und wollte die Treppen hinaufeilen. Doch dann wandte er sich wieder zu den Mädchen. Die

standen da und waren noch verstörter als vorher. Aber Flynn nahm beide kurz entschlossen an der Hand.
»Leise!«
Dann zog er sie in den Gang zurück. Mackie löschte das Licht im Laboratorium.

Oben an der versteckten Tür zum Geheimgang beugte sich Flynn nieder und spähte durch das Schlüsselloch.
»Verflucht«, sagte er leise, »sie hocken uns gerade vor der Nase!«
Der Kriminalrat saß keine zwei Schritte von dem Bücherregal entfernt.
Wieder beugte sich Flynn zu dem Schlüsselloch hinunter und sah, wie der Kriminalrat das dicke Buch vom Boden aufhob, hinter dessen Standort im Regal sich das Schlüsselloch verbarg. Einen Augenblick wog der Polizeigewaltige den Band unschlüssig in der Hand. Flynn hinter der Tür hielt angstvoll den Atem an. Dann besann sich der Kriminalrat und legte den Band ab, aber nicht an seinen gewöhnlichen Platz vor dem Schlüsselloch, sondern quer über ein paar andere Bücher. Er tat es, ohne hinzusehen. Das Schlüsselloch war seiner Aufmerksamkeit entgangen.
»Hoffentlich hält Jean dicht«, flüsterte Morris.
»Bestimmt«, beruhigte ihn Mackie leise.
Die beiden Mädchen beobachteten das seltsame Verhalten von Morris und Mackie. Obwohl sie dagegen anzukämpfen versuchten, konnten sie nicht verhindern, daß sich altes Mißtrauen wieder in ihnen regte.
»Polizei?« fragte Mary leise.
Flynn nickte. »Ja, leider viel zu früh.«
»Wegen der Sachen da unten?« fragte jetzt Jane. Flynn lächelte. »Nein, unseretwegen.«
Marys und Janes Mißtrauen wurde immer größer. Morris bemerkte das. Er trat zu ihnen und flüsterte ihnen zu.
»Ich kann euch jetzt nichts erklären. Aber wenn uns die Polizei findet, ist alles aus. Bleibt hier stehen und rührt euch nicht!« Dann winkte er Mackie mit dem Kopf, und beide stiegen die Treppe wieder hinunter.

Jane und Mary sahen ihnen nach. »Du«, fing Jane leise an.

Mary winkte ärgerlich ab.

»Wer sind die?« fragte Jane ängstlich.

»Pst«, machte Mary.

»Die sind ja doch ...«

Mary aber hatte auf einmal wieder Vertrauen gefaßt. Sie wußte genau, daß sie sich auf Morris verlassen konnte.

»Siehst du«, begann Jane wieder, »es sind doch Verbrecher!«

»Quatsch«, erwiderte Mary. »Sei still, sonst ist alles aus!«

Das Schloß war vom Dach bis zum Keller durchsucht worden. Aber statt Sherlock Holmes und seines Mitarbeiters hatte man zwei andere Burschen beim Herumstöbern entdeckt. Vor dem Kriminalrat stand der Logierbesuch aus der Waschküche.

Dem Chef der Kriminalpolizei waren sie nicht unbekannt. »Sieh da: der kleine Poll und der große Peter. Liebe alte Bekannte. Was hat denn euch hierhergeführt?«

»Der Hunger, Herr Kriminalrat«, behauptete der kleine Poll und blickte harmlos drein. »Wir suchten was zu essen.«

»Kriegt ihr, kriegt ihr«, versicherte der Kriminalrat, »aber erst erzählt mal, was ihr tatsächlich hier gesucht habt! – Na, wird's bald?«

Aber so sehr der Kriminalrat mit Fragen an ihnen herumschraubte und -preßte, es war aus den beiden nichts herauszubekommen. Jean, der im Hintergrund der Prozedur mit angstvollen Augen folgte, atmete erleichtert auf.

Der Kriminalrat schlug sich mit der geballten Faust vor Wut auf den Schenkel, was ihm nur weh tat und auch nicht weiterhalf.

Er rannte in der Bibliothek hin und her, kramte planlos in der aufgebrochenen Schublade herum, guckte unter die Sessel, wo es nichts zu sehen gab. Ins Bücherregal, wo es etwas zu sehen gegeben hätte, schaute er nicht. Das war sein Schicksal.

»Darf ich den Herren etwas anbieten?« fragte Jean freundlich.

»Danke«, entgegnete der Kriminalrat. Dann brüllte er seine Untergebenen an, weil die ihm nichts angeboten hatten. Nicht einmal einen guten Rat.

Das Telefon auf dem Schreibtisch schrillte.

Jean wollte den Hörer abnehmen. Aber der Kriminalrat hielt ihn noch im rechten Augenblick zurück. Er nahm den Hörer selbst ab.

»Ja, bitte?« fragte er leise in die Sprechmuschel.

»Jean?« hauchte es ebenso leise aus dem Hörer. Der Kriminalrat stutzte. Dann erhellte sich sein Gesicht. Er hatte die Stimme erkannt.

»Ja, bitte?« gab er vorsichtig zurück. »Hier ist Jean.«

»Ist die Polizei schon da?« fragte es wieder aus dem Apparat. Der Kriminalrat machte einen Buckel, als ob er im nächsten Augenblick zupacken wollte.

»Nein, bis jetzt noch nicht«, antwortete er prompt.

»Großartig«, freute sich die Stimme im Telefon. Es war tatsächlich die Stimme des Halunken, den er für Sherlock Holmes gehalten hatte.

»Passen Sie auf, Jean«, sagte Morris weiter, »sie muß jeden Augenblick eintreffen. Wir sind ihr auf der Straße begegnet. Der Chef der Kriminalpolizei ist auch dabei und der Chauffeur, der uns gestern hinausgebracht hat. Verraten Sie uns nicht! Lassen Sie sich von den Burschen nicht ins Bockshorn jagen!«

»Nein, nein«, versicherte der Chef der Kriminalpolizei begeistert. »Aus mir kriegen die Burschen nichts 'raus. Da können Sie sich darauf verlassen, Mister Holmes.«

Er spielte seine Rolle großartig. Das mußte man zugeben. Unten im Laboratorium standen Morris und Mackie neben dem Telefonapparat, den sie auf die Hausleitung umgestellt hatten. Flynn beendete das Gespräch: »Es ist gut, Jean. Auf Wiedersehen, Jean!« Er hängte den Hörer wieder an.

Mackie konnte sich nicht halten vor Lachen.

Aber Morris blieb ernst.

»Was wird er jetzt machen?«

»Er wird kombinieren«, kombinierte Mackie.

»Richtig. – Und dann?«

»Das Postamt in Yvelles anrufen!«

»Richtig!«

Schon läutete das Telefon.

Flynn nahm den Hörer wieder ab und reichte ihn Mackie.

Mackie wußte, was er zu tun hatte. Es war erstaunlich, wie er zusehends zulcrnte.

»Hier Postamt Yvelles«, flötete er.

Man hörte deutlich die laute Stimme des Chefs der Kriminalpolizei: »Woher kam soeben dieses Gespräch?«

»Aus dem Keller«, antwortete Mackie prompt.

Morris hätte sich beinahe hingesetzt.

»Aus welchem Keller?« fragte die Stimme des Kriminalrats am Ende der Hausleitung.

»Aus dem Rathauskeller.«

Morris schluckte den Schreck herunter und atmete auf.

»Warum sagen Sie das nicht gleich?« schimpfte der Kriminalrat.

»Werden Sie nicht unverschämt!« entrüstete sich Mackie mit dem Hörer in der Hand. »Schluß!« Und damit hängte er den Hörer wieder auf. Morris und Mackie sanken sich in die Arme.

Mary und Jane schauten durch das Schlüsselloch in die Bibliothek. Ihnen war völlig unklar, mit wem der Chef der Kriminalpolizei dort telefonierte. Sie wechselten sich mit dem Durchblicken ab. Jetzt war Jane an der Reihe, und sie sah, wie der Kriminalrat den Hörer zurück an den Apparat hängte und mit einer Geste aufsprang, die Napoleon beschämt hätte.

»Wir haben die Lumpen!« rief er seinen Beamten zu.

»Los! Ab! Zurück nach Brüssel! In den Rathauskeller! Denen werden wir die Suppe versalzen.«

Mary hatte nicht verstanden, was in der Bibliothek so laut gesprochen wurde. Sie fragte Jane: »Gehen sie weg?«

»Sie rennen«, sagte Jane.

»Großartig!« jubelte Mary. Sie war schon ganz Partei. »Es hat geklappt.«

Die letzten Worte hörten noch Morris und Mackie, als sie wieder heraufkamen.

Mackie stieß Morris an.

»Du, die beiden sind richtig. Haben uns nicht verpfiffen.«

»So was vergißt Flynn nicht.«

Mary rief triumphierend Morris zu: »Sie sind weg!«

»Wir dürfen keinen Augenblick verlieren. Mackie, du bringst Jane und Mary nach Brüssel zu Doktor Balderin. Wenn du sie nicht heil ans Ziel bringst, bist du die längste Zeit mein Freund gewesen. Hinterher kommst du sofort in die Rue de Bréa.«

»Um dich vorm ›Lombard‹ zu treffen«, kombinierte Mackie.

»Richtig, wir haben dort noch eine Kleinigkeit zu erledigen.«

»Sie haben sich uns noch nicht vorgestellt«, wagte Jane zu bemerken.

»Ich heiße Morris Flynn, und der da …«

»Mackie MacMacpherson«, stellte sich »der da« vor.

»Haben Sie sich's überlegt? Wollen wir zusammenbleiben?« fragte Flynn.

»Wir würden uns freuen«, setzte Mackie hinzu und wurde wieder etwas rot dabei.

Die beiden Mädchen zögerten einen Augenblick. Aber dann sagte Jane zu Mary: »Wir uns doch auch, nicht wahr, Mary?«

Mary sah Morris an.

»Ja«, sagte sie leise.

XX

Die Rue de Bréa in Brüssel hatte sich in den Jahren nach der Jahrhundertwende zu einer Geschäftsstraße erster Ordnung entwickelt. Die alten, niedrigen Fachwerkhäuser waren von großen, modernen fünfstöckigen Geschäftshäusern verdrängt worden. Es herrschte lebhafter Verkehr in dieser Straße.

Das Pflaster war zum Teil aufgerissen. Eine Straßenbahnlinie sollte hindurchgeführt werden.

Das Leihhaus »Lombard« war schon von weitem zu erkennen. Es ragte über die Nachbarhäuser hinaus. Ein großes Schild zog sich über die beiden Schaufenster und über die Ladentür hin. Die Fensterscheiben in der ersten Etage waren alle aus Milchglas. Sie trugen die gleiche Aufschrift wie das Ladenschild:

LEIHHAUS LOMBARD

Dem Leihhaus gegenüber stand ein Bauzaun. Er war weniger der Schönheit als des Geschäfts halber mit Plakaten und Bekanntmachungen beklebt. Ein Steckbrief von besonderer Größe erregte die Aufmerksamkeit der Passanten. Er zeigte das Bild Mackies und Flynns, das die Fotografen vor dem Palace Hotel aufgenommen hatten. Fünfhundert Franc Belohnung wurden in großen Lettern demjenigen versprochen, der über den Verbleib der beiden Hochstapler etwas auszusagen hätte. Unter dem Bild befand sich ein genaues Signalement von Morris und Mackie.

Neben dem Steckbrief war ein Astloch, und hinter dem Astloch stand der eine der beiden Abgebildeten, nach denen gefahndet wurde.

Flynn hatte schon eine ganze Weile das gegenüberliegende Haus Nummer 13 beobachtet. Er hatte aufmerksam die beiden Schaufenster studiert, in denen Möbel, alte Bilder, Fahrräder und getragene Kleidung ausgestellt waren.

Das Geschäft schien gut zu gehen. Etwa alle fünf

Minuten kam ein Kunde, sah sich vorsichtig um und verschwand dann in dem Laden.

Morris beobachtete alles scharf. Die Zeit des Ladenschlusses rückte heran. Doch seltsamerweise verließ keiner der Kunden das Geschäft. Der Verkehr auf der Straße wurde immer lebhafter.

Über die Köpfe einiger Passanten hinweg, die an dem Bretterzaun vorübergingen, sah Flynn endlich Mackie auf der anderen Straßenseite auftauchen. Er schlenderte an den Schaufenstern entlang, betrachtete die Auslagen, sah den Leuten, die an ihm vorbeigingen, aufmerksam ins Gesicht. Er hielt Ausschau nach Flynn.

Ein Pfiff ließ ihn herumfahren. Doch er vermochte nichts zu entdecken. Weder Flynn, mit dem er sich hier verabredet hatte, noch etwas Feindliches, von dem ihm Gefahr drohte. Gleich darauf pfiff es zum zweitenmal. Diesmal etwas leiser.

Mackie entdeckte den Bauzaun. Er überquerte die Straße, sprang über die herausgerissenen Pflastersteine und trat an den Zaun heran. Dort stockte er und las den Steckbrief. Es durchfuhr ihn wie mit einem elektrischen Schlag, als er sein Bild entdeckte.

Amüsiert beobachtete ihn Flynn durch das Astloch.

Mackie blickte sich scheu um, und es sah aus, als ob er im nächsten Augenblick davonrennen würde.

»Mackie!« flüsterte Flynn.

Mackie erschrak. Dann sah er das Astloch. Er tat so, als ob er den Steckbrief genauer studieren wollte.

»Du, Morris, hier hängt unser Steckbrief.«

»Ich weiß«, beruhigte ihn Morris hinter der Bretterwand. »Reiß ihn ab. Eine bessere Legitimation kann ich mir gar nicht wünschen.«

»Ich trau mich nicht.«

»Du mußt es tun«, flüsterte Morris zurück. »Ich gehe damit in den Laden. Du bleibst hier und wartest auf mich. Die Sache ist goldrichtig. Ich wette, daß in dem Haus drüben die Bande steckt. Es gehen nur immer welche hinein, aber niemand heraus. Da sind auch unsere Marken. Laß das Haus nicht aus den Augen;

wenn ich in einer halben Stunde nicht zurück bin, holst du die Polizei. – Los! Reiß den Steckbrief ab!«

Mackie hob die Hand, aber da trat ein junges Mädchen neben ihn und las ebenfalls den Steckbrief. Mackie wußte nicht, wo er sich hinwenden sollte. Aber das Mädchen ging weiter, ohne Mackie zu beachten.

»Du, Morris, ich hab so das Gefühl, als ob's schiefgehen wird.«

»Das hast du ja immer.«

»Ja, aber diesmal ...«

»... diesmal kann es überhaupt nicht schiefgehen«, behauptete Flynn. Ich komme nämlich als guter Freund.«

Mackie hatte Bedenken.

»Mary hat auch Angst«, sagte er trübe.

Hinter dem Zaun blieb es still. Dann erschien Flynn neben seinem Freund.

Sie stellten sich beide so, daß sie ihr Bild auf dem Steckbrief verdeckten.

»Mit den Mädchen hat alles geklappt?«

»Nein«, beichtete Mackie.

Flynns Selbstbeherrschung geriet ins Wanken.

»Wieso?« fuhr er auf. »Was ist los? Wo hast du die Mädchen gelassen?«

»In Sicherheit, bei Doktor Balderin.«

»Was quatscht du also dann?«

»Ja, aber ...«, sagte Mackie, »es hat einen furchtbaren Krach gegeben.«

»Warum?« wollte Flynn wissen.

»Deinetwegen. Es gibt noch ein Drama.«

»Ein Drama?«

»Sie sind beide wahnsinnig in dich verliebt.«

»Wenn das alles ist ...« Flynn lachte und kratzte dabei angelegentlich mit der Hand hinter seinem Rücken am Bauzaun. »Wo soll es da ein Drama geben?«

»Bei mir«, gestand Mackie kläglich. »Ich bin nämlich auch verliebt. Wahnsinnig!«

»Aber Mackie«, sagte Flynn vorwurfsvoll, »du kannst doch jetzt nicht an die Mädchen denken. Jetzt, da wir unseren Fall lösen!«

Es waren die gleichen Worte, die Mackie ihm in dem Polizeiauto gesagt hatte, als sie den Auftrag von dem Generaldirektor der Weltausstellung erhalten hatten.

»Doch«, meinte Mackie. »Sag mir, für welche du dich entschieden hast, Mary oder Jane? Wen magst du mehr? Ich möchte schließlich wissen, in welche ich wahnsinnig verliebt bin.«

Morris antwortete nicht. Er hielt den abgerissenen Steckbrief in der Hand, faltete ihn zusammen und steckte ihn in die Tasche.

Mackie starrte ihm nach, wie er über die Straße jagte und mit einem Satz im Lombardhaus verschwand.

Das Leihhaus »Lombard« bestand in der Hauptsache aus einem hohen, langgestreckten, saalartigen Raum, in dessen halber Höhe eine von einem Eisengeländer umgebene Galerie herumführte. Dieser Raum diente als Lagerplatz für aufgespeicherte Möbel. Lange Reihen von Garderobenständern waren mit eingemotteten Kleidern und Pelzwerk behangen. Kisten türmten sich auf. Dazwischen trieben sich Fahrräder herum, Schreibmaschinen und Standuhren und all die tausend Dinge, die man versetzen oder ersteigern kann.

An dem Schmalende des Lagerraums führte eine eiserne Schiebetür in den Packhof. Vor der Laderampe stand ein Möbelwagen. Es herrschte lebhafter Betrieb. Verschnürte Pakete wanderten aus dem Keller durch eine Falltür zum Möbelwagen hinauf, wo sie verstaut wurden.

Auffällig war, daß die hier beschäftigten Leute alle elegant gekleidet waren. Die meisten von ihnen behielten bei der Arbeit die Hüte auf dem Kopf, modisch geformte helle Filzhüte. Einer von ihnen trug sogar Handschuhe. Ein anderer legte bei der Arbeit nicht sein spanisches Rohr mit dem Silberknopf fort, während er die Pakete zu dem Wagen schaffte. Es sah so aus, als hätte man die Stammgäste eines Cafés oder eines Billardsalons höflichst gebeten, doch einmal mit Hand an eine Arbeit zu legen, die allen Anlaß bot, schnell bewältigt zu werden.

An der anderen Hinterwand des Lagerraums stand ein Tisch, hinter dem ein Mann saß, der offenbar der Lagerverwalter war. Ein blasser Jüngling mit einer Blume im Knopfloch tippte auf einer Schreibmaschine. Sie nahmen beide auf, wieviel Pakete hinausgingen. Sie zählten sehr sorgfältig.

Durch die Tür, die zum Laden führte, waren zwei Männer eingetreten, nicht weniger elegant gekleidet als die übrigen. »Nun?« fragte der Lagerverwalter, als er sie bemerkte.

Die beiden zuckten die Achseln.

»Nichts«, sagte der eine von ihnen, »wir haben alle Hotels abgeklappert, auch die kleinen in den Vororten. Keine Spur.«

»Die beiden sind sicher auf und davon«, ergänzte der zweite. Ärgerlich warf der Lagerverwalter seine halbgerauchte Zigarette weg und trat sie aus.

»Und das soll ich dem Alten erzählen?« knurrte er böse.

»Die Polizei sucht sie auch«, berichtete der erste wieder. »Überall hängen Steckbriefe.«

»Was?« brüllte der Verwalter und sprang auf. Der blutarme Jüngling neben ihm bekam einen furchtbaren Schreck. »Die Polizei sucht sie auch? – Der müssen wir zuvorkommen. Wo sind unsere anderen Leute?«

»Die suchen noch«, sagte der zweite. »Vielleicht haben sie mehr Glück als wir.«

Der Verwalter bleckte die Zähne.

»Glück …«, fauchte er und verschwand hinter zusammengerollten Teppichen. Dort war eine schmale Tür.

Die beiden zurückgekehrten Späher sahen sich verwundert um. Der aufgeregte Betrieb schien ihnen aufzufallen. »Was ist denn hier los?« fragten sie und deuteten auf den Möbelwagen an der Laderampe.

Der blasse Jüngling mit der Blume im Knopfloch gab Auskunft: »Sie haben Poll und Peter gefaßt. Die Polizei war in Yvelles. Und der Alte hat Angst, daß sie dort etwas gefunden haben. Spuren oder so. Darum soll noch heute nacht das ganze Material weg.«

Hinter der Tür, vor der die Teppichrollen standen, hörte man eine laute Stimme.

»Weitersuchen!« erklang es herrisch. »Und schneller machen! Sonst komme ich 'raus und helfe euch Faultieren!« Einen Augenblick standen die eleganten Gepäckträger still. Aber kaum hatten sie die Drohung vernommen, verdoppelten sich Tempo und Arbeitseifer.

Der Jüngling mit der Blume erschien noch um eine Schattierung bleicher. »Der Alte hat eine Stinkwut im Bauch. Wenn der die zwei erwischt, dann bleibt nichts ganz!«

»Wenn er sie erwischt.«

Die Tür des Ladens, der sich vor dem Lagerraum befand, wurde aufgerissen. Morris Flynn stürzte herein. Seine Brust keuchte.

Im Laden waren nur ein Kanzlist und ein Taxator. Sie fuhren vor Schreck zusammen.

»Ich muß zum Chef«, rief Flynn außer Atem. »Die Polizei ist hinter mir her! Er muß mich verstecken!«

Die beiden Männer hinter dem Ladentisch verständigten sich mit einem schnellen Blick. Der Kanzlist schlug sein Hauptbuch zu. Der Taxator nahm die Gewichte von einer Waage.

»Augenblick«, sagte er und ging in den Lagerraum.

Morris schwang sich mit einem Satz über den Ladentisch und stellte sich hinter ein Regal, um nicht von der Straße aus gesehen zu werden.

Der Taxator rief in den Lagerraum: »Er ist da.«

»Wer?« fragte der Lagerverwalter und kam aus der Tür hinter den Teppichen.

»Der falsche Sherlock Holmes! Er ist nebenan im Laden. Will den Chef sprechen.«

Das war eine tolle Nachricht. Die eleganten Arbeiter setzten ihre Pakete ab und ließen die Karren stehen. Der Lagerverwalter kam weiter in den Raum.

»Das kann er haben. 'rein mit ihm!«

Und dem jungen Mann befahl er: »Sag dem Chef Bescheid!«

»Aufpassen!« rief er dann den Männern zu.

Die gruppierten sich alle zu einem Halbkreis und starrten auf die Tür, durch die der Taxator wieder in den Laden ging. Im Laden kam Flynn aus seinem Versteck hervor.

Der Taxator sah ihn prüfend an. Flynn wurde es unbehaglich. Das Abenteuer war gewagt. Aber im Notfall war ja Mackie da. Er würde bestimmt die Polizei alarmieren, wenn es schiefgehen sollte.

Der Taxator öffnete die Tür zum Lagerraum und ließ Morris eintreten. Der sah sich in dem unheimlich düsteren Raum um, sah die verdächtigen Gestalten stehen. Der Lagerverwalter erwartete ihn hinten am Tisch.

»Hallo, Chef!« sagte Flynn und reichte ihm die Hand.

Der Lagerverwalter erwiderte Flynns Händedruck. Das gab Morris etwas von seinem Selbstvertrauen zurück. Langsam kamen die Männer ringsherum näher. Morris griff in die Tasche und holte den abgerissenen Steckbrief hervor.

»Ihr müßt mir helfen«, sagte er schlicht.

»Ach, das bist du!« sagte der Lagerverwalter. Sein Erstaunen klang nicht ganz echt.

Flynn nickte lächelnd. Er fühlte es mehr, als er sah, daß sich hinter ihm ein Kreis schloß. Alle im Lagerhaus Beschäftigten hatten sich eingefunden. Sie lächelten auch. Aber ihr Lächeln verhieß nichts Gutes.

Der Lagerverwalter zeigte auf den Steckbrief. »Eine gute Idee, was?«

»Nicht so gut, wie ich dachte«, winkte Flynn ab. Er blickte sich vorsichtig um und sah in die Gesichter der schweren Jungs, die ganz nahe an ihn herangerückt waren.

»Ja«, sagte der Lagerverwalter und tat, als überlegte er. »Was sollen wir denn mit dir anfangen?«

»Ach«, sagte Morris, »ich bin überall zu gebrauchen. Ich mache alles. Ich fange auch gleich an, wenn ihr wollt.«

»Ganz schön. Doch darüber kann nur der Chef bestimmen.«

»Der Chef?« sagte Flynn verblüfft. »Du bist also gar nicht der Chef?«

Der Lagerverwalter schüttelte den Kopf.

»Soso«, meinte Flynn, »wo ist denn der Chef?«

»Dort«, sagte der Lagerverwalter und zeigte auf die zusammengerollten Teppiche.

Da stand der würdige ältere Herr aus dem Palace Hotel. Flynn fühlte, daß er sich verfärbte. Obwohl er so etwas Ähnliches erwartet hatte und seit dem ersten Auftauchen dieses Mannes auf seiner Hut gewesen war, war er doch sehr erschrocken. So eine große Bedeutung hatte er dem seriösen Herrn nicht beigemessen. Es war hoffnungslos, ihn ein zweites Mal täuschen zu wollen.

Der andere bot ihm auch keine Gelegenheit dazu. Ohne ein Wort zu sagen, pflanzte er sich vor Flynn auf und landete plötzlich, ohne sich vorher durch ein Wimpernzucken zu verraten, einen Haken genau auf Flynns Kinnspitze. Flynn stürzte hintenüber und schlug mit dem Schädel auf die Dielen. Die Leute warfen sich auf ihn. Wie ein Bündel Kleider wurde er in eine Ecke geschleppt.

Der vornehme ältere Herr zeigte keine Spur von Erregung. Er ließ wieder seine Taschenuhr an dem Seidenband um den Zeigefinger kreisen.

Hinter den Teppichen hatte die elegante Dame, die immer im Gefolge des älteren Herrn aufzutauchen pflegte, alles beobachtet. Ihr Mund lächelte, aber ihre Augen blickten böse. Doch aus ihrem Gesicht war nicht herauszulesen, ob sie mit dem brutalen Vorgehen ihres Partners einverstanden war.

Während Flynns umnebelte Sinne sich langsam wieder in die reale Welt zurücktasteten, gab der Chef seinen Leuten ein Zeichen, sich nach Flynns Kameraden umzusehen.

Mit Recht vermutete er, daß Mackie sich irgendwo in der Nähe herumtreiben müsse. Dann beobachtete er mit Interesse Flynns Bemühen, wieder zu sich zu kommen.

»Unangenehme Überraschung, was?« fragte er, nicht ohne Sympathie.

Mühsam richtete Flynn sich auf und hielt Umschau. Die elegante Frau war zu der Gruppe getreten. Flynn nickte ihr zu. »Nicht für mich«, antwortete er. »Ich habe immer gehofft, daß wir uns einmal wiedersehen würden. Ich habe unsere Verabredung nicht vergessen. Und ich bitte nachträglich um Entschuldigung, Madame, daß ich gestern abend nicht gekommen bin. Aber es genügt wohl, wenn ich jetzt da bin.«

»Werd hier nicht frech!« verwies ihn der Chef. »Wo sind die Sachen?«

»Ja, richtig, das Geld und die Pläne«, sagte Flynn und tat, als erinnere er sich erst jetzt. »Die hab ich natürlich nicht bei mir. Ich wußte ja nicht, daß ich dich hier treffen würde.« Er stellte mit Vergnügen fest, daß der Chef bei dem unvermuteten Du die Augenbrauen hob.

Der blasse Jüngling zerzupfte vor Nervosität seine Blume aus dem Knopfloch.

Auch die elegante Dame begann unruhig zu werden. Flynn jedoch wahrte ihr gegenüber die Form.

»Wissen Sie, gnädige Frau, es war mir zu unsicher, so viel Geld mit mir herumzutragen. Es gibt so viel schlechte Menschen.«

»Durchsuchen!« befahl der Chef.

Sofort stürzten sich drei Burschen über Flynn und durchwühlten seine Taschen. Aber das Ergebnis freute den Chef nicht. Sein Gesicht wurde länger und länger, als die Quittungen und der Postaufgabeschein zum Vorschein kamen.

»Alles an die Banken zurückgeschickt«, sagte er grimmig, während er der eleganten Dame die Formulare reichte. »Die Gulden nach Amsterdam, die Pfunde nach London, die Francs nach Cherbourg ...«

»... und die Pläne an die Polizei«, ergänzte Flynn. »Sogar dechiffriert. War eine Heidenarbeit. Großartiges System.«

Jetzt verlor die elegante Dame ihre Haltung. Der Firnis ihrer Wohlerzogenheit platzte.

»Also ein Spitzel bist du, mein Junge!« schrie sie, und ihre Stimme überschlug sich in der Erregung. »Das wird dich teuer zu stehen kommen!«

Sie war drauf und dran, sich auf Flynn zu stürzen. Der Chef hielt sie zurück.

»Warte«, befahl er. »Hier sind noch andere interessante Sachen.«

In der Brusttasche von Flynns Rock hatten die Lombardleute die Brieftasche der »Lords« entdeckt und darin zwei Briefe gefunden, die sie ihrem Chef überreichten.

»Wie kommst du dazu?« fragte er drohend Flynn.

Er zeigte die beiden Briefe seinen Leuten und erklärte der eleganten Dame den Zusammenhang.

»Unser Brief an den Ausstellungsdirektor wegen der Mauritiusmarken und unsere Korrespondenz mit dem alten Berry in Yvelles. – Das ist ja ein unglaublicher Bursche!«

Nervös spielten die Finger des Chefs wieder mit der Uhr an dem Seidenband. Sie pendelte hin und her, während er sich den Mann besah, dessen Gefährlichkeit ihm plötzlich aufgegangen war.

»Nun wird mir vieles klar«, sagte er. »Zum Beispiel, warum der sonst so ängstliche Herr Ausstellungsdirektor überhaupt nicht auf unseren Brief reagiert hat. Wie erklärst du dir das?«

Flynn schwieg. Seine Augen folgten aufmerksam dem Spiel mit der Taschenuhr.

»Er hat es vorgezogen, dich mit dem Fall zu betrauen«, gab der Chef sich selbst zur Antwort. »Sherlock Holmes wird ihm versprochen haben, die echten Marken wieder herbeizuschaffen.«

Flynn nickte. »Das war das Klügste, was der arme Mann tun konnte!«

»Der alte Trottel.« Der Chef lachte schallend. »Morgen hat er den schönsten Skandal.«

»Oder auch nicht«, meinte Flynn trocken.

»So?«

»Er kriegt, wie ich's versprochen habe, die echten Marken zurück.«

Jetzt lachte nicht nur der Chef, sondern das ganze Leihhaus. Flynn sah einen nach dem anderen an, und dann mußte er mitlachen. Immerhin zwang seine Haltung den Chef zur Anerkennung.

»Ich muß schon sagen – Ehre, wem Ehre gebührt. Vielleicht hast du auch in Yvelles ...«

»Jawohl«, versetzte Flynn prompt, »ich habe. Ein sehr interessantes Laboratorium.«

Ein betretenes Schweigen sagte ihm, daß der Schlag saß. Doch der Chef faßte sich schnell.

»Eine Spürnase wie der richtige Sherlock Holmes. Schade, daß du deine Fähigkeiten so am falschen Platz einsetzt. Aus dir hätte noch was werden können!«

Morris verbeugte sich geschmeichelt. Jetzt fuhr die Frau auf.

»Aber ein kleiner Zufall bricht dir nun das Genick.«

»Der Zufall bin ich!« frohlockte der Chef.

Und wieder lachten alle.

»Pech.« Flynn richtete sich auf und klopfte den Staub von den Hosenbeinen. »Damit habe ich allerdings nicht gerechnet, daß du hier Chef bist.«

Er war nicht ganz bei der Sache; denn er hatte bemerkt, daß einer von den Leuten an den Chef herangetreten war und ihm etwas ins Ohr flüsterte.

Flynn wurde mißtrauisch. Lauerte im Hintergrund noch eine Überraschung?

»Jaja, so geht das«, sagte der Chef in einem Ton falscher Gemütlichkeit. Er ließ seine Taschenuhr wieder um den Finger schwingen und lachte dabei. »Gerade jetzt, wo du am Ziel bist, ist es aus mit dir. – Wo du deinen ganzen schönen Fall beisammen hast, kannst du nichts mehr damit anfangen. Jetzt, wo du mich entdeckt hast und meine sehr geschätzten Mitarbeiter, unser schönes falsches Geld und die schönen echten Marken! – Denn glaube ja nicht, daß du dich auf deine liebe Polizei noch verlassen kannst.«

»Oder daß du hier noch einmal lebendig herauskommst«, ergänzte die elegante Dame scharf.

Flynn hörte nicht mehr zu. Seine Augen hingen an der goldenen Uhr, die jetzt wieder in des Chefs Westentasche verschwand.

Gemurmel, Scharren von Füßen ließ ihn aufhorchen. Durch die Männer, die Flynn immer noch umringten, ging ein unterdrücktes Gelächter.

Die Tür zum Laden war geöffnet worden, und Flynn sah seinen Freund Mackie mit glückstrahlendem Lächeln in die Lagerhalle treten.

Mackie war, wie nicht anders zu erwarten, prompt in die Falle gegangen.

Der Kanzlist hatte ihn vor dem Laden auf der Rue de Bréa entdeckt. Er hatte ihm zugewinkt, und Mackie war herübergekommen.

»Komm 'rein, Mensch, dich suchen sie doch auch!« hatte er ihm zugeflüstert, und Mackie hatte dankend seinen flachen Hut abgenommen und war in den Laden getreten. Dort öffnete ihm der Taxator die Tür zum Lagerraum. Er war ihnen prompt auf den Leim gekrochen. Sie brauchten nicht einmal zu warten, bis der Leim trocknete.

XXI

Kaum hatte Mackie gemerkt, daß er auf die beiden freundlichen Herren, die ihm versprochen hatten, ihn zu seinem Freund führen zu wollen, hereingefallen war, als er sich auf den klügeren Teil der Tapferkeit besann und ausriß.

»Weg!« hatte ihm Morris noch zubrüllen können.

Doch Mackie kam nicht weit. Eine Faust fuhr hoch. Eine mit einem Schlagring bewaffnete Faust. Mackie griff in den Nacken, aber diesmal wurde wirklich zugeschlagen. So heftig, daß er vornüber fiel, mit dem Gesicht auf die Dielen aufschlug und platt liegenblieb, ohne sich noch einmal zu rühren.

Die Lombardmänner johlten vor Vergnügen.

Diesen Augenblick benutzte Flynn. Mit einem Ruck riß er sich von den drei kräftigen Burschen, die ihn gefaßt hielten, los und stürzte sich auf den Chef. Der Anprall war so heftig, daß beide zu Boden stürzten. Doch Flynn war als erster wieder auf den Beinen. Er setzte sich gegen die auf ihn eindringenden Männer zur Wehr.

Die elegante Dame war bis zu den zusammengerollten Teppichen zurückgesprungen. Sie sah, wie es Morris gelang, sich von der Meute zu befreien.

Mit einem Satz erreichte er das Geländer der Galerie und versuchte, sich hinaufzuziehen.

Er schaffte es.

Von Schrank zu Schrank, von Klavier zu Klavier riskierte Flynn die waghalsigen Sprünge. Tische stürzten um, leere Schubladen rutschten heraus und fielen polternd zu Boden. Wo Flynns Fuß aufsetzte, stürzte alles zusammen; was nicht von selber fiel, brachte Flynn mit Absicht zu Fall, indem er derart vor seinen Verfolgern eine Barriere nach der anderen aufbaute. Trotz allem war, das sah er bald ein, an ein Entkommen nicht zu denken.

Im Lagerraum wimmelte es wie in einem aufgestörten Ameisenhaufen. Donnernd rollten auf einen Wink der eleganten Dame vor den Schaufenstern die Rolläden herab. Die Falltür, die in den Keller führte, wurde zugeschlagen. An allen Ausgängen hatten sich Männer mit geladenen Revolvern aufgebaut. Auch die eiserne Tür an der Laderampe wurde zugeschoben.

Als sich Flynn auf der Galerie von seinen Verfolgern in wilder Jagd umstellt sah – denn es waren ihm von der anderen Seite einige der Kerle entgegengelaufen gekommen –, schwang er sich aufs Geländer und wagte den Sprung ins Leere. Im Fallen ergriff er einen der zahlreichen von der Decke herabhängenden Kronleuchter. Der setzte sich mit ihm in pendelnde Bewegung. Ein paarmal ließ sich Flynn hin und her schaukeln, bis er mit dem Lüster zusammen herunterstürzte. Der Haken in der Decke hatte nachgegeben. Mann und Leuchter sausten in die Tiefe.

Zum Glück geschah dies über der Kleiderabteilung. Flynn landete auf einem Regal, das voller Pelze hing und krachend unter ihm zusammenbrach. Eine Wolke von Mottenpulver flog auf.

Mackie sah von dieser rasenden Hatz nichts. Er lag immer noch besinnungslos am Boden. Niemand kümmerte sich um ihn. Es floß ihm Blut aus dem Mund.

Alle waren zu den Kleiderregalen gestürzt, wo Morris zwischen den aufgehängten Kleidern verschwunden war. Man riß die vielen Mäntel, Fracks, Smokings und Anzüge herunter. Irgendwo unter diesen Kleiderbergen mußte sich Flynn versteckt haben. Man hob die Kleider hoch, trat auf ihnen herum, schlug mit Knüppeln darauf ein. Aber Morris war nicht zu finden.

Er war hinter ein hohes Regal gesprungen, das mit Schuhen und Hüten vollgepackt an der Wand stand. Er hatte es abgerückt und hielt sich dahinter verborgen.

Dort entdeckte ihn der blasse Jüngling. Er schrie hysterisch auf und zeigte mit beiden Zeigefingern auf Morris. Der trat kurz entschlossen gegen das Regal. Es schlug um. Hüte und Schuhe prasselten auf die Angreifer nieder. Aber es nützte Morris nicht viel. Der Chef war auf ihn zugesprungen und hatte ihn an der Kehle. Sie wälzten sich beide zwischen den Kleidern und Hüten herum. Dem Chef kamen seine Leute zu Hilfe. Morris mußte aufgeben. Es blieb ihm nichts anderes übrig. Trotzdem war er nicht so niedergeschlagen, wie er es der Lage der Dinge nach hätte sein müssen.

Er konnte sogar lächeln, als er die elegante Dame, die hinter den Teppichen wieder hervortrat, mit gezücktem Revolver vor sich stehen sah. Nur als er Mackies blutüberströmtes Gesicht gewahrte, verfinsterte sich sein Blick. Das Herz drehte sich ihm um, als er seinen Freund so wiedersah. Mackie wurde von zwei Kerlen aufgehoben. Er konnte noch nicht auf den Beinen stehen, wischte sich das Blut aus den Augen und sah sich um. Als er Morris erblickte, den vier Männer festhielten, lächelte er hilflos. Der Fluch, den Flynn zwischen den Zähnen zerbiß, war ordinär.

»'runter mit den beiden!« befahl der Chef, der sich die Haare aus der Stirn strich und seinen zerrissenen Rock wieder zurechtzog. Er sah nicht mehr sehr vornehm aus.

Der Lagerverwalter packte Morris, der jetzt keinen Versuch mehr machte, sich zu wehren, und stieß ihn vor sich her.

Durch die Falltür, die jetzt wieder geöffnet wurde, ging es in den Keller hinunter. Am Ende des langen Ganges befand sich eine schwere, eiserne Tür. Dahinter lag ein dunkler Raum, in den jetzt Morris und Mackie hineingestoßen wurden, nachdem des einen linke mit des anderen rechter Hand durch eine Fessel zusammengeschlossen worden waren. Der Stoß, mit dem sie in dieses Gefängnis hineinbefördert wurden, war nicht freundlich. Sie flogen bis zur anderen Seite, die gegenüber der Tür lag, und fielen dort zu Boden.

Dann schloß sich die eiserne Tür. Sie wurde zugesperrt.

Morris sah sich um. Sie waren im Kohlenkeller. Das einzige Fenster befand sich hoch oben, fast an der Decke. Es war vergittert, und daneben lehnte ein hölzerner Rost, der als Rutschbahn für die Kohlen diente, wenn sie durch das Fenster abgeladen wurden. Neben der Tür lag ein hoher Haufen großer Steinkohlenbrocken. Sonst befand sich in dem Keller nur altes Gerümpel.

Es war Flynn lieber, als wenn der Raum leer gewesen wäre. Denn kaum hörte er, daß sich die Schritte von ihrer Gefängnistür entfernten, als er eine fieberhafte Tätigkeit entfaltete. »Ich bitte dich, reiß dich zusammen!« bat er den Freund und zog den Willenlosen an der Handschelle auf. »Kannst du noch?«

Mackie nickte und sah, wie Morris sich an den Wänden entlangtastete.

»Was willst du?« fragte Mackie.

Flynn hatte einen alten Tisch entdeckt. Er kippte ihn um, daß er auf der Seite lag und seine Beine in die Luft standen. Dann schob er ihn mit der Platte gegen die Tür.

»Frag nicht soviel, Mackie, faß lieber mit an! Sonst kommen sie und holen uns wieder 'raus.«

Die Logik dieser Bemerkung zu erfassen war selbst für einen Mann, der im vollen Besitz seiner fünf Sinne ist, nicht ganz einfach. Warum wollte Morris nicht wieder herausgeholt werden? Aber Mac gab sich nicht die Mühe nachzudenken. Getreulich ließ er sich von Morris an der gefesselten Hand hinterherziehen und bemühte sich nach Kräften, jenem beim Verbarrikadieren zu helfen.

Morris ließ den hohen hölzernen Kohlenrost aus der Ecke gegen die Tür fallen und klemmte ihn so zwischen die Tischplatte und die gegenüberliegende Wand, daß man die Tür nicht nach innen öffnen konnte. Ebenso packten beide eine lange Bank und stellten sie schräg gegen die Tür. Dann ergriff Flynn einen alten Besen, verkürzte ihn durch einen Fußtritt und klemmte den Besenstiel so unter die Türklinke, daß man sie nicht niederdrücken konnte. Zum Schluß machten sich beide daran, noch große Kohlenstücke auf die Barrikade zu legen. Sie wälzten die größten Brocken vor die Tür.

»Warum nur?« fragte Mackie.

Er begriff es nicht, daß man sich das Ausbrechen aus einem Gefängnis so schwer machen konnte.

»Das wirst du gleich sehen«, lautete Flynns Antwort. Und er bekam es in der Tat sehr schnell zu sehen.

Eilige Schritte kamen wieder den Gang entlang und näherten sich der Tür des Kohlenkellers. Im Schloß wurde der Schlüssel herumgedreht, dann versuchte man, die Klinke herabzudrücken. Es ging nicht. Der abgebrochene Besenstiel war so fest daruntergeklemmt, daß sich die Klinke nicht um einen Millimeter bewegen ließ. Man hörte, wie immer wieder der Schlüssel im Schloß herumgedreht wurde; wieder versuchte man mit aller Kraft auf die Klinke zu drücken, und dann hörten Morris und Mackie die ärgerliche Stimme des Chefs. Aber diese Türklinke reagierte selbst auf die Anschnauzer des Chefs nicht.

Dann wurde mit Fäusten gegen die Tür geschlagen.

»Aufmachen!« brüllte der Chef.

Flynn rührte sich nicht. Er sah Mackie an und machte

ihm mit einem Zeichen klar, daß er keinen Laut von sich geben dürfe.

»Das könnte dem so passen«, flüsterte er Mackie zu. »Weißt du jetzt, warum?«

Doch Mackie schüttelte den Kopf. Es war auch nicht mehr die geringste Spur vom Witz und Geist eines Dr. Watson in ihm. Seine Lust am Kombinieren hatte er verloren. Ja, er war nicht einmal überrascht, als Flynn eine goldene Uhr aus der Tasche zog und sie ihm zeigte.

Morris ließ die Uhr genau in der Art, wie der vornehme ältere Herr damit gespielt hatte, an dem Seidenband um den Zeigefinger kreisen.

»Die möchte er wiederhaben.«

»Die Uhr?« fragte Mackie verständnislos. »Warum?«

»Die teuerste Uhr der Welt«, versicherte Flynn leise und steckte sie wieder in die Tasche. »Wert sechsmal hunderttausend Franc.«

»Aufmachen!« brüllte der Chef vor der Tür. Und wieder donnerten von draußen die Fäuste und Füße gegen das Eisen.

Mary Berry und Jane Berry hatten sich nicht gern im Büro des Rechtsanwaltes Dr. Balderin absetzen lassen. Es fiel ihnen schwer, so untätig sein zu müssen, um so mehr, als sie vermuteten, daß sich zu gleicher Zeit ihre Freunde in Gefahr befanden. Mackies Bericht hatte zwar ihr Vertrauen völlig wiederhergestellt, ihnen aber auch gezeigt, wie schwierig die Aufgaben waren, die der seltsame Mann und sein Freund sich gestellt hatten.

Ihre Stimmung wurde auch nicht durch die Tatsache gehoben, daß im Hause des Rechtsanwalts die Kriminalpolizei erschien. Es waren zwei der Beamten, die bereits die Ehre gehabt hatten, den mutmaßlichen Mr. Holmes vom Palace Hotel zum Polizeipräsidium zu eskortieren. Der eine von ihnen war der Colonel Gizzard, der auch jetzt wieder zur Eskorte bestimmt war, allerdings zu einer weit weniger ehrenvollen.

Die Mädchen horchten an der Tür, die zum Büro des Rechtsanwalts führte.

Sie hörten, wie Colonel Gizzard den alten Dr. Balderin ins Gebet nahm.

»Sie waren heute nacht auf Schloß Yvelles, Herr Doktor?«

»Jawohl«, antwortete der Rechtsanwalt.

»Sie waren dort mit zwei Männern zusammen, die sich als Sherlock Holmes und Doktor Watson ausgegeben haben.«

»Ausgegeben?« hörten die beiden Mädchen Dr. Balderin erstaunt fragen. »Ja, sind sie es denn nicht?«

Es dauerte eine Weile, bis der Rechtsanwalt die Aufklärung der Kriminalbeamten begriffen hatte.

»Wissen Sie, wo die beiden Männer sind?« fragte Colonel Gizzard schließlich.

Nein, das wußte der Rechtsanwalt nicht. Aber es sei verabredet worden, daß die beiden im Laufe des Nachmittags ihn hier in seinem Büro aufsuchen sollten.

Mary und Jane hatten genug gehört. Auf Zehenspitzen schlichen sie sich fort, schlüpften durch eine zweite Tür auf den Korridor, dann zum Treppenhaus, und so, wie sie waren, ohne Hut und Mantel, ging es auf die Straße.

»Was sollen wir nun machen?« sagte Jane bekümmert.

»Sie warnen!« entschied Mary. »Die beiden dürfen auf keinen Fall in das Büro von Doktor Balderin kommen.«

»Ja, wie willst du es ihnen aber sagen? Weißt du denn, wo sie sind?«

»Natürlich, Leihhaus Lombard in der Rue de Bréa.«

Im Kellergang des Leihhauses Lombard hatte sich jetzt die ganze Bande mit ihrem Anführer und der eleganten Dame vor Flynns und Mackies Verlies versammelt.

Der Chef hatte sie zu einem Kriegsrat zusammengerufen. »Die Burschen haben sich von innen verbarrikadiert.«

Dann wandte er sich an die stärksten Männer und befahl ihnen: »Einrennen!«

Sechs Männer stemmten jetzt mit aller Gewalt ihre Schultern gegen die Eisentür. Aber die gab nicht um einen Zentimeter nach.

Morris und Mackie paßten auf, daß die Versteifungen, die sich zwischen der eisernen Tür und der Kellerwand spreizten, nicht nachgaben, und vor allen Dingen, daß der Besenstiel unter der Klinke nicht wegrutschte.

Der Chef sah ein, daß so die Mühe seiner Leute vergeblich war. Die Tür konnte nur mit Gewalt eingerannt werden.

»Brecheisen herunter und die Wagendeichsel!«

Einige Minuten später erzitterte die Tür des Kohlenkellers unter den ersten Stößen des Rammbocks. Die Leute hatten die Wagendeichsel des Möbelwagens herausgezogen, hielten sie jetzt zu zehn Mann gefaßt, und mit kurzen Kommandos, wie sie die Möbelpacker gebrauchen, rannten sie gleichzeitig die eisenbeschlagene Spitze der Deichsel, an der sich ein schwerer Haken befand, gegen die Tür.

»Hau ruck! Hau ruck!«

Die Situation wurde kritisch. Den ersten Stößen zwar hielt die feste Tür noch stand. Bei jedem Stoß aber rutschten die Versteifungen ein wenig beiseite. Die beiden Belagerten arbeiteten fieberhaft. Immer wieder rollte Morris die Kohlenstücke heran, die durch den Anprall der Wagendeichsel an der Tür jedesmal einige Zentimeter zurücksprangen.

Unermüdlich, in regelmäßigen Abständen, polterte die Wagendeichsel mit dumpfem Gedröhn gegen die Tür, und immer wieder erscholl das Hau ruck!

In der eisernen Tür ließ jeder Stoß eine Beule zurück.

Mit Besorgnis betrachtete Flynn das Schloß. Es war die schwächste Stelle in ihrer Verteidigung. Es lockerte sich von Stoß zu Stoß.

Schließlich war es soweit. Ein Mauerstein fiel aus der Wand, und jetzt konnte der Riegel des Schlosses, der die Tür noch festhielt, nicht mehr wirksam sein. Die Klinke fiel heraus, und der Besenstiel verlor seinen Sinn. Den einzigen Schutz bildeten jetzt nur noch die schräggestellte Bank und die quer zum Tisch eingeklemmte Kohlenrutschbahn. Mit ihrer ganzen Kraft versuchten Mackie und Flynn, sie festzuhalten. Sie waren durch ihre aneinandergefesselten Hände und durch Mackies Verwundung, die ihm große Schmerzen bereitete, stark behindert.

Morris sah besorgt seinen Freund an. Dessen Gesicht war aschfahl, und das Blut wollte nicht aufhören zu rinnen.

»Wozu strengen wir uns eigentlich so an?« fragte sich Morris. Er war um die Antwort selber verlegen und wußte nicht, worauf er eigentlich noch hoffte. Wer sollte ihnen hier unten schon zu Hilfe kommen? Die Polizei etwa? Gegen seinen Willen mußte Flynn laut auflachen.

Mackie blickte ihn an und glaubte aus diesem Lachen Trost herauszuhören. Er nickte Morris zu.

Der wischte ihm das Blut aus dem Gesicht. Plötzlich spürte er, was ihm dieser Freund bedeutete. Dieser kleine Kerl, blutbeschmiert, voller Kohlenstaub, war ihm auf einmal so nah und soviel wert, daß, möge geschehen was wolle, er sich sein Leben lang nicht wieder von ihm trennen würde.

Die Lage wurde immer gefährlicher. Die Tür war jetzt so weit in ihren Angeln erschüttert, daß sie oben bereits zu klaffen begann. Der Chef war nicht der Mann, der so eine Chance nicht wahrgenommen hätte. Er war fest entschlossen, mit den beiden da drinnen Schluß zu machen. Mit allen Mitteln. Er machte seinen Leuten ein Zeichen und befahl, zu einem neuen Stoß auszuholen. Gleichzeitig ließ er sich von der Frau den Revolver reichen.

In dem Moment, als die Tür durch einen neuen Stoß wieder um einen Spaltbreit weiter wich, schob er die Mündung des Revolvers durch die Öffnung und drückte ab. Ein, zwei, drei, vier Schüsse fielen schnell hintereinander. Dann noch ein fünfter und sechster Schuß, bis die Trommel leer war.

Die beiden Gefangenen waren rechtzeitig zur Seite gesprungen. Morris war jetzt die Möglichkeit genommen, die Bank und den Kohlenrost weiterhin zu stützen. Überdies war Mackie in die linke Hand getroffen worden. Mackie hielt sich einen Augenblick an der Wand fest. Dann sackte er auf den Kohlenhaufen. Da er durch die rechte Handfessel behindert war, war er jetzt so gut wie wehrlos. Das ist der Anfang vom Ende, dachte Flynn.

Jane und Mary fragten sich nach der Rue de Bréa durch. Einmal waren sie im Kreise gegangen, dann wieder hatten sie eine Verbindungsstraße verfehlt, und trotz aller Anstrengungen hatten sie das Gefühl, niemals in die gewünschte Straße zu gelangen. Nur aus Träumen kennen normale Menschen einen solchen Zustand. Die beiden Mädchen begannen zu laufen.
Fast schien es ihnen ein Wunder, daß sie ihr Ziel schließlich doch erreichten. Sie standen endlich vor dem Leihhaus Lombard und erlebten eine neue Enttäuschung. Das Haus schien verlassen. Die Rolläden an den Fenstern und an der Ladentür waren herabgelassen, die Toreinfahrt versperrte ein Gitter. Sie sahen nach den oberen Stockwerken empor, doch an den Fenstern zeigte sich kein Licht.
»Wie kommen wir da 'rein?« fragte Jane verzweifelt. Mary wußte es auch nicht.
»Vielleicht sind sie schon weg. Vielleicht sind sie einen anderen Weg gegangen und sind jetzt schon bei Doktor Balderin. Und die beiden Polizisten …«
»Wir müssen wieder zurück!«
Sie waren verzweifelt. Ihre Tatkraft war beträchtlich im Sinken. Sie gingen auf die andere Straßenseite und behielten das Haus im Auge. Es war ein guter Einfall; denn ihre Ausdauer wurde belohnt.
Sie sahen plötzlich zwei Männer die Straße entlangkommen, die ihnen merkwürdig bekannt vorkamen. Die beiden Männer sahen sich vorsichtig um und machten sich dann am Gitter der Toreinfahrt zu schaffen.
»Du.« Mary stieß ihre Schwester mit dem Ellbogen an.
»Das sind doch die beiden Lords aus dem Zug.«
Jane hatte sie auch sofort erkannt. »Ja, was wollen die denn da drin?«
»Wenn die zusammentreffen!«

Der Gedanke entsetzte Mary so, daß er ihr die Entschlußkraft zurückgab.

»Komm!« sagte sie und zog die Schwester hinter sich her zu dem Torweg. »Wir müssen sehen, was da los ist. Da stimmt etwas nicht.«

Die beiden Männer hatten das Tor nicht wieder hinter sich verschlossen. Es öffnete sich willig, und die beiden Mädchen traten ein. Auf Zehenspitzen schlichen sie durch den Torweg. Als sie den Lagerhof erreichten, blieb Mary stehen.

»Da«, sagte sie und hielt ihre Schwester zurück.

Jane blickte sich um, konnte aber nichts entdecken. Es gab auch nichts zu sehen, sondern nur zu hören.

Ein dumpfes, in regelmäßigen Abständen wiederkehrendes Gedröhn schlug an ihr Ohr. Es schien direkt aus der Erde zu kommen. Der Boden, auf dem sie standen, zitterte. Sie hörten auch die Rufe, die vor jedem Gedröhn ertonten: »Hau ruck! Hau ruck!«

Die beiden »Lords« waren verschwunden.

Mary faßte Jane bei der Hand und zog sie wieder durch den Torweg hinaus auf die Straße.

»Wir müssen die Polizei rufen!«

Der Schutzmann auf dem Boulevard Huyghens blickte sehr verwundert, als er aus der Rue de Bréa zwei junge Damen herauslaufen und auf sich zustürzen sah. Sein Lächeln, mit dem er ihrem keuchend hervorgestoßenen Bericht zuhörte, verlor sich rasch. Was die beiden Mädchen da vorbrachten, klang zwar sehr wirr, doch war in der Gehetztheit, die auf den jungen Gesichtern lag, etwas, was den Beamten zur Teilnahme zwang. Aber er konnte sich kein klares Bild machen: Lords, Notbremse, Geheimgänge, verschwundene Erbschaft, gespenstische Geräusche in einem leeren Bürohaus. Alles ging durcheinander.

»Also noch einmal: Wer soll ermordet werden?«

»Mister Flynn und Mister MacMacpherson.«

»Wer sind Mister Flynn und Mister MacMacpherson?« fragte der Schutzmann.

»Der Mann, der Sherlock Holmes ist!«

»Und der andere ist Doktor Watson!« ergänzte Mary in Todesangst.

Der Schutzmann war wie elektrisiert.

»Kommen Sie mit, meine Damen. Das Polizeibüro ist gleich um die Ecke. Das beste ist, Sie sagen, was Sie zu sagen haben, gleich an Ort und Stelle.«

Fünf Minuten später stand die Brüsseler Polizei unter Großalarm. Von allen Seiten rasten die Überfallkommandos auf die Rue de Bréa zu. Die Scheinwerferkegel der Polizeiwagen blitzten über den Asphalt. Die Straße wurde abgesperrt.

Der Chef der Kriminalpolizei erschien persönlich und übernahm das Kommando. Mit einem Trupp seiner besten und zuverlässigsten Leute näherte er sich dem Leihhaus Lombard. Um das Gebäude zog sich der Absperrungskreis immer enger zusammen.

Neugierige Passanten drängten zum Lombardhaus.

Auch Mary und Jane waren vom Polizeibüro in die Rue de Bréa zurückgekehrt. Sie klammerten sich angstvoll an den Ärmel des zu ihrem Schutz mitgegebenen Konstablers und spähten aufmerksam durch den Torweg in den Lagerhof.

Ein Pfiff schrillte. Die Polizeibeamten sprangen von den Autos, liefen durch das Tor und verteilten sich rings über den Hof.

Die Schiebetür zum Lagerraum wurde von den Polizisten aufgeschoben.

Mary und Jane lauschten. Das aus der Erde herausdröhnende Stampfen, das sie noch kurz zuvor so erschreckt hatte, war verstummt. Waren sie zu spät gekommen?

»Alles durchsuchen!« ertönte das Kommando des Polizeihauptmanns. »Wer Widerstand leistet, wird verhaftet!«

»Habt acht, Leute«, warnte der Chef der Kriminalpolizei, »die beiden Burschen sind gefährlich! Sie haben sicher Schußwaffen bei sich.« Damit betrat er als erster den Lagerraum.

Auf dem unterirdischen Kampfplatz war Ruhe eingetreten. Die Wagendeichsel lag am Boden. Brecheisen und Meißel hatten das Werk fortgeführt.

Mit Gleichgültigkeit und Empfindungslosigkeit, wie sie den Menschen angesichts des Unabwendbaren befällt, sah Flynn zu, wie sich die kunstvoll errichtete Barriere immer mehr verschob. Er bereute in diesem Augenblick sehr, den Freund mit in das Abenteuer hineingezogen zu haben.

Mackie fühlte, was in dem Freund vorgehen mochte. Er lächelte ihn an.

»Darfst es mir nicht übelnehmen, daß ich dich so in die Patsche gezogen habe«, sagte Morris schuldbewußt und band sein Taschentuch um Mackies zerschossene Hand.

Aber Mackie lächelte nur weiter und schüttelte den Kopf.

»Sieh mal, Mackie, du mußt mir glauben; daß es so kommen würde, hab ich wirklich nicht geahnt.« Morris schien viel verzweifelter als Mackie, der sich überraschenderweise der Lage gewachsen zeigte. Seine Ängstlichkeit hatte dem Mut der Verzweiflung Platz gemacht. Er war in einem Stadium jenseits seiner selbst, in dem er sogar den Schmerz seiner Wunde nicht mehr spürte.

»Morris«, sagte er und ergriff die Hand des Freundes, die mit der Handfessel an seine angeschlossen war, »kümmere dich gar nicht um mich.«

Die beiden drückten sich die Hände.

Mackie lehnte sich an Morris. Er schwankte. »Ich habe was Wunderbares.«

Mackie sagte es verklärt. Morris fürchtete, daß sein Freund schon im Fieber rede.

»Ich habe es in der Tasche.«

Flynn tastete Mackies Taschen ab, griff in eine hinein und fühlte einen Revolver.

Er zog ihn heraus. Es war der Revolver, den er dem großen Peter in der Schloßhalle abgenommen hatte.

Bersten und Knirschen erfüllte in diesem Augenblick den Kellerraum. Die eiserne Tür hob sich, legte sich zurück und fiel mit ohrenbetäubendem Lärm über die Barrikade hinweg auf die aufgeschichteten Kohlen.

Der Fall der Tür geschah so plötzlich, daß der Chef einen Augenblick zögerte, bevor er als erster sich anschickte, über die Barriere hinwegzuklettern.

»Hände hoch!« ertönte plötzlich eine scharfe Stimme hinter seinem Rücken.

Ein Dutzend entsetzter Gesichter wandten sich zur Falltür, in deren Rahmen man Pistolen blitzen sah.

»Die Polizei!« Der Chef traute seinen Augen nicht.

Die Mitglieder der Bande drückten sich in die äußersten Winkel des Kellerganges und hoben die Hände.

Die Kellertreppe herab kamen tressenbesetzte Hosenbeine. Schwere Polizeistiefel polterten herunter. Immer mehr Polizisten stiegen herab, bis sich im Gang ein Kordon bildete.

»Einzeln heraufkommen!« befahl der Kriminalrat.

Langsam kam Bewegung in die vor Schreck erstarrten Gestalten. Einer nach dem anderen schlichen sie zur Treppe, die Hände über den Kopf erhoben, als riefen sie wie ein antiker Bewegungschor den Himmel um Gnade an.

Morris und Mackie warteten immer noch auf den ersten Verbrecher, der über die umgestürzte Tür den Kohlenkeller betreten würde. Das Getrappel und Gescharre machte sie stutzig. Den Revolver immer schußbereit in der Faust, schaute Flynn vorsichtig um die Ecke.

Der Anblick, der sich ihm im Kellergang bot, tat seinem Herzen wohl. Er zog Mackie zu sich heran. Mit Genugtuung beobachteten sie beide, wie ihre Gegner, einer nach dem anderen, die Kellertreppe hinaufexpediert wurden.

»Ist ja gar nicht schiefgegangen!« sagte Mackie.

Flynn nickte nur. Die Verzweiflung der letzten Minuten saß ihm immer noch in den Knochen. Um darüber hinwegzukommen, wußte er sich keinen anderen Rat; er knuffte Mackie. »Natürlich nicht – was hast du dir sonst gedacht, Mackie? Dir rutscht immer gleich das Herz in die Hosen.«

»Entschuldige«, sagte Mackie. Sein Gesicht war jetzt völlig mit Blut beschmiert. Er sah aus wie ein roter Neger.

»Entschuldige bitte!« sagte er noch einmal und lächelte. Und dann knuffte er mit der gefesselten Hand zurück. Sie benahmen sich wie zwei Schuljungen, denen ein Streich geglückt ist.

Der Kellereingang war leer. Alle Mitglieder der Bande, auch die elegante Dame und der Chef, waren die Treppe hinaufgestiegen, und der letzte Schutzmann war ihnen gefolgt.

»Komm schnell«, sagte Flynn, »sonst vergessen sie uns!«

Vorsichtig und mit einer Zartheit, die Mackie ihm niemals zugetraut hätte, half Morris dem Freund über die Hindernisse und trug ihn den Kellergang entlang und die Treppe hinauf.

Im Lagerraum und auf dem Hof wimmelte es von Polizisten. Bis zu dem Möbelwagen stand die Polizei und bildete Spalier für die Gefangenen, die, zu zweit aneinandergefesselt, in den Möbelwagen wie die Hammel hineingetrieben wurden.

»Das ist ja ein toller Fang!« stellte der Kriminalrat fest. »Der Laden wird hier abgeschlossen. Alles bleibt unter Bewachung.«

In der Falltür tauchten jetzt Morris und Mackie auf. Morris setzte Mackie nieder und sah, wie die Polizisten die Tür des Möbelwagens hinter der gefangenen Bande schließen wollten.

»Einen Augenblick!« rief er laut. »Hier sind noch zwei!«

Morris und Mackie eilten, so schnell sie konnten, zur Laderampe.

Die Polizisten wandten sich überrascht um.

Morris sah auf dem Tisch, an dem sie vorübergingen, noch die Aufgabebescheinigung und die Quittungen liegen, die der Chef dort wütend hingeworfen hatte. Wie spielend fuhr Flynns Hand im Vorbeigehen über den Tisch. Doch als er sie aufhob, war sie nicht leer. Die wertvollen Dokumente waren wieder in seinem Besitz. Der Kriminalrat blickte auf die beiden, als wären es Erscheinungen aus einer anderen Welt. Sie sahen auch einigermaßen toll aus. Die Kleider hingen ihnen in Fetzen vom Leib, und ihre Gesichter waren unter dem Kohlenstaub und dem Blut nicht zu erkennen.

Mackie hatte hinter den Polizisten neben dem Möbelwagen Mary und Jane entdeckt. Mit einem Ruck an der Handfessel machte er Flynn auf sie aufmerksam. Wie Schwimmer warfen sich beide gegen die Polizisten, die jetzt auf sie zukamen, denn Morris und Mackie wollten zu Mary und Jane gelangen. Aber man hinderte sie daran. Eine Hand legte sich schwer auf Morris' Schulter. Es war ihr alter Freund, der Chef der Kriminalpolizei.

»Im Namen des Gesetzes«, sagte er gewichtig, »Sie sind verhaftet!«

»Wir bitten darum«, sagte Morris Flynn höflich.

XXI

Die Verhandlung in Sachen Flynn–MacMacpherson alias Sherlock Holmes–Dr. Watson fand in dem größten Gerichtssaal des berühmten Brüsseler Justizpalastes statt. Trotzdem war der Raum viel zu klein. Die Zuhörerbänke waren dicht besetzt, und vor den Türen drängten sich Hunderte von Menschen, die vergeblich noch Einlaß forderten.

Morris und Mackie konnten mit dem Aufsehen, das ihr Prozeß erregte, zufrieden sein.

Aufgeregtes Summen und Geflüster ging durch den Saal, als die beiden Angeklagten hereingeführt wurden. Sie sahen nicht niedergeschlagen aus. Gar nicht wie arme Sünder. Selbst Mackie, den Arm in der Binde, hielt selbstbewußt den Kopf siegessicher hoch und sah sich neugierig um.

Das Publikum wußte nicht recht, ob es ein so unbekümmertes Aussehen der Angeklagten für angebracht halten sollte. Man war sich nicht einig, ob man für oder gegen die beiden sein sollte.

Der Vorsitzende des Gerichts war ein älterer, jovialer Herr mit einem klugen Gesicht.

In der ersten Reihe der Zuschauer saß jener Mann mit dem buschigen Schnauzbart, dem karierten Reisemantel und der Reisemütze, der beim Anblick der beiden in der Hotelhalle des »Palace« so herzhaft gelacht hatte. Auch jetzt schmunzelte er vergnügt oder lachte andauernd lautlos vor sich hin, daß ihm die Schultern zuckten. Er konnte nicht anders. Immer mußte er lachen, wenn er Morris zu Gesicht bekam oder wenn jemand auch nur den Namen Sherlock Holmes erwähnte. Plötzlich aber mußte er laut losprusten, so sehr er sich auch zu beherrschen suchte.

Der Vorsitzende am Richtertisch, der Staatsanwalt und die beiden Beisitzer runzelten die Stirn. Der uniformierte Gerichtsdiener stellte sich auf die Zehenspitzen, um den Mann, der da lachte, zu entdecken und ihn dann auf einen Wink des Vorsitzenden hinauszuwerfen. Doch er konnte ihn nicht herausfinden.

»Wer lacht da?« fragte streng der Vorsitzende. »Hier gibt's nichts zu lachen.«

»Ach, lassen Sie den Herrn ruhig lachen, Herr Vorsitzender«, meinte Flynn ungefragt. »Den Mann kenne ich, der lacht immer, wenn er uns sieht.«

Der Vorsitzende hatte geahnt, daß bei diesem Prozeß irgend etwas passieren würde. Er war auf der Hut.

»Angeklagter, schweigen Sie, und setzen Sie sich!« befahl er in scharfem Ton und gebärdete sich dabei sehr würdevoll, läutete die Glocke und schlug mit der Faust auf den Tisch. Das Lachen verstummte.

Der Vorsitzende wandte sich an die Zuhörer: »Ich mache Sie alle darauf aufmerksam, daß ich bei der geringsten Störung der Verhandlung den Saal räumen lasse!«

Das war alles etwas zu scharf und zu laut gesagt. Die Zuhörer, die glücklich einen Platz erwischt hatten, erwarteten ein Fest. Morris' und Mackies Auftritt entsprach so ganz ihren Erwartungen, und darum flogen beiden die Sympathien der Zuschauer zu.

Flynn sah zur Zeugenbank.

»Da haben wir alle hübsch beieinander«, sagte er leise zu Mackie. Er erkannte den Blockstellenwärter, dem sie die Signalpfeife und die Laterne gemaust hatten, den Zugführer, die beiden Schlafwagenschaffner, den Hoteldetektiv, den Empfangschef, Monsieur Dulac, den Hausknecht, den Zimmerkellner und die beiden Zimmermädchen, den Antiquitätenhändler, die beiden Kriminalkommissare und Colonel Gizzard und auch Seine Exzellenz Vangon, den Generaldirektor der Weltausstellung. Dann glitt Morris' Blick zu dem Tisch vor dem Richter. Er überzählte schnell die Dokumente, sah dort seine Reisemütze, die Shagpfeife, den Reisemantel und den leeren Geigenkasten, die dort als Corpora delicti aufbewahrt lagen.

»Es ist alles da, Herr Vorsitzender«, sagte er. »Wir können anfangen.«

Ein Blick des Vorsitzenden genügte, um die aufkommende Heiterkeit im Saal sofort wieder verstummen zu lassen.

Er begann seines Amtes zu walten.

»Ich eröffne die Hauptverhandlung gegen Morris Flynn, geboren am 10. Juni 1880, und Mackie MacMacpherson, geboren am 15. Mai 1885, beide in London gebürtig. Sie sind gemeinsam angeklagt:

1. der vorsätzlichen Eisenbahngefährdung durch Anhalten eines Zuges auf offener Strecke unter Entwendung der dazu notwendigen Dienstutensilien;

2. der Nötigung von Beamten im Dienst;

3. der Amtsanmaßung durch Vornahme nichtberechtigter Paßkontrolle und Untersuchung von Passagieren;

4. des Diebstahls zweier Eisenbahnkarten und unberechtigter Benutzung zweier Schlafwagenplätze;

5. der Zechprellerei und des Betruges durch Nichtbezahlen der Hotelrechnung;

6. des schweren Betruges zur Erlangung eines Vermögensvorteils durch falsche Legitimation, erschwert

durch den Umstand, daß eine gröbliche Irreführung der Behörden vorliegt, und endlich

7. der Hochstapelei durch unberechtigte Beilegung der Namen bekannter Persönlichkeiten.«

Die beiden Angeklagten saßen auf dem Armesünder-bänkchen, als ginge sie das alles gar nichts an. Ihre Aufmerksamkeit war anderweitig in Anspruch genommen. Auf der letzten Zuhörerbank hatten sie Mary Berry und Jane Berry entdeckt. Sie saßen zwischen dem alten Diener Jean und dem Rechtsanwalt Dr. Balderin. Freundliches Grüßen herüber und hinüber. Die Mädchen hoben die Fäuste – aber nicht um zu drohen, sondern damit Mackie und Morris sehen sollten, daß sie die Daumen für sie drückten. Mackie warf ihnen mit seiner gesunden Hand eine Kußhand zu.

Der Vorsitzende bemerkte die Kußhand nicht, weil er aus der Anklageschrift weiter vorlas.

»In der Voruntersuchung haben die beiden Angeklagten sich dieser Straftaten schuldig bekannt, mit einer Einschränkung: nämlich daß all ihren Unternehmungen keine verbrecherischen Absichten zugrunde lägen.«

Der Vorsitzende änderte seine Tonart und legte die Anklageschrift nieder.

»Angeklagter Flynn, bleiben Sie bei diesem Geständnis?« Der Angeklagte erhob sich.

»Jawohl!«

Er blieb dabei.

»Angeklagter MacMacpherson«, wandte der Vorsitzende sich an Mackie, »sagen Sie …«

»Der hat überhaupt nichts zu sagen«, unterbrach ihn Flynn, »er ist nur mitgekommen.«

»Sie haben zu schweigen«, wies der Vorsitzende ihn zurecht. »Antworten Sie nur, wenn Sie gefragt werden.« Flynn setzte sich wieder.

»Also, Angeklagter MacMacpherson, bleiben Sie auch bei Ihrem Geständnis?«

»Ich bitte«, bemerkte der Angeredete bescheiden, indem er sich erhob, »daß mein Freund Morris Flynn antworten darf, wenn Sie mich fragen.« Das Publikum jubelte. Der Vorsitzende schwang seine Glocke. Man beruhigte sich schnell, weil sich sowohl der Staatsanwalt als auch die Beisitzer im gleichen Augenblick erhoben. Dann erst fuhr der Vorsitzende fort: »Angeklagter Flynn, was bezweckten Sie mit Ihrer Hochstapelei?«

Die Antwort kam allen überraschend.

»Wir wollten der Gerechtigkeit zum Siege verhelfen«, erklärte er schlicht.

Das Publikum hielt den Atem an, doch nur für einen Augenblick. Dann setzte ein brüllendes Gelächter ein, gegen das der Vorsitzende vergeblich anzukämpfen suchte. Er schwenkte die Hand auf und ab, als winke er seiner Autorität ein Lebewohl zu. Es war aus. In der ersten Runde erledigt.

Der Staatsanwalt sprang in die Bresche. Seine hagere Gestalt reckte sich steil an der Schmalseite des Richtertisches auf. »Sie sind hier vor Gericht!« rief er schneidend. »Unterlassen Sie ihre Witze!«

Flynn besah sich den Mann.

»Es ist mein heiligster Ernst«, beteuerte er mit der Miene gekränkter Unschuld. »Glauben Sie uns etwa nicht?«

»Aber, Angeklagter«, warf der Vorsitzende vorwurfsvoll ein, »Sie können uns doch nicht weismachen, daß sie stehlen, hochstapeln und betrügen, um hier als ein Kämpfer für Recht und Gerechtigkeit zu erscheinen.«

»Warum nicht? Es ist so. Für Recht und Gerechtigkeit!«

»Ich bitte ums Wort«, meldete sich wieder der Herr Staatsanwalt. »Ich werde die wahren Motive der Angeklagten klarlegen.« Der Vorsitzende erteilte ihm die Erlaubnis zum Sprechen.

»Da bin ich neugierig«, sagte Flynn und setzte sich wieder neben Mackie.

»Lassen wir ihn auch mal kombinieren«, flüsterte der wohlwollend Morris zu.

Die neu aufsprudelnde Welle der Heiterkeit verebbte.

Der Staatsanwalt begann. Mit einem großen Aufwand an geistiger Schärfe führte er sehr geschickt aus, wie er sich die Sache dachte. Aus Anlaß einer solchen Weltausstellung, meinte er, befänden sich derzeit viele reiche Leute in Brüssel. Die reichsten Leute aus der ganzen Welt. Reiche Leute hätten immer Sorgen, das liege in der Natur der Sache. Je mehr Geld sie hätten, desto mehr Angst hätten sie auch, daß ein anderer ihnen das Geld wieder abjagen könne. Was liege näher, war die Ansicht des Staatsanwalts, als die Wahrscheinlichkeit, daß sich diese armen, geplagten reichen Leute an eine Berühmtheit wie Sherlock Holmes zu wenden versuchten, der zufällig in Brüssel anwesend sei, um von ihm Rat und Hilfe zu erbitten, um ihm ihre Sorgen anzuvertrauen, ja, daß sie sicher geneigt wären, recht beträchtliche Honorarvorschüsse zu zahlen? Außerdem sei es nicht ausgeschlossen, meinte der Staatsanwalt weiter, daß die beiden Angeklagten gehofft hätten, man werde ihnen besonders kostbare Wertstücke zur Aufbewahrung anvertrauen.

»Ahnen Sie, hoher Gerichtshof«, sagte der Staatsanwalt mit erhobenem Zeigefinger, »ahnen Sie die ungeheuren Möglichkeiten eines solchen Betrugsmanövers? Wenn genug Vorschüsse, Honorare und anvertraute Kostbarkeiten beisammen sind, verschwindet man ebenso plötzlich wieder, wie man auftauchte.«

Auf der Zeugenbank seufzte der Generaldirektor der Ausstellung zustimmend.

Flynn und Mackie hörten mit Erstaunen an, was sie alles versäumt hatten. Ja, Mackie interessierte die Belehrung so sehr, daß er sofort seinen Stenogrammblock zückte und eifrig mitstenografierte.

»Aber das ist noch nicht alles«, fuhr der Staatsanwalt fort. »Wie groß sind erst die Geschäfte, die ein falscher Detektiv mit anvertrauten Geheimnissen machen kann! Man kann sie weiterverkaufen. Man kann erpressen! – Meine Herren, spüren Sie die Gefährlichkeit und die Hintergründe dieses Betruges? Die Frivolität, sich mit dem Namen eines großen Verfechters des Rechtes das Vertrauen seiner Mitmenschen zu erschleichen, um es zu verbrecherischen Erpressungen zu mißbrauchen? –

Ein gemeiner Gaunertrick. Dabei ohne Risiko! Gelingt der Betrug, hat man für lange Zeit ausgesorgt. Wird man erwischt, dann schweigt man sich über die wahren Motive aus und gibt dem Ganzen den Anschein eines harmlosen Gaunerstückchens, so daß man die Lacher der oberflächlichen Beobachter auf seiner Seite hat. Nicht wahr, Herr Angeklagter?«

»Großartig«, wandte Flynn sich zu Mackie. »Wieso sind wir nicht auf diese Idee gekommen?«

Mackie bedauerte es auch. »Schade. – Jetzt ist es zu spät!«

Unaufhaltsam glitt der Staatsanwalt auf der schiefen Ebene seiner logischen Schlußfolgerungen weiter.

»Jawohl, meine Herren, zu spät. Gottlob ist die Polizei Ihnen zuvorgekommen.« Er sagte es in einem Tonfall, als sei diese Tatsache sein Verdienst.

»Gottlob sitzen diese beiden Männer, die der Gerechtigkeit zum Siege verhelfen wollten, schon auf der Anklagebank, noch ehe sie ihr Vorhaben ausführen konnten. Und sie sind geständig. Doch welch geringfügige Strafen erwarten sie schon?

§ 315 Eisenbahngefährdung,

§ 114 Beamtennötigung,

§ 442, § 446 Diebstahl, Amtsanmaßung, Zechprellerei,

§ 362 und § 363 Betrug und falsche Legitimation –

alles in allem ungefähr drei Jahre sieben Monate Gefängnis, zweitausendeinhundert Franc Geldstrafe und Aberkennung der bürgerlichen Ehrenrechte auf ein Jahr.«

»Direkt geschenkt«, pflichtete Flynn dem Staatsanwalt bei. Und Mackie ergänzte in dem gleichen nebensächlichen Ton des Staatsanwalts ironisch: »Was ist das schon?«

Der Staatsanwalt überhörte es geflissentlich.

»Aber die Angeklagten kalkulieren mit diesem Geständnis falsch«, verkündete er. »Ich werde bei der Festsetzung des Strafmaßes den Vorsatz genau so werten, als seien es begangene Taten.«

Mit dieser Drohung war die Anklage beendet.

Man spürte, wie die Stimmung des Publikums zu dem großen, hageren Mann an der Schmalseite des Richtertisches hinüberschwenkte. Das waren Perspektiven. Daran hatte man nicht gedacht. Selbst der ewig lachende Mann war ernst geworden und blickte nachdenklich vor sich hin. Die Gesichter auf der Zeugenbank aber zeigten große Befriedigung.

In der letzten Zuhörerreihe sahen sich Mary und Jane an. Sie waren von den Ausführungen des Staatsanwalts so betroffen, daß sich ihre Fäuste öffneten und sie nicht mehr die Daumen drückten.

Dr. Balderin kaute an seinem Schnurrbart. Und der Diener Jean nickte immerzu ganz kurz und schnell hintereinander mit seinem weißen Kopf.

Der Vorsitzende forderte die Angeklagten auf, sich zu den Ausführungen des Anklägers zu äußern, widrigenfalls der Gerichtshof sich gezwungen sähe, die angeführten Beweggründe, die einen hohen Grad von Wahrscheinlichkeit besäßen, anzuerkennen.

Es stand nicht gut um die beiden auf der Anklagebank. Das Pendel war nach der entgegengesetzten Seite ausgeschlagen. Doch Flynn ließ sich nicht entmutigen. Er hatte einen Verteidiger abgelehnt und ergriff selbst das Wort.

»Ich überlasse es dem Herrn Staatsanwalt, sich auf das Gebiet psychologischer Spekulationen zu begeben, und ziehe es vor, keine Theorien zu entwickeln. Ich habe nur Tatsachen. Darf ich die vorbringen?«

»Wir bitten darum«, sagte der Vorsitzende.

Der Staatsanwalt war voll ironischer Neugierde.

»Wir leugnen nicht,« begann Flynn, »daß wir uns in mehr als einer Hinsicht strafbar gemacht haben. Wir haben eine Signallampe entwendet, wir haben den Nordexpreß angehalten, haben uns zwei Fahrkarten angeeignet und zwei Bettplätze benutzt, ohne sie zu bezahlen. Wir haben eine Paßrevision vorgenommen und die bereitwillige Unterstützung der Herren Beamten nicht zurückgewiesen. – Das Anhalten des Zuges war ein notwendiges Übel, wie ich Ihnen sogleich beweisen werde.«

Unter den Eisenbahnbeamten auf der Zeugenbank machte sich Unruhe bemerkbar, als sich der Angeklagte ihnen zuwandte und um Entschuldigung bat, während er ihnen zugleich seinen Dank abstattete. Im Namen der Gerechtigkeit.

»Wir haben«, nahm er seine Verteidigungsrede wieder auf, »ein Appartement im Palace Hotel bezogen. Sie nennen es Zechprellerei, wir nennen es ein Kreditgeschäft. Denn wir haben nie die Absicht gehabt, uns unseren Zahlungsverpflichtungen zu entziehen. Am Ende der Verhandlung werden wir durch die uns zufallenden Belohnungen in der Lage sein, den geringfügigen Betrag ohne irgendwelche Schwierigkeiten auszugleichen.«

»Geringfügigen Betrag?« entrüstete sich der Empfangschef und sprang von der Zeugenbank auf.

»Fünfhundertvierundsechzig Franc, Monsieur!«

»Fünfhundertvierundsechzig Franc?«

»Die Zimmer sind bis heute noch immer nicht abbestellt«, belehrte der Empfangschef Morris.

Vorwurfsvoll wandte Flynn sich an Mackie. »Du hast die Zimmer nicht abbestellt?«

»Nein, ich dachte, wir brauchten sie noch.«

Flynn fand das gar nicht so dumm von Mackie.

»Lassen Sie das Appartement auf unseren Namen weiterlaufen«, wandte er sich wieder zum Empfangschef. »Wir kommen nachher gleich hin.«

Das Publikum atmete auf, und die bedrängten Herzen schafften sich in einem Gelächter Luft, bis sich die Glocke des Vorsitzenden wieder durchsetzte.

»Angeklagter, bleiben Sie bei der Sache!«

»Entschuldigung, Herr Vorsitzender!«

Mit einer kleinen Verbeugung quittierte Flynn den Einwand und fuhr fort: »Es wird uns vorgeworfen, wir hätten uns als Sherlock Holmes und Doktor Watson ausgegeben. – Nicht ein einziges Mal haben wir das getan! Im Gegenteil: Wir haben es bestritten, wo wir nur immer konnten.«

»Das ist es ja eben«, fuhr der Staatsanwalt ihm in die Parade, »gerade durch diese Beteuerung, daß Sie es nicht seien, bestärkten Sie Ihre Opfer in dem Glauben, daß Sie es doch seien. Das war ja ihr Trick!«

»Trick? Aber Herr Staatsanwalt! Hätten wir vielleicht zugeben sollen, daß wir es sind, damit die armen Opfer glauben, daß wir es nicht sind?« Flynn war sehr entrüstet.

Im Publikum rauschte erneut Gelächter auf. Der Staatsanwalt beharrte auf seinem Standpunkt: »Bei der Polizei haben Sie durchaus nicht bestritten, daß Sie Sherlock Holmes sind«.

»Dort hat man mich gar nicht danach gefragt«, entgegnete Flynn schlagfertig. »Dort hat man uns sehr höflich gebeten, einen Fall zu übernehmen, und wir haben ihn übernommen. Alle Herren schätzten sich glücklich, daß wir ihn übernommen haben. – Nicht wahr, Herr Kriminalrat?«

Der Chef der Kriminalpolizei sprang auf. Obwohl er aus seiner Praxis wußte, daß sich alle Leute, die ein schlechtes Gewissen haben, in den Affekt retten, tat er das gleiche.

»Sie haben sich in infamster Weise als Sherlock Holmes in unser Vertrauen geschlichen!« Er zitterte vor Wut.

»Geschlichen?« fragte Flynn ironisch. »Mackie, haben wir uns in das Polizeipräsidium eingeschlichen?«

»Nö. Diese drei liebenswürdigen Herren dort haben uns in einem Auto abgeholt, und wir wurden mit großer Freude empfangen. ›Willkommen, herzlich willkommen!‹ haben sie gerufen.«

Der Vorsitzende räusperte sich. Er fuhr mit der Hand über den Mund, um ein Lächeln wegzuwischen. Auch die beiden Beisitzer klemmten die Mundwinkel ein.

Flynn kam jetzt in Fahrt: »Es war ein herzlicher Empfang. Und es war gleich Kontakt da. Wir dachten, Vertrauen gegen Vertrauen, und machten uns an die Arbeit. Sofort. Und gründlich. Tag und Nacht. Und mit Erfolg. – Und da der Herr Staatsanwalt besonderes Gewicht auf unsere tiefen, angeblich so verbrecherischen Absichten legt, will ich jetzt beweisen, daß nur die lautersten Motive uns geleitet haben.« Flynn trat auf den Richtertisch zu und nahm die Einzahlungsbelege und den Aufgabeschein auf.

»Vor einigen Wochen wurden nacheinander drei freche, geniale Einbrüche verübt. In Amsterdam, in Cherbourg und in London. Zweimal wurden große Belohnungen für Hinweise, die auf die Spuren der Täter führten, ausgeschrieben. Wir haben die beiden gefährlichen Bankräuber entdeckt. Sie saßen im Expreßzug, den wir anhielten. Sie sehen also, wie notwendig es war, ihn anzuhalten. – Es handelt sich um zwei berühmte Spezialisten auf ihrem Gebiet, die bisher nirgends gefaßt werden konnten. Nicht nur alle staatlichen Kriminalisten sind hinter ihnen her, sondern auch Pinkerton's National Detective Agency in Nordamerika versucht seit Jahren vergeblich, diese beiden Burschen zu fassen. Der eine von ihnen ist Billy Davenport, der der erste war, dem es gelang, das neu erfundene Yaleschloß aufzubekommen. Jetzt können sie beide unschädlich gemacht werden. Wir haben sie der Polizei in die Hände gespielt. Wir haben ihnen den Raub abgenommen und den geschädigten Banken die gestohlenen Summen, nahezu eine halbe Million, auf Heller und Pfennig, wie diese Postquittungen beweisen, wieder zurückgezahlt.«

»Die dechiffrierten Pläne!« soufflierte Mackie neben ihm aus seinem Stenogrammblock.

Flynn nickte und wandte sich an den Polizeidirektor, der neben dem Mann, der immer lachte, auf der Zuhörerbank saß.

»Der Herr Polizeidirektor hat vor einigen Tagen dechiffrierte Pläne zu einem Bankeinbruch in Toulon zugeschickt erhalten, nicht wahr?«

»Jawohl«, bestätigte der Polizeidirektor verwundert.

»Daraufhin konnte dieser Bankeinbruch vereitelt und die Täter auf frischer Tat ertappt werden.«

Auch das mußte der Polizeidirektor zugeben.

»Diese Benachrichtigung war nicht mit Unterschriften gezeichnet, sondern mit Daumenabdrücken.«

Wiederum stimmte es.

»Haben Sie, Herr Polizeidirektor, im Verbrecheralbum

nachgesehen, wer zu diesen Daumenabdrücken gehört?«
»Selbstverständlich.«
»Aber Sie haben dort nichts gefunden?«
Der Polizeidirektor schüttelte den Kopf.
»Das ist auch nicht gut möglich«, triumphierte Flynn, »denn es sind unsere Daumen gewesen. Bitte, überzeugen Sie sich.« Auf seinen Wink hin ging Mackie zu dem Tisch des Gerichtsschreibers und lieh sich dort ein Stempelkissen aus. Flynn drückte seinen Daumen darauf, Mackie ebenfalls, und dann bat er den Polizeidirektor, sich etwas näher zu bemühen. Morris schob ihm den Ärmel seiner Uniform etwas zurück, und dann drückte er und Mackie ihre Daumen auf die weiße, steife Manschette.
Morris Flynn und Mackie MacMacpherson standen da wie Schauspieler nach einem guten Aktschluß.
Das Publikum tobte. Leider gab es keine Vorhänge in dem Saal.
Der Vorsitzende ließ den Beifallssturm ausrasen. Was sollte er auch unternehmen?
Flynn verschaffte sich selbst Ruhe, indem er abwinkte.
Mackie soufflierte ihm ein neues Stichwort: »Lombard.«
Flynn nickte.
»Das ist noch nicht alles. Wir haben noch eine andere Kleinigkeit erledigt. Dem Herrn Kriminalrat ist es gelungen, eine große Fälscherbande auffliegen zu lassen, zu der die beiden genannten Gauner gehören. Diese internationale Bande konnte jahrelang nicht gefaßt werden. Wir, mein Freund Mackie und ich, haben sie aufgespürt, und dadurch war es auch möglich, die zahlreichen Zweigstellen in anderen Ländern unschädlich zu machen. Ein triumphaler Erfolg der Polizei. – Aber das ist noch nicht alles.«
Der Polizeidirektor stand immer noch mit dem hochgestreiften Ärmel seines Uniformrockes da und blickte auf Morris und Mackie. Auch der Chef der Kriminalpolizei war aufgesprungen. Der Vorsitzende, der Staatsanwalt, die Beisitzer, alle hingen an Flynns Mund.

Der schnipste ein klein wenig mit Daumen und Zeigefinger zur Seite. Mackie verstand und soufflierte: »Mauritiusmarken.«

Morris nickte dankend.

»Ich komme zur Hauptsache. Exzellenz Vangon, der Direktor der Weltausstellung, und die Herren der Polizei haben uns in einer außergewöhnlichen Sache um Hilfe gebeten. Wir haben geholfen.«

Seine Exzellenz stürzte aus der Zeugenbank heraus und lief bis zur Mitte des Gerichtssaales.

»Wirklich?« rief er. »Sie haben …«

»Jawohl, wir haben«, nickte Flynn mit betonter Zurückhaltung. Er wandte sich wieder zum Richtertisch. »Herr Vorsitzender, wollen Sie bitte an der Uhr, die vor Ihnen liegt, den Deckel öffnen.«

Der Richter nahm die bezeichnete Uhr auf; es war die Uhr mit dem schwarzen Seidenband, die dem Chef der Bande gehörte.

Der Richter ließ den Deckel aufspringen.

Atemlose Spannung herrschte. Exzellenz Vangon stand da, als wollte er im nächsten Augenblick vornüber fallen.

»Bitte?« fragte der Vorsitzende, der die Uhr mit dem geöffneten Deckel in der Hand hielt.

»Was ist drin?« fragte Flynn siegesgewiß und blickte dabei an die Decke.

Der Vorsitzende blickte in die Uhr und dann auf.

»Nichts«, sagte er.

Das Publikum kicherte.

Einen Herzschlag lang geriet Flynn aus der Fassung. Mackie hielt die Barriere vor der Anklagebank umklammert und sah überrascht zu Morris auf.

Aber der hatte sich schon wieder gefangen.

»Andersherum. Bitte den hinteren Deckel zu öffnen.«

Der Vorsitzende griff nach dem vor ihm liegenden Brieföffner und bohrte damit an der Uhr herum. Alle Anwesenden verfolgten mit angespanntester Aufmerksamkeit seine Bemühungen.

Der einzige, der nicht hinschaute, war Flynn. Er blickte

wieder an die Decke. Er schien völlig sicher zu sein, doch innerlich zitternd erwartete er mit nervöser Spannung den überraschten Ausruf des Vorsitzenden.

Es kam kein Ausruf. Der hintere Deckel der goldenen Uhr war aufgesprungen, und der Vorsitzende betrachtete ihn genau. Seine Exzellenz Vangon hatte die Neugierde nicht mehr an seinem Platz gelassen. Er war zum Richtertisch geschlichen, stellte sich auf die Zehenspitzen und starrte gleichfalls auf die Uhr.

»Die Marken sind nicht da«, sagte er mit verlöschender Stimme und wandte sich zu Morris.

Flynn setzte in elegantem Sprung über die Barriere hinweg und stürmte zum Richtertisch. Er riß Seiner Exzellenz die Uhr aus der Hand und betrachtete sie von allen Seiten. Die Uhr war leer.

»Ach, das geheimnisvolle Zauberkunststück funktioniert wohl nicht«, lächelte ironisch der Staatsanwalt.

Flynn war blaß vor Wut und Enttäuschung. Man hatte ihm, als man ihn in das Untersuchungsgefängnis führte, alles abgenommen. Auch diese Uhr. Aber es war unmöglich, daß man sie geöffnet und die Marken herausgenommen hatte. Alle Sachen waren vor seinen Augen sicher eingeschlossen worden.

Er blickte auf Mackie. »Verflucht! Leer, Mackie! Jetzt können wir von vorn anfangen.«

»Aus«, sagte Mackie nur.

Da nahm Morris Flynn in aufwallender Wut die Uhr und schmetterte sie mit voller Wucht auf den Boden.

Exzellenz Vangon fuhr vor Schreck zusammen und flüchtete sich wieder auf die Zeugenbank.

Mit ingrimmigem Gesicht stand Morris da. Wie ein wildes Tier blickte er in die Runde.

Da sprang auf einer der Zuhörerbänke jemand auf, kletterte über die vor ihm Sitzenden hinweg, schlüpfte durch die breiten Sprossen der Barriere und lief zum Richtertisch. Es war Erwin Putzke. Der Junge hatte es sich natürlich nicht nehmen lassen, der Verhandlung beizuwohnen. Alle Hotelboys und Pikkolos waren mit ihm gegangen. Er hatte ihnen in dicken Tönen erzählt,

210

welchen Triumph heute sein Freund bei der Verhandlung erleben würde. Sein Gefühl schwankte während der ganzen Zeit zwischen Enttäuschung und Bewunderung, wobei auf die Dauer aber die Bewunderung die Oberhand behielt. Die Niederlage, die sein Freund und Held hier erlitt, traf ihn persönlich. Er hatte von oben mit seinen sachverständigen Augen etwas erblickt. Er warf sich dicht vor dem Richtertisch flach auf den Boden. Sein Hände griffen in die Rädchen und Federn der Uhr. Die Angeklagten und Seine Exzellenz sahen ihm verwundert zu.

»Sie sind es! Sie sind es!« brüllte Erwin Putzke plötzlich. Morris und Mackie und Seine Exzellenz Vangon brachen neben ihm auf die Knie.

Die Richter hatten sich von ihren Plätzen erhoben und beugten sich über den Richtertisch.

Alles starrte auf die paar Gramm Gold und die Glassplitter, die über den Fußboden hin verstreut lagen.

»Die echten Mauritiusmarken!« flüsterte Erwin Putzke fast tonlos vor Erregung und zeigte auf die vier bunten Blättchen, die im Innern der Uhr verborgen gewesen waren.

Das Publikum war von den Bänken aufgestanden und drängte nach vorn. Jeder wollte sehen, was der Junge dort am Boden gefunden hatte. Die Barriere, die den Zuschauerraum vom Gerichtssaal trennte, knackte bedenklich, und die Gerichtsdiener hatten alle Mühe zu verhindern, daß sie unter dem Ansturm der Massen zusammenbrach.

Mary und Jane waren auf die Bank gestiegen.

Erwin Putzke hatte aus den Taschen seines neuen karierten Anzugs ein Miniaturwarenlager herausgezogen, das jeder echte Junge mit sich herumführt, angefangen bei einem Stückchen Bindfaden über Siegellack und Nägel bis zu einer Pinzette, mit der er vorsichtig, eine nach der anderen, die kostbaren Marken aufnahm.

»Wir haben sie«, sagte der kleine Philatelist aus Rixdorf glücklich und hielt die vier Marken auf der flachen Hand. »Die beiden roten und die beiden blauen.«

Flynn nahm dem Jungen die Marken ab und reichte sie an Seine Exzellenz weiter.

»Voila!« sagte er.

Der Staatsanwalt hatte ebenfalls seinen Platz verlassen und betrachtete die Marken in der vor Glück zitternden Hand des Monsieur Vangon.

»Herr Staatsanwalt, das Zauberkunststück ist geglückt.«

»Tausend Dank«, rief Seine Exzellenz. »Tausend, tausend Dank!«

Das Publikum brach in stürmischen Applaus aus.

Seine Exzellenz hatte vor Seligkeit fast den Verstand verloren, das heißt, soweit ihn eine Exzellenz überhaupt verlieren kann. Er zeigte die seltensten Marken der Welt jedem, der sie sehen wollte. Und wer wollte sie schließlich nicht sehen? Alles lief zu ihm, sogar der Vorsitzende verließ seinen Platz, um diese wiedergefundenen Kostbarkeiten zu bestaunen.

Morris und Mackie standen allein. Mackie reichte Morris die Hand und drückte sie kräftig.

»Gratuliere, Morris!«

»Danke.«

»Du bist das Dollste, was ’raus ist.«

»Und du hast wieder gedacht, es ginge schief, was?« lachte Morris.

Man merkte ihm an, daß ihm ein Stein vom Herzen gefallen war.

»Ja, entschuldige bitte. Es war das letztemal. Ich danke dir, daß du mich mitgenommen hast.«

»Bitte, bitte«, sagte Morris und klopfte seinem Freund auf den Rücken.

»Darf ich weiter mitmachen?« fragte Mackie bittend.

»Natürlich – was wär’ ich ohne dich!«

Mackie nickte. Er sah das ein.

Jetzt kam der Generaldirektor der Weltausstellung mit weit ausgebreiteten Armen auf Morris und Mackie zu.

»Aber, Eure Exzellenz«, wich Flynn lachend der Umarmung aus, »ich dachte, der Fall sollte geheim bleiben?«

»Ach was!« rief Seine Exzellenz. »Geheim bleiben! Alle sollen es wissen. Alle sollen sich freuen! – Herr Vorsitzender, ich habe eine Erklärung abzugeben: Diese vier Marken wurden auf der Weltausstellung gestohlen und frech durch Fälschungen ersetzt. Man hat sie mir wiedergebracht. Ich danke ihm. Mir bleibt nichts übrig, als ihm hier in voller Öffentlichkeit meinen Dank abzustatten.«

»Hurra! Hoch!« schrie Erwin Putzke begeistert. Dann erschrak er und schämte sich fürchterlich. Das brauchte er nicht. Denn auch Seine Exzellenz schrie: »Hurra!«

»Hurra!« jubelte das Publikum.

Mary und Jane, der alte Jean und Dr. Balderin klatschten in die Hände.

Der Mann, der immer lachte, begann vor Freude mit den Füßen Beifall zu trampeln.

Es war eine Szene, wie sie noch nie ein Gerichtssaal erlebt hatte.

Der Vorsitzende war wieder auf seinen Platz zurückgegangen und schwang die Glocke.

»Bitte zur Ordnung!« rief er. Er war aber nicht mehr entrüstet, sondern befand sich ebenfalls in freudiger Aufregung. »Bitte zur Ordnung! Ich bitte die Herren vom Gericht und von der Polizei, mit gutem Beispiel voranzugehen und sich wieder auf die Plätze zu begeben. Und Sie, meine Herren Angeklagten, gehören auf die Anklagebank. Bitte, bitte, vergessen Sie doch nicht, wo wir sind! Ich bitte Sie sehr. Noch befinden wir uns hier in einem Gerichtssaal.«

Alles gehorchte. Die Polizeibeamten schlichen auf ihre Plätze zurück und die Angeklagten ins Körbchen. Es wurde wieder still.

»Mister Flynn und Mister MacMacpherson, warum haben Sie das alles nicht vorher gesagt?« fragte der Vorsitzende ernst und mit leisem Vorwurf.

Morris und Mackie blickten sich einen Augenblick schmunzelnd an.

»Jetzt los!« sagte Mackie und steckte den Stenogrammblock weg.

Was jetzt kommen sollte, hatten sie sich genau einstudiert. Sie stellten sich beide an die Barriere. Morris zögerte eine Sekunde, und dann begann er: »Wir müssen den Hohen Gerichtshof um Entschuldigung bitten. Doch es gehörte mit zu unseren dunklen Absichten, unsere verbrecherischen Motive nur in der denkbar größten Öffentlichkeit bekanntzugeben. Darum haben wir bis zu diesem Augenblick geschwiegen.«

»Wir bitten die Herren von der Presse«, rief Mackie zu dem Berichterstattertisch hinüber, »von nun an besonders aufzupassen.«

»An einem regnerischen Nachmittag«, fing Flynn wieder an, »saßen mein Freund Mackie und ich ziemlich erledigt ganz oben in der Shaftsbury Avenue dreihundertelf, sechste Etage, in unserem kleinen Detektivbüro ›Argus‹ – Wir hatten nur noch vier Pfund.«

»Und ich Zahnschmerzen«, ergänzte Mackie.

»Das Büro war seit zwei Monaten nicht geheizt« – Morris sprach abwechselnd zum Richtertisch und zu den Zuhörern –, »denn wir bekamen keine Aufträge. Sie wissen nicht, was es bedeutet, wenn man monatelang nur Material zu Ehescheidungen beibringen soll, und Sie wissen auch nicht, wie uninteressant und wenig befriedigend es ist, heimlich zu erkunden, ob ein Zuckerbäcker wirklich das angegebene Kapital besitzt, um sich an einer Seifenfabrik beteiligen zu können. – Nach langem, eifrigem Überlegen sind wir auf den Fehler unseres Unternehmens gekommen.«

»Unser Geschäftsschild ›Detektivbüro Argus‹ war zu klein und hing zu hoch«, sagte Mackie, »man hätte selbst Argus sein müssen, um es zu entdecken.«

»Richtig!« bestätigte Flynn.

»Und da kam mein Freund Morris auf eine geniale Idee.«

Flynn löste wieder seinen Freund ab: »Wir kauften uns von unserem letzten Geld ein anderes Aushängeschild. Nämlich eine Reisemütze, einen karierten Ulster, eine Shagpfeife und eine Geige mit einem Geigenkasten. Alles, was Sie dort sehen. – Von diesem Augenblick an florierte unser Geschäft.«

Mackie nickte bestätigend.

»Als Sherlock Holmes und Doktor Watson bekamen wir Aufträge, die der kleine Privatdetektiv Morris Flynn und sein Büroangestellter Mackie MacMacpherson nie bekommen hätten. – Sogar die Polizei wandte sich an uns. Und wir durften zeigen, daß wir etwas können.«

»Das ist unsere Absicht gewesen«, triumphierte Mackie.

»Das sind unsere dunklen Hintergründe«, beteuerte Flynn.

»Das wollten wir erreichen!«

»Der Gerechtigkeit zum Siege verhelfen!«

»Jetzt und immerdar!« schloß Mackie.

Es war eine so weihevolle, andächtige Stille eingetreten, daß Mackie auch ruhig hätte Amen sagen können.

Sie verneigten sich beide vor dem Richtertisch und setzten sich wieder.

»Freie Bahn dem Tüchtigen!« schrie plötzlich Erwin Putzke aus Berlin in mitreißendem Fanatismus. Er brach den Bann. Aber an der Schmalseite des Richtertisches erhob sich der Staatsanwalt. Er war Flynns Verteidigungsrede mit ernstem Gesicht aufmerksam gefolgt. Jetzt stand er da wie ein Ausrufezeichen.

»Ich bitte ums Wort«, sagte er sehr leise. Im Saal wurde es still.

»Tatsachen«, gestand der Vertreter der Anklage, »überzeugen mehr als Theorien! Ich bin bekehrt!«

Der wieder ausbrechende, tumultartige Beifall belehrte ihn, daß das Publikum mit ihm einer Meinung war. Aber der Staatsanwalt schenkte dem keine Beachtung.

»Es liegt in der Macht des Gerichts«, fuhr er mit erhobener Stimme fort, »die Vergehen und die Leistungen dieser beiden Männer in die Waagschalen der Gerechtigkeit zu legen. Ich zweifle nicht daran, daß die Waagschale der Straftaten leicht und schnell in die Höhe gehoben wird durch das Gewicht der überzeugenden Erfolge.«

Flynn und Mackie verbeugten sich dankend. Der letzte Gegenspieler war umgeschwenkt. Es blieb kein Zweifel über den Ausgang der ganzen Szene.

Der Staatsanwalt jedoch erhob die Hand.

»Aber eines ist das Gericht nicht befugt zu verzeihen: den Mißbrauch des Namens und der Person von Sherlock Holmes! – Seine Interessen muß ich trotzdem hier als Ankläger vertreten.«

Aller Augen wandten sich zu Morris. Der war bereits von der Anklagebank aufgestanden.

»Warum Sie, Herr Staatsanwalt? Warum nicht Sherlock Holmes selbst? – Wo ist er, der einzig Geschädigte?«

»Hier!« erscholl eine laute Stimme aus dem Publikum.

Während alle Köpfe herumfuhren, erhob sich neben dem Polizeidirektor der Mann, der immer lachte. Der Mann in graukariertem Ulster, der für Flynns Auftreten immer so viel Interesse gezeigt hatte, schritt durch die Klapptür der Barriere. Auch jetzt ließ sein Gesichtsausdruck den Ernst vermissen, den er der Würde des Gerichts schuldig war.

»Ich bin der Geschädigte«, erklärte er vergnügt.

Flynn starrte ihn an, als sehe er ein Gespenst.

»Ich bitte den Herrn Staatsanwalt, mich die Interessen Sherlock Holmes' vertreten zu lassen«, sagte der Mann mit den blauen Augen und dem struppigen Schnauzbart.

»Warum Sie?« fragte der Vorsitzende und bat den Unbekannten, näher zum Richtertisch zu treten.

»Sherlock Holmes ist mein Kind«, antwortete der Fremde lachend. »Sherlock Holmes hat es nie gegeben. Er hat nie gelebt. Er ist ein Kind meiner Phantasie.«

Das Publikum wunderte sich. Einige schüttelten die Köpfe. Die meisten von ihnen hatten Sherlock Holmes für lebendig gehalten. Die literarische Gestalt war für sie Wirklichkeit geworden.

»Wer sind Sie?« erkundigte sich der Vorsitzende. »Mein Name ist Arthur Conan Doyle.«

»Der Schriftsteller Sir Conan Doyle?« fragte der Vorsitzende interessiert.

»Jawohl«, bestätigte Conan Doyle. Und dann wandte er sich zur Anklagebank. Er reichte den beiden Freunden die Hand. »Sie haben meinem Sherlock Holmes«, sagte der Schriftsteller, »für kurze Zeit Leben und Gesicht gegeben. Das war großartig von Ihnen!«

Und als er jetzt das verdutzte Gesicht von Morris sah und zum erstenmal dessen scharfes Profil und seine klaren, hellen Augen so dicht vor sich erblickte, überwältigte es ihn von neuem, und er lachte. Er lachte herzlich und schallend.

Das Publikum lachte mit. In Wellen pflanzte sich das Gelächter fort bis auf die Gerichtskorridore, bis hinaus auf die Straße, wo eine große Menge sich eingefunden hatte, um das Ergebnis des Prozesses abzuwarten.

Es lachten der Vorsitzende, die Richter, die Schöffen und selbst der Staatsanwalt, soviel er sich auch Mühe gab, es zu verbergen.

Sir Arthur Conan Doyle wandte sich an alle Anwesenden: »Die Taten Sherlock Holmes', die ich von seinem Freund Doktor Watson, den es auch nie gegeben hat, niederschreiben ließ, sind die Heldentaten unbekannter Kriminalisten, unbekannter Polizisten und unbekannter Privatdetektive vom Schlage des Mister Flynn und des Mister MacMacpherson. Allen diesen unbekannten Kämpfern für das Recht habe ich in der Figur des Sherlock Holmes in meinen Büchern ein Denkmal setzen wollen.«

Dann ergriff er die Hände von Morris und Mackie und schüttelte sie kräftig und bat: »Aber eine Bitte müssen Sie mir als Entschädigung erfüllen.«

»Von Herzen gern«, versicherte ihm Flynn. »Verlangen Sie, was Sie wollen.«

»Lassen Sie mich ihre Geschichte schreiben. Sie soll heißen: ›Der Mann, der Sherlock Holmes war‹.«

»Einverstanden!«

Flynn reichte ihm die Hand, die der Schriftsteller herzlich drückte.

»Okay«, sagte Mackie und trennte die beiden Hände durch eigenen Handschlag.

Der Vorsitzende hatte sich schnell mit seinen Beisitzern besprochen. Er stand auf. Alle erhoben sich und erwarteten stehend das Urteil.

»Das Gericht hat beschlossen, das Verfahren gegen die Angeklagten Morris Flynn und Mackie MacMacpherson niederzuschlagen.«

Als die beiden Freunde endlich durch Abtasten feststellen konnten, daß ihre Arme und Hände noch vorhanden seien – die unzähligen Händedrücke, die sie hatten austeilen müssen, hatten sie daran zweifeln lassen –, begannen sie sich nach Jane und Mary umzusehen. Sie waren aber umringt, und es schien keinen Ausweg zu geben.

»Hoch!« schrie man.

»Hoch Mac und Morris!«

In dem Gewühl sah Flynn einige zum Himmel ausgestreckte Armpaare. Es waren der Rechtsanwalt Dr. Balderin, der alte Diener Jean und, was Flynn am meisten freute, die beiden Mädchen, die sich zu ihnen durchzukämpfen versuchten.

Auch Mackie hatte sie entdeckt. Er winkte ihnen begeistert.

»Bitte, kommen Sie gleich mit mir ins Polizeipräsidium, Mister Flynn«, bat der Polizeidirektor. »Vergessen Sie nicht, Ihre Belohnung abzuholen. Und außerdem habe ich einen neuen Fall für Sie. Dreifacher Betrug und Urkundenfälschung. Sehr interessant!«

»Sofort, Herr Polizeidirektor«, antwortete Flynn, ohne dabei die Mädchen aus dem Auge zu lassen, »aber erst habe ich einen anderen Fall zu erledigen, das heißt, wenn er sich nicht von allein löst.« Er faßte Mackie bei der gesunden Hand und zog ihn durch die Menge.

Vor dem verlassenen Richtertisch stand der Hoteldetektiv und betrachtete aufmerksam den Reisemantel, die Reisemütze und die Shagpfeife. Er sah sehr nachdenklich aus. Neben ihn trat Conan Doyle. Er ahnte, welche Betrachtungen der junge Kriminalist anstellte.

»Sie«, redete er ihn an und tippte ihm dabei auf den Arm, »das geht nur einmal. – Wiederholen kann man das nicht.«

Der Hoteldetektiv nickte.

In dem Gedränge hatten Mary und Jane ihre Begleiter verloren. Sie standen mit dem Rücken an die Wand gedrückt, unfähig, sich einen Zoll weiterzurühren.

»So geh doch allein zu ihm«, ermunterte Jane die Schwester. »Er sucht dich schon und wartet auf dich.«

»Auf mich?« meinte Mary ungewiß. »Geh du doch hin, vielleicht wartet er auf dich.«

Jane tat, als zwänge die Ahnungslosigkeit ihrer Schwester sie, die Augen zu verdrehen. Aber es war nicht echt. Doch Jane war stolz. Sie sicherte sich so am besten den Rückzug, wenn Morris tatsächlich nicht sie erwählen würde.

Während die beiden Freunde Schulter an Schulter gegen die Menschenmauer ankämpften, ließen sie den blonden und den dunklen Kopf nicht aus den Augen.

»Vielleicht kannst du mir jetzt sagen«, meinte Mackie, der alle Mühe hatte, den Freund nicht zu verlieren, »vielleicht kannst du mir jetzt sagen, für welche du dich entschieden hast.«

»Kombiniere!« sagte Flynn und sprang über die Barriere.

»Alle beide?« rief Mackie voller Angst, während er ihm zu folgen versuchte.

»Nein«, sagte Flynn. Er hatte sich jetzt Luft gemacht und kam schneller vorwärts.

»Welche?« schrie Mackie ihm nach. Er konnte nicht weiter.

Denn plötzlich wurde er von einer begeisterten dicken Dame umarmt.

»Das wirst du gleich sehen«, rief Flynn zu ihm zurück.

Mackie, der sich endlich aus den Armen der Verehrerin befreit hatte, sah, daß Flynn vor den Mädchen stand, sah, wie sich die drei herzlich begrüßten. Mackie trat nach hinten aus, hieb mit seinem gesunden Arm um sich und kam rechtzeitig genug, um zu hören, wie Flynn streng fragte: »Wer von euch beiden ist auf den Einfall gekommen, uns die Polizei auf den Hals zu hetzen?«

Mary erblaßte vor Schreck.

»Wir dachten ...«, stotterte Jane, »wir haben es doch gut gemeint.«

»Das interessiert mich nicht«, antwortete Morris Flynn brüsk. »Ich will wissen, wer es war!«

Verlegen sahen die Mädchen einander an. Sie konnten sich die Strenge Flynns nur so erklären, daß sie etwas falsch gemacht hatten, Jane konnte ein leises Triumphgefühl nicht ganz unterdrücken. Sie kämpfte mit sich. Sie war bestimmt nicht auf die Idee gekommen, die Polizei zu rufen, das wußte sie sicher. Aber da Morris sie jetzt so durchdringend anschaute, zeigte sie auf ihre Schwester und sagte: »Das war sie.«

»Du, Mary?« fragte Flynn.

Mary nickte. Ihre Augen füllten sich langsam mit Tränen. Morris sagte nichts. Er nahm Mary in seine Arme und küßte sie. Merkwürdigerweise hatte Mary gegen diese Form der Bestrafung nichts einzuwenden. Im Gegenteil: sie bedankte sich dafür und gab den Kuß zurück.

Jane sah auf das Paar. Sie hatte Charakter genug, ihre Haltung zu bewahren, wenn sie auch diese Wendung nicht beabsichtigt hatte. Sie fühlte sich plötzlich sehr allein. Darum suchte sie nach Rückhalt. Ihr Blick fiel auf Mackie. Der lächelte sie verlegen an und zupfte an seinem Schlips. Jane lächelte zurück. Er hielt dies für eine Aufforderung und trat auf sie zu, doch auf halbem Wege verließ ihn der Mut. Denn Jane wich zurück und zeigte nach unten in den Gerichtssaal. Das Publikum, alle Zeugen und die Richter blickten nach ihnen.

»Herr Vorsitzender«, rief Mackie, »wir bitten um Ausschluß der Öffentlichkeit.«

Der Vorsitzende nickte; er ergriff die Glocke, läutete sie und sagte laut und vernehmlich: »Die Sitzung ist geschlossen!« Dann klappte er die Akten zu.

Das beste ist, wir machen es mit dieser Geschichte jetzt genauso.

Arwed Bouvier

Der
falsche
Hauptmann

Roman

Dies ist die wahre, aber schier
unglaubliche Geschichte vom falschen
Schweriner Stadtkommandanten
Konstantin Konstantinowitsch Mischin –
ein Fall ungeheuerlicher Hochstapelei
und eine erstaunliche Köpenickiade
aus dem deutschen Osten.

224 Seiten, geb.,
ISBN 3-359-00848-0

Eulenspiegel Verlag

Ambrose Bierce

Des Teufels kleines Wörterbuch

Seinen Klauen entrissen und ins Deutsche übertragen von Hans Petersen
Illustrationen von Karl-Georg Hirsch

Des Teufels Wörterbuch vom bekannten Autor der »Bitteren Stories« in einzigartiger Gestaltung.

»Diese Werk wendet sich an aufgeklärte Leute, die trockenen Wein süßem vorziehen, Verstand dem Gefühl, Witz dem Humor.«   AMBROSE BIERCE

124 Seiten, geb.,
ISBN 3-359-00058-7

Eulenspiegel Verlag

John Erpenbeck

Aufschwung
Roman

John Erpenbeck erzählt die Geschichte
des abgewickelten Philosophieprofessors
Edgar Rothenburg, der im geeinten
Deutschland eine beispiellose Karriere
startet; es ist eine Geschichte über
Gewinner und Verlierer der Einheit,
über neue und alte Werte, über Narren
und Narreteien und – über sehr ernst-
hafte Geschäfte; eine Geschichte, wie
sie komischer das Leben nicht schreiben
kann.

224 Seiten, geb., m. Schutzumschlag
ISBN 3-359-00814-6

Eulenspiegel Verlag

ISBN 3-359-00856-1

1. Auflage dieser Ausgabe
© 1996 Eulenspiegel Verlag
Rosa-Luxemburg-Str. 16, 10178 Berlin
Umschlagentwurf: Jens Prockat,
unter Verwendung eines Szenenfotos
aus dem Film *Der Mann, der Sherlock Holmes war*
mit Hans Albers und Heinz Rühmann
(© Friedrich-Wilhelm-Murnau-Stiftung, Wiesbaden)
Printed in Germany